Incubus

Obras das autoras lançadas pela editora:

***Série* Beautiful Creatures**

Dezesseis luas
Dezessete luas
Dezoito luas
Dezenove luas

Sonho Perigoso

***Série* Dangerous Creatures**

Sirena
Incubus

***Série* A Legião (Kami Garcia)**

Inquebrável

***Série* Ícones (Margaret Stohl)**

Ícones

Tradução
Rita Sussekind

1ª edição

Galera
RIO DE JANEIRO
2015

CIP-BRASIL. CATALOGAÇÃO NA FONTE
SINDICATO NACIONAL DOS EDITORES DE LIVROS, RJ

G199i

Garcia, Kami
Incubus: Dangerous creatures vol. 2 / Kami Garcia, Margaret Stohl; tradução Rita Sussekind. - 1. ed. - Rio de Janeiro: Galera Record, 2015.
(Dangerous creatures; 2)

Tradução de: Dangerous deception
Sequência de: Sirena - Dangerous creatures vol. 1
ISBN 978-85-01-10462-5

1. Ficção americana. I. Stohl, Margaret. II. Sussekind, Rita. III. Título. IV. Série.

15-23695

CDD: 028.5
CDU: 087.5

TÍTULO ORIGINAL EM INGLÊS:
Dangerous deception

Composição de miolo: Abreu's System
Criação de capa: Igor Campos

Texto revisado segundo o novo Acordo Ortográfico da Língua Portuguesa.

Direitos exclusivos de publicação em língua portuguesa somente para o Brasil
adquiridos pela
EDITORA RECORD LTDA.
Rua Argentina 171 – Rio de Janeiro, RJ – 20921-380 – Tel.: 2585-2000,
que se reserva a propriedade literária desta tradução.

Impresso no Brasil

ISBN 978-85-01-10462-5

Para Nox & Floyd,
porque não é fácil amar alguém
que não lhe pertence.
E para nossos leitores,
que os amam assim mesmo.

A profundidade da escuridão à qual você pode descer e ainda sobreviver
é a medida exata da altura que você pode almejar alcançar.

PLÍNIO, O VELHO

ANTES

Link

O amor é uma grande loucura, não?

Principalmente quando você encontra a pessoa com quem quer passar o resto da vida ainda no colégio? A menina que vai abrir caminho em mais capítulos da sua autobiografia do que seus pais, seu carro, e seu melhor amigo? A que tem Satã nos favoritos da lista de contatos telefônicos, pelo menos segundo todos os pais da Associação de Pais e Mestres na Stonewall Jackson High.

Ridley Duchannes é o pesadelo de toda mãe; e um pesadelo totalmente diferente para os filhos. Trocando em miúdos: se você conseguir escapar, corra. Não ande. Pois uma vez exposto, jamais conseguirá tirar uma Sirena da cabeça.

Se algum dia inventarem uma vacina contra Ridley Duchannes, serei o primeiro da fila.

Mas, uma vez exposto, as coisas se complicam muito mais. Rid é como aqueles vírus letais dos quais sempre falam no Discovery Channel. Ela muda tudo... inclusive você.

O que estou tentando dizer é que já é tarde demais para mim. Estou em uma via de mão única, sem sinais ou freios. E o mais louco é que sequer *quero* voltar, e você também não ia querer. Não é preciso um anel de humor Conjurador para lhe dizer isso.

Porque existem três tipos de garotas no mundo.

As boas.

As más.

E Ridley Duchannes.

Rid habita uma categoria própria — e, acredite em mim, ela merece. Ela permite que você espie pela janela, logo antes de bater a porta na sua cara. Ela faz o que quer, diz o que quer, e rapazes apaixonados como eu continuam compondo músicas sobre ela.

Claro, ela me fez acompanhá-la até Nova York e entrar em uma banda de Conjuradores das Trevas. Até fingiu que íamos até lá para realizar todos os meus sonhos, e não para acertar uma dívida com Lennox Gates. Nem todas as meninas apostam o futuro do namorado em um jogo de cartas Conjurador, isso é fato. Como eu disse, uma grande loucura.

E a parte mais louca? A sensação de que a vida acabou se ela não está perto para destruí-la.

Mas estou me adiantando.

Tudo começou com um incêndio.

CAPÍTULO 1: NOX

*Ring of Fire**

Nox acordou no chão da parte de trás de um utilitário. A última coisa de que se lembrava era do carro se afastando dos escombros de sua boate Sirena... antes dos capangas de Silas começarem a espancá-lo e ele desmaiar.

Não que isso tivesse importância.

Entre toda a fumaça que inalou no clube em chamas e os dois Conjuradores das Trevas surrando-o, ele não sabia quanto mais poderia aguentar. Mortais não eram os únicos que tinham limites.

O carro parou, e um instante mais tarde, a luz do sol cegou Nox enquanto o motorista abria a porta.

Silas Ravenwood saltou e se colocou diante dele, fumando um charuto.

— Gostaria de dizer que foi divertido, meu jovem. Mas, em geral, você foi uma perda de tempo. — Silas jogou o charuto com um peteleco na direção de Nox, errando-lhe o rosto por pouco. — E um desperdício de Conjurador. Não que eu esperasse mais do filho de uma vadia.

— Boa. Essa eu nunca tinha ouvido.

Silas lhe deu um soco na cara, lançando um esguicho de sangue sobre a bochecha.

Nox cerrou os punhos, mas não se moveu. Não havia mais razão para tal. Ridley partira em segurança, e ele encararia a surra como um homem. Ele soube que seria assim quando ateou fogo no clube em vez de entregar Ridley e o parte Incubus a Silas Ravenwood, como prometera.

---

* Anel de fogo.

Mas um dia eu o mato, Silas. Juro por Deus. E aí você poderá apodrecer no Outro Mundo com Abraham.

Silas estava na sombra do beco.

— Até a próxima vida, meu jovem. Este certamente é seu último dia nesta aqui. — Ele bateu a porta, e o motorista se afastou do meio-fio.

Depois que Silas se retirou, a verdadeira surra começou. Muitos golpes na cabeça, e Nox mal conseguia se lembrar do próprio nome. Pior, não fazia ideia de onde estava ou para onde o estavam levando.

O melhor palpite era o rio. Talvez o jogassem ali como um saco de gatinhos.

Teria sorte se fosse fácil assim.

Então o carro parou em um sinal vermelho.

Ao longe, Nox pôde ver a nuvem de fumaça sobre a boate. Continuava olhando, estupefato, quando a janela do seu lado estilhaçou.

Do tamanho de um prato, a mão entrou pelo vidro.

Sampson puxou um dos capangas de Silas pela janela e destrancou a porta antes que o motorista se desse conta do que estava acontecendo. Em vez de pisar fundo, o idiota saltou e tentou encarar quase 2,15 metros de fúria de um Nascido das Trevas.

Péssima ideia, grandalhão.

O outro lacaio de Silas ainda estava na parte de trás com Nox e pulou para ajudar. Sampson o arremessou de cara em uma placa, deixando o rosto do sujeito quase tão cortado quanto sua mão. Nox rastejou para fora do carro e se levantou aos tropeços, mas a luta já havia acabado. O motorista e um dos capangas de Silas tinham sido nocauteados, e Sampson acabou logo com o outro, que sangrava debaixo da placa, com um pisão forte de suas botas tamanho 48.

O Nascido das Trevas pegou Nox pelo braço e o jogou no banco do carona do SUV.

— De nada. Agora põe essa bunda no assento.

— Sam, olhe sua mão. — Nox mal conseguiu pronunciar as palavras, mas apontou para os talhos rasgando a pele do amigo e para o sangue escorrendo pelo braço.

Sampson arrancou a camiseta sem mangas sobre a cabeça e puxou para baixo a dos Sex Pistols, que vestia sob a outra.

— Enrole a camiseta em volta de meus dedos, mas sem muita força. Cuidarei disso. Depois que sairmos daqui.

— Te devo uma — comentou Nox, enquanto retirava os cacos de vidro da mão de Sampson com uma pinça. Tinha tanta gaze enfiada no nariz ensanguentado que não tinha certeza se ele compreendia o que estava dizendo.

Depois que se livraram dos homens de Silas, Nox comprou um kit de primeiros socorros na farmácia mais próxima. Agora estavam parados em um estacionamento permanente nojento perto da estação Penn Station, e Nox não se sentira tão bem assim o dia todo. Quase conseguia enxergar com um dos olhos, e os capangas de Silas não lhe arrancaram nem um dente.

São as pequenas coisas.

— Uma? — Sampson fez uma careta quando Nox puxou um pedaço grande de vidro. — Você me deve três ou quatro a essa altura, chefe — observou o enorme Nascido das Trevas.

— Não precisa mais me chamar assim. A boate já era, e abrir uma nova seria como mandar um convite para Silas me matar.

— Você quer dizer *outro* convite? — Sampson não sorriu.

Nox o ignorou, jogando um pedaço de vidro no painel do carro.

— Então espero que não tenha arriscado a vida por um emprego.

A mandíbula de Sampson enrijeceu.

— Existem outras cidades, e se acha que salvei sua vida e roubei um dos carros de Silas Ravenwood por causa da porcaria de um emprego, você não me conhece muito bem.

Nox se sentiu um babaca.

— Desculpe, Sam.

— Esquece. Você tem sorte por aqueles caras não o terem matado antes de eu chegar.

Nox sabia que Sampson tinha razão, mas não se sentia sortudo. Estar vivo era muito diferente de ter sorte. Era preciso muita falta de sorte para perder a única menina com a qual já se importara.

Nox virou o frasco de água oxigenada sobre a mão rasgada de Sampson.

— Acho que acabou.

— Basta enrolar — avisou Sampson. — Nascidos das Trevas se curam rapidamente.

Nox envolveu a mão do amigo com todo o rolo de gaze até deixá-la parecida com a de um lutador.

Sampson apontou para o rosto dele.

— É melhor limpar esse corte na cara, dar uns pontos. Meninos bonitos não ficam tão bonitos com cicatrizes.

— É? — Nox abriu o espelho do visor e franziu o rosto. Estava péssimo. O soco de Silas havia deixado um corte em sua bochecha. — Não sei, acho que estou bonito. Considerando todas as coisas.

— Bonito para um hambúrguer, talvez. Malpassado. Agora costure isso aí. — Sampson tirou a tampa de um frasco de álcool. — Acabou a água oxigenada. Você vai ter de ser macho.

Nox encontrou uma agulha no kit de primeiros socorros e a encharcou de álcool. Ansiava pela dor.

Mas, no instante em que Sampson acendeu um isqueiro e Nox viu a chama, este sentiu outra coisa. O álcool ardeu em sua pele, e o mundo desapareceu...

A visão da chama ativou a Visão de Nox, e a imagem o atingiu de uma vez.

O fogo...

Os gritos de Ridley...

O medo.

Desta vez, ele ouviu o impacto.

Metal esmagando.

Freios chiando.

O último som o atingiu como um chute no estômago. Uma música... "Stairway to Heaven".

Nox já vislumbrara pistas disso em suas visões, mas os detalhes nunca foram muito claros. Sempre foi um futuro vago. Mas havia se tornado real.

Este era o fim que ele tão desesperadamente tentara evitar. Se ao menos tivesse montado o quebra-cabeça mais cedo.

Então não tinha conseguido salvar Ridley de morrer em um incêndio. Salvou-a de um incêndio em particular — o da Sirena — apenas para que ela morresse em outro, o do acidente de carro. Fez tudo que pôde para impedi-la de encontrar o destino que fora traçado para ela em seus sonhos, e mesmo assim fracassou.

Desisti muito cedo. Não devia ter deixado que ela fosse embora com aquele híbrido idiota. Devia ter pedido que ela me escolhesse.

Ele havia sacrificado tudo para proteger Ridley — sua boate, sua segurança, até seu coração. E não adiantou. Não a protegera de nada.

E eu a empurrei direto para os braços de outro.

Achei que ele pudesse protegê-la. Achei que ele fosse melhor para ela. Mais seguro.

Quem é o idiota agora?

— O que houve, Nox? — perguntou Sampson.

— Tudo. — Nox mal conseguia mover a mandíbula, mas forçou as palavras de algum jeito. — Ela está encrencada, Sam. Precisamos ir. Agora.

Encontrar o local do acidente foi a parte fácil; na visão de Nox, as chamas já derretiam as placas da estrada, o que significava que ele dera uma boa olhada nelas ao longo do processo.

— Depressa, Sam. Não temos muito tempo.

E se for tarde demais?, Nox pensou.

Ele olhava através da janela, espantado, tentando não borrar as imagens do fogo e o som dos gritos de Ridley. Pressionou os pontos, tentando sentir a dor. Pelo menos a própria dor o distraía da dela.

Ela não está morta. Eu saberia. Teria sentido.

Certo?

Ele pressionou com mais força.

Sampson não disse nada, mas o velocímetro ultrapassou os 140 quilômetros por hora, e ele percorreu 160 quilômetros em menos de uma hora.

Quando Nox viu a nuvem de fumaça negra, estava a um passo de um ataque de pânico. O vento soprou o ar sujo pela janela quebrada do utilitário enquanto eles se aproximavam das luzes brilhantes — dois carros de polícia, um dos bombeiros e uma ambulância no acostamento da rodovia — atrás do perímetro de cones laranjas e labaredas. Um dos policiais sinalizava na rodovia, desviando os carros do acidente. O trânsito desacelerou enquanto os motoristas esticavam o pescoço ao passar pelos destroços.

Nox examinou a área à procura de algum sinal de Ridley ou da van azul e branca do necrotério.

Não chegou. Ainda não.

Sampson balançou a cabeça.

— Parece ruim.

Ao se aproximarem, pareceu ainda pior. O que restava da porcaria de carro de Link estava esmagado como uma sanfona, e os bombeiros combatiam o fogo da estrutura semiderretida do Lata-Velha.

Enquanto Sampson dirigia até o acostamento, Nox pulou do carro e correu até a ambulância. Ele prendeu a respiração ao olhar para os destroços. Não viu corpos nem sacos cobrindo cadáveres. Só muito metal carbonizado e detonado. Estofamento em chamas, vidros estilhaçados.

Cadê ela?

Dois paramédicos estavam no canto traseiro da ambulância.

— Ela está bem? — perguntou Nox, sem fôlego.

Um deles o encarou, confuso.

— O quê?

— A menina no carro. Ela está bem? — repetiu Nox.

Os paramédicos trocaram um olhar estranho.

— Não tinha ninguém no carro quando chegamos. Foi batida seguida de fuga. A polícia checou a área, mas não encontraram sinal do motorista. Você sabe de quem é esse carro?

— Sei. É de um cara que conhecemos — respondeu Nox, enquanto Sampson o alcançava.

Um dos paramédicos recuou ao ver o Nascido das Trevas. Era assim que todo mundo reagia a Sampson. Com mais de 2 metros, ele parecia um jogador de futebol americano.

— A polícia está tentando entender o que aconteceu com o motorista — explicou o paramédico. — Eles provavelmente querem falar com vocês. — E observou Nox com mais atenção. — O que houve com seu rosto?

Nox enrijeceu.

— Uma briga.

O paramédico o encarou, desconfiado.

— Mais de uma. — Nox acrescentou. — Quem é você, minha mãe?

O outro homem olhou para a viatura mais próxima.

— Espere aqui.

Assim que o sujeito lhes deu as costas, Sampson empurrou Nox na direção do SUV.

— Precisamos dar o fora daqui. Por menos que eu goste de Mortais, detesto policiais ainda mais.

Nox concordou, e, após ver os destroços, parte dele se sentiu aliviada por Ridley não estar ali.

Ela não está morta. Teria um corpo.

Mas outra parte tinha uma sensação ruim.

Não se engane. Ninguém escaparia de um acidente desses. O Lata-Velha parece um pretzel queimado.

Os sentimentos de Lennox Gates nunca eram simples em relação a Ridley Duchannes. Não havia razão para esperar que fossem menos complexos agora. Ele voltou para o carro e bateu a porta.

— Precisamos descobrir onde ela está. Rápido.

— Cuidarei disso assim que sairmos daqui. — Sampson engatou a marcha à ré, tirou o carro dali e fez o retorno. Esperou até as luzes sumirem de vista para pisar fundo.

— Relaxe. Não é uma corrida em alta velocidade. — Nox agarrou a porta.

O Nascido das Trevas olhou pelo retrovisor.

— Ainda não.

— Não fizemos nada errado — argumentou Nox, apesar de ele próprio não parecer convencido.

— É? Não é o que parece. — Sampson manteve os olhos na estrada. — Minha mão está sangrando. A janela está quebrada. E você parece que perdeu uma luta em uma jaula.

— Você acha possível que ela tenha saído andando do acidente? — perguntou Nox, detestando o quão desesperado soava. Não queria dizer as palavras em voz alta.

Ela está viva. Tem de estar.

— Não sei. — Sampson pareceu incerto. — A traseira do carro estava esmagada. — Olhou para Nox. — Mas, sim, tudo é possível.

Enquanto Sampson voltava para a rodovia, Nox notou alguma coisa no acostamento. Uma coisa pequena, peluda e fora do lugar.

Um animal.

Um gato.

Lucille Ball. Ela estava sentada no canto, como se esperasse por eles.

— Encoste. É a gata de Link.

— Como será que chegou aqui? — Sampson parou o carro a poucos metros de Lucille.

A gata não se mexeu até que os dois saltassem. Em seguida, foi trotando para o bosque.

Nox correu atrás dela.

— Acho que ela quer que a gente a siga.

Sampson balançou a cabeça.

— Mais parece que está fugindo de nós.

— Mas para onde? — perguntou Nox. Ridley havia contado a Nox uma história de como Lucille já conduzira Rid e os amigos até sua prima Lena quando esta desapareceu uma vez. Ele não fazia ideia do quanto havia de verdade nisso, mas essa gata era, sem dúvida, diferente.

Lucille corria à frente, detendo-se ocasionalmente para se certificar de que eles continuavam atrás dela. Nox não tinha muito interesse em perseguir gatos sarnentos pelo mato, mas o fez assim mesmo.

Se essa gata idiota estivesse no carro com eles... ela pode estar nos levando a Rid.

Nox não teve tanta certeza quando a gata o guiou por um amontoado de árvores e ele viu Link apoiado em um tronco à frente deles. O ridículo cabelo louro espetado e a camiseta puída do Black Sabbath eram inconfundíveis. Acima de Link, os galhos estavam rachados e quebrados, como se ele tivesse batido em todos antes de cair no chão.

De cara, se bem o conheço.

— O que está fazendo aqui, Link? — perguntou Sampson, enquanto atravessavam as árvores.

Link mal se moveu. A pele estava manchada de fumaça negra e cinzas, e um dos lados da camiseta, chamuscado sobre as queimaduras que percorriam o braço.

Nox se inclinou mais para perto e agarrou um pedaço da camisa rasgada de Link.

— Ei. Acorde.

Confusa nem chegava perto de descrever a expressão no rosto de Link. Ele abriu e fechou os olhos, balançando a cabeça ao ver Nox.

— Ah, ótimo. Estou no inferno. Minha mãe estava certa.

— Não está no inferno. Não está nem em Nova Jersey. — Nox se agachou na frente dele. — Onde está Ridley?

Link levantou a cabeça ao ouvir o nome dela.

— Espere. Você também não sabe onde ela está?

Nox enrijeceu. Era a pergunta de um milhão de dólares, e Link não tinha a resposta, tanto quanto ele.

— Tínhamos a esperança de que você soubesse — comentou Sampson.

Link esfregou os olhos, fazendo uma careta ao levantar o braço.

— Aconteceu tudo muito rápido. Começou a tocar "Stairway to Heaven" no rádio. É tudo de que me lembro, até um caminhão preto avançar um sinal e atingir o Lata-Velha. — O rosto se anuviou ao se dar conta do que estava dizendo. — Ah, cara. O Lata-Velha.

— Destruído — disse Nox, com uma pontinha de satisfação.

Sampson fez que sim com a cabeça.

— Nem queira saber.

Link pressionou as mãos contra as têmporas.

— O motorista nem tentou desviar do caminho. Parecia que vinha direto pra cima da gente. — Ele esfregou os olhos como se estivesse lutando contra a pior dor de cabeça da vida. — A única coisa que lembro depois disso é o som de metal amassando e Ridley gritando. Tinha tanta fumaça que não dava para enxergar. Fiquei chamando o nome dela, mas ela não respondeu. Depois o Lata-Velha pegou fogo.

Sampson examinou os olhos de Link.

— Você se lembra de como chegou até aqui? Está muito longe da batida. Duvido que tenha vindo andando.

Link cerrou os olhos, como se estivesse tentando encaixar tudo na mente.

— Não andei. Viajei.

— E não trouxe Ridley com você? — Nox se irritou e nem se incomodou em esconder a raiva na voz.

Por que ela foi embora com esse palhaço?

Link balançou a cabeça.

— Não foi assim. Estiquei o braço, mas ela não estava no banco do carona. O fogo aumentou, e aí minha camisa começou a queimar. Não sei o que houve. Não estava tentando Viajar, mas, quando dei por mim, estava aqui.

Sampson olhou para Nox.

— Aposto que foi algum tipo de mecanismo de defesa. Uma resposta de luta ou fuga Incubus.

— Um mecanismo covarde — murmurou Nox.

— Tudo que você precisava fazer era tirá-la daqui. Você a teve de volta, por... o quê? Duas horas? E isso foi o melhor que conseguiu?

— Não tive escolha. — Link tentava se manter concentrado, mas a visão estava turva. Ele caiu para trás, colocando as mãos nas têmporas.

Nox o agarrou pelo braço e puxou com força. Lá estava. O Anel de Ligação, que devia estar disparando como um alarme de incêndio.

Estava completamente escuro agora.

Todos ficaram olhando horrorizados. Até Link parecia querer jogá-lo no mato.

— Talvez tenha quebrado.

A voz de Nox soou dura.

—Talvez você só tenha nascido idiota.

Link rolou para o lado.

— Acertei de primeira. Se preciso ouvi-lo, Riquinho, é o mesmo que estar no inferno. — Ele contraiu o rosto, soando mais arrasado que com dor.

— Isso é muito produtivo — ponderou Sampson. — Agora estão todos irritados.

Apesar de o híbrido ter arruinado tudo, Nox sabia que não era tão simples.

Link não teve escolha, mas eu sim. Escolhi não lutar. Escolhi me entregar; desisti de tudo para que ela tivesse a chance de ser feliz.

Ou ao menos de continuar viva.

Nox suspirou e se abaixou diante do Incubus.

— Pense. Você se lembra de mais alguma coisa? Tinha mais algum carro em volta, ou pessoas que possam ter visto o acidente?

Link balançou a cabeça.

— Não. O único veículo que vi foi o caminhão que bateu na gente. Não era uma picape como as que os maus elementos dirigem em Gatlin. Era uma daquelas chiques, preta, com pneus grandes e tudo mais.

Picape preta.

Sampson encarou Nox.

— Você sabe o que isso significa, certo?

Nox fez que sim com a cabeça, sem confiança para falar.

— O que foi que perdi? — perguntou Link, levantando-se.

Sampson agarrou-lhe o braço e o puxou para cima, tão depressa que as pernas de Link saíram do chão por um segundo.

— Você se lembra se a picape tinha uma ave enorme no capô?

— Tinha — respondeu Link. — Uma ave imensa. Como você sabe?

Link cambaleou, como se os joelhos fossem falhar, e Nox o segurou antes que ele pudesse cair.

— É um corvo. — Nox tentou não pensar em todas as coisas que poderiam estar acontecendo com Ridley agora. — Era uma das picapes de Silas Ravenwood.

CAPÍTULO 2: LINK

*Don't Know What You Got (Till It's Gone)**

Silas Ravenwood. Pensar nisso desconcertou Link. Era um soco no estômago multiplicado por cem.

E se ela não tiver sobrevivido?

Não faça isso comigo, Rid. Acabei de te recuperar.

— Era a mim que queriam. A culpa é toda minha. — Link não conseguia olhar para Sampson e Nox enquanto eles examinavam a área. Link não ficava tão arrasado assim desde que havia deixado de ser cem por cento Mortal. Mas por dentro se sentia muito pior, como se seu coração estivesse parando.

Tudo em que conseguia pensar era Ridley. Link tirou a mão do bolso e ficou olhando para o anel sem vida em seu dedo.

Cadê você, Rid?

— Tem razão. Culpa sua. Ninguém está discutindo isso — emendou Nox, andando na frente deles. E nem se incomodou em virar.

Link o ignorou.

— Ela deve ter saído do carro. Como eu disse, tentei alcançá-la e ela não estava lá.

— Ou quem quer que estivesse dirigindo a picape de Silas Ravenwood a pegou. — Nox se irritou. — Já pensou nisso?

Link franziu o rosto.

— Tem certeza de que era o carro de Silas?

* Não sabe o que tem (até perder).

— Todo mundo conhece aquela picape — respondeu Sampson.

Link parou de andar.

— Fui eu que matei Abraham Ravenwood, não Rid. O neto psicótico deveria ter me levado.

— Finalmente concordamos em alguma coisa — disse Nox.

A expressão de Link enrijeceu.

— Pode parar de agir como um grande herói. Ao meu ver, nós dois decepcionamos. Pelo menos, sou homem o bastante para admitir.

Os olhos de Nox cerraram.

— Não era eu que estava dirigindo.

Link deu um passo à frente, aproximando-se de Nox.

— Mas poderia ter sido.

As mãos de Nox se cerraram em punhos.

— Você não imagina o quanto eu gostaria disso. Aí sim poderia ter feito alguma coisa. Ao contrário de alguns de nós.

Sampson se colocou entre os dois.

— Os dois podem brigar depois que a encontrarmos.

— Depois que a encontrarmos, vou levá-la a algum lugar seguro onde você jamais voltará a vê-la. — Nox não desgrudou os olhos de Link.

Link mal conteve o impulso de socá-lo na cara.

— Gostaria de vê-lo tentar.

— E eu adoraria surrar vocês dois. Infelizmente, como diz Mick Jagger, nem sempre se pode conseguir o que se quer. — Sam os empurrou. — Agora mexam-se.

Link não se importava se Lennox Gates os salvara na Sirena. Até onde sabia, o cara continuava um babaca. Mais uma peça do lixo das boates do Submundo, rico e metido demais para o bem dos outros. Sem falar no outro problema.

Um babaca que passou os últimos meses tentando roubar minha namorada. Que só quer encontrá-la para roubá-la outra vez.

Se é que ela ainda está viva.

Link tentou não pensar assim. Principalmente agora que os três estavam enfiados em uma lanchonete de beira de estrada, fazendo o possível para descobrir uma maneira de encontrar Rid antes de se matarem. Foi a exaustão que impediu que isso acontecesse até então.

Os três (quatro, contando Lucille) passaram horas vasculhando o bosque, procurando por qualquer sinal de Ridley, apesar da grande probabilidade de Silas ou um de seus capangas tê-la levado.

Ou seu corpo.

Essa era a parte que ninguém falava em voz alta.

A situação era péssima.

Eu sou péssimo.

Link também não precisava dizer isso em voz alta. Empurrou pelo prato as batatas que jamais consideraria comer. Comida Mortal tinha gosto de papelão, outra desvantagem de ser um quarto Incubus. Não que ele fosse conseguir comer em um momento como aquele.

— Você realmente acha que Silas pode estar com ela?

Nox não respondeu imediatamente. Em vez disso, ficou olhando para o copo de café na mão.

Mau sinal.

— Se ela ainda estiver viva — declarou ele, finalmente.

— Não diga isso. — Link começou a avançar por cima da mesa, mas Sampson o pegou. — Nunca mais diga isso. Ela está viva. Só temos de encontrá-la.

— Seu anel... — Nox o encarou.

— Está quebrado. — Link encarou de volta.

— Cresce. — Nox disparou. — O nome disso é realidade. Nós permitimos que ele a levasse.

Link avançou novamente, e Sampson o segurou pelo pescoço, como se o gigantesco híbrido fosse um gatinho inofensivo.

— Ainda não sabemos nada ao certo. — Sampson jogou Link de volta na cadeira. — E não tenho certeza de que Ridley Duchannes algum dia *permita* que alguém faça alguma coisa. Então, vamos todos nos acalmar. Não vamos resolver nada se não trabalharmos juntos.

O sino da porta da lanchonete soou, e Necro e Floyd entraram, examinando o local. Sampson as chamara assim que se sentou. As meninas estavam dando um tempo em um hotel chinfrim nos arredores do Brooklyn, esperando até que Sam resgatasse Nox dos capangas de Silas e a banda pudesse ir para Los Angeles, conforme o planejado. Quando Sam ligou e contou sobre o acidente, as companheiras de banda de Link não perderam um minuto.

Os cabelos louro-claros de Floyd caíam sobre os ombros enquanto ela procurava por Link. Quando o viu, seu rosto se quebrou em mil pedaços, como se ela estivesse prestes a começar a sorrir ou chorar. Link não sabia qual dos dois. Ela praticamente correu para a mesa deles, com o jeans esburacado e a blusa desbotada do show Dark Side of the Moon, do Pink Floyd, e pegou Link pelo pescoço em um grande abraço.

— Tudo bem? Estávamos tão preocupadas.

Link a apertou com força. Sabia que Floyd ainda tinha uma quedinha por ele, mas naquele instante ficou tão feliz em ver as amigas que não se importou. Ao menos ela não o culpava por tudo que tinha acontecido, ao contrário de outros.

Inclusive eu mesmo, pensou, arrasado.

Alguém tossiu, e Necro estava atrás de Floyd, lançando um sorriso cheio de piercings para Link. Seu moicano azul parecia mais azul, e o casaco futurístico de couro, ainda mais Mad Max que de costume. Talvez tudo fosse mais acentuado depois que a pessoa escapava da morte.

— Oi, cara. — Link esticou o braço para abraçá-la, mas em vez disso ela levantou o punho.

— Toque aqui — pediu ela, sorrindo.

A velha Nec de sempre. Graças a Deus elas estão aqui.

Necro se apertou ao lado de Sampson, em frente a Link e Floyd. Nox estava diante de Sam, e o Nascido das Trevas ocupava um belo espaço na mesa.

— Que rapidez — comentou Sampson.

Necro assentiu.

— Pulamos no primeiro táxi que encontramos.

— Uma corrida de 50 dólares. Não se comportem como se a gente não amasse vocês. — Floyd enrubesceu enquanto tropeçava nas palavras.

— E você, não aja como se tivesse pagado a corrida — rebateu Nox.

— Então o que aconteceu? — perguntou Necro.

— Silas Ravenwood, ou alguém dirigindo uma das picapes dele. Isso que aconteceu. — Link deu de ombros. — O Lata-Velha levou a surra final, e Rid... — a voz falhou. Ele não conseguia contar a história de novo.

Não sem vomitar.

Floyd deu um aperto em seu ombro.

— Sampson nos passou os melhores momentos pelo telefone. Contou que Ridley está desaparecida. — Apesar de ter uma queda por Link, ela quase soou lamentosa.

— Procuramos por todos os lados e não encontramos sinal dela — falou Nox. — Nosso palpite é que Silas está com ela, mas não sabemos para onde a levou.

Sampson virou o que devia ser o quinto copo de leite. Comia mais que Link quando Mortal. Era difícil saber como as coisas funcionavam com Nascidos das Trevas, considerando que jamais tinham existido até a Ordem das Coisas ser quebrada no ano anterior. Todo mundo ainda tentava entender, inclusive Sampson.

— Silas é o chefe do Sindicato. Não pode controlar uma operação como essa sem um local para encontrar os parceiros imundos. Não é como se pudesse alugar um escritório.

— O Sindicato? — Link nunca tinha ouvido falar naquilo antes. — Tipo um sindicato *do crime*?

— O Submundo tem um crime ainda mais organizado que o mundo Mortal — explicou Floyd. — Jogos, drogas, poder e tráfico, o que você conseguir pensar. E o Sindicato controla quase tudo.

— Então, você está dizendo que Silas é o chefe da Máfia? — Essa ideia deixou Link nervoso. — Tipo Don Corleone, aquele gordo de *O Poderoso Chefão*?

Sampson empurrou um copo vazio sobre a mesa.

— O Sindicato faz a Máfia parecer uma instituição de caridade.

Link quase soltou uma piada sobre sua mãe e as implacáveis reuniões das Filhas da Revolução Americana; o FRA poderia dar uma canseira na Máfia a qualquer dia da semana. Mas então ele se lembrou de que Rid não estava ali, o que significava que não havia ninguém em volta para rir de suas piadas sobre Gatlin.

Nada é igual sem ela.

Então outro pensamento lhe passou pela cabeça.

O FRA. Minha mãe.

Link se levantou subitamente.

— Droga. Preciso ligar para minha mãe.

— Ainda não falou com ela? — Sam balançou a cabeça. — Os policiais provavelmente já rastrearam a placa do Lata-Velha. Aposto que já entraram em contato.

Link teclou o número o mais rápido que pôde. Sua mãe ia matá-lo por não ter ligado. O pastor e todas as amigas do FRA provavelmente já estavam na casa deles em um de seus ciclos de oração.

A mãe atendeu no primeiro toque. E Link percebeu pela voz que ela estava chorando.

— Mãe? É Link. Quero dizer, Wesley...

— Wesley! — Ele ouviu um ruído abafado como se ela estivesse cobrindo o telefone. — É o Wesley. O Todo-Poderoso e Bondoso Pai ouviu nossas preces.

Link pôde imaginar o coro de aleluia, entre comentários de *Eu Avisei Que Aquele Menino Era Encrenca* e *Espero Que Seu Filho Não Esteja Fumando Maconha.*

Um instante mais tarde, a mãe estava de volta ao telefone.

— O que aconteceu? A polícia ligou e disse que encontraram seu carro destruído na rodovia, mas você não estava em lugar algum. *No norte* — disse ela, da maneira como outra pessoa diria "*no Titanic*", e aí emendou: — Você está bem? Está com amnésia? Meu Deus, não permita que ele tenha amnésia.

— Calma, mãe. Se estivesse com amnésia, não teria me lembrado de nosso telefone. Estou bem. Eu nem estava no carro. — Link só tinha pensado nesse detalhe há pouco, e estava um tanto orgulhoso de si. — Foi uma confusão. Alguém roubou o Lata-Velha, mas eu ainda não tinha feito a ocorrência, então quando chegaram no local do acidente, acharam que era eu que estava dirigindo.

— E você só está ligando agora? — A raiva já estava fervendo na voz da mãe. — Você tem alguma noção do quanto fiquei preocupada? Já liguei para o velho Buck Petty e pedi que trouxesse os cachorros!

Link suspirou, esfregando os cabelos espetados.

— O que você ia fazer? Ir até a Georgia do Salvador com uma picape cheia de cachorros? — Link estava orgulhoso por se lembrar do nome da faculdade em que devia estar estudando.

— É isso que *boas mães* fazem quando seus filhos desaparecem, Wesley Jefferson Lincoln! Eu estava absolutamente *doida*. Você se esqueceu de como ligar a cobrar? Nós treinamos antes de você viajar.

— Desculpe, mãe. Só descobri o que houve há pouco, e não posso conversar porque a polícia precisa que eu preencha um B.O. — E a mãe achava que todas aquelas horas que ele passou assistindo a *Matlock* tinham sido um desperdício.

— Por que alguém roubaria um carro na Georgia do Salvador e iria até a rodovia de Nova Jersey?

— Não sei, mas é melhor você ativar a cadeia de telefonemas e avisar para todo mundo, antes que as damas do FRA resolvam ir até a Georgia prender minha foto pelos postes.

— É bom que me ligue depois, Wesley. — A mãe de Link avisou, com um suspiro. — Essa conversa não acabou.

— Tudo bem, mãe. Tenho de ir. A ligação está ruim. — Link amassou um guardanapo no telefone só para garantir ao desligar.

Algumas coisas jamais mudavam, por mais que se desejasse.

Quando ele voltou para a mesa, todo mundo estava tentando não sorrir, exceto o riquinho.

— Muito bem. Muito bem. Acabou o show — disse Link. — Então, onde encontramos Silas?

— Quando Silas não está distribuindo socos, gosta de ficar quieto — comentou Sampson. — Então ele provavelmente comanda a operação de algum lugar fora do circuito.

— Isso é o mais quieto possível — argumentou Necro, voltando-se para Nox. — Você conhece Silas melhor que nós. Se ele estivesse com Ridley, aonde a levaria?

— Não o conheço tão bem quanto pensa. — Nox parecia irritado. — Não faço parte da folha de pagamento dele. Silas aparece, traz problemas, depois some. Se ele estiver utilizando os Túneis para se locomover, o que eu faria no lugar dele, pode estar em qualquer lugar. — Os Túneis

Conjuradores corriam sob o mundo Mortal, e lá o tempo e a distância não seguiam as mesmas regras.

Floyd olhou para Nox.

— E Abraham nunca mencionou nada naquela época... — hesitou ela. — ... em que você o conhecia.

Nox puxou as mangas do que para Link parecia mais uma de suas camisas hipsters caras demais.

— Como falei, não passei muito tempo com ele. Considerando que ele basicamente sequestrou minha mãe. Só me deixou visitá-la algumas vezes quando eu era mais novo. — Nox parou de falar e olhou para o teto. — O restante do tempo, ele passava nos laboratórios.

Pelo visto o mauricinho também tem sentimentos, Link pensou. Engraçado como isso não diminuía em nada sua vontade de socar o sujeito.

— Tudo bem. Ao menos, é um ponto de partida. Alguma vez ele falou sobre os laboratórios? — perguntou Sampson.

— Claro. Abraham era obcecado por eles e por seus projetos, era assim que os chamava. Mas nunca me convidou para uma visita. Ficavam em algum lugar atrás da casa.

— Tem certeza disso? — Link estava desconfiado.

— Como disse, passei um tempo na casa dele. Silas também, e, inclusive, tinha um quarto. Cometi o erro de entrar lá uma vez, por acidente. — Nox balançou a cabeça, lembrando-se. — Percebi uma vitrola antiga em um dos quartos, e queria ver como funcionava. Abraham estava no corredor quando saí. Jamais me esquecerei do que ele disse. *Eu tolero a forma como você transita sorrateiro por minha casa, menino. Mas, se Silas o vir rondando o quarto dele, pode achar que você é um ladrão, e lhe cortar a mão.*

— Obrigado por compartilhar suas lembranças assustadoras de infância — disse Link. — Isso tudo vai me ajudar a dormir muito bem.

Nox franziu o rosto.

— Tudo que sei é que Silas nunca passou muito tempo longe dos laboratórios, assim como o velho. Se encontrarmos os laboratórios, aposto que o encontraremos.

— Então onde é a casa? — Sampson quis saber.

Nox balançou a cabeça.

— Não sei. Os homens de Abraham sempre me vendavam quando me levavam pelos Túneis para visitar minha mãe. E o local fica sob alguma espécie de Feitiço de Cobertura, para que Mortais não possam enxergá-lo.

Outro beco sem saída, Link pensou. Ótimo.

Ele cogitou ligar para Ethan, que era mil vezes mais inteligente que ele. Mas Ethan envolvido com Silas Ravenwood era uma missão suicida. Link não podia deixar que nada acontecesse com o melhor amigo, não depois de Ethan morrer duas vezes.

— Tem de haver alguém que saiba como encontrar esses laboratórios — opinou Sampson.

Um pensamento se formou na cabeça de Link, lentamente como calda caindo de um frasco.

— Tem. O cara que cresceu lá. — Ele ergueu o olhar. — John Breed.

— Quem? — Sampson soou desconfiado, o que parecia parte da natureza de Nascido das Trevas.

— Ele é um dos mocinhos — avisou Link. — Mas foi bandido por muito tempo, antes de virar mocinho. Então ele é um pouco minha Wikipédia de Conjuradores das Trevas.

Nox cruzou os braços.

— Não sei se um mocinho vai servir nessa situação.

— Ele mais que serve. Pode confiar.

Nox não respondeu.

— Como você pode ter tanta certeza? — perguntou Necro.

— Abraham Ravenwood o projetou em um de seus laboratórios de ciência. — Link sorriu. — E foi John que me ajudou a matá-lo.

— Está dizendo que um dos experimentos científicos de Abraham se rebelou? — indagou Sampson.

— Estamos falando de algo como Frankenstein e RoboCop. — Link relatou orgulhosamente.

Ele ocultou os detalhes, por exemplo, que John Breed era o Incubus híbrido que o mordera, transformando-o no um quarto Incubus que era hoje. Parecia estranho falar sobre isso, como se ele estivesse de cueca na frente de todo mundo. Era algo difícil de perdoar, mas não era culpa de John; Abraham realmente o estragara. Além disso, John correspondeu quando ele e os amigos precisaram dele; e os dois mataram Abraham. Era o tipo de ligação que não se podia romper.

Em vez disso, Link contou sobre como Abraham Ravenwood escolheu a dedo os pais de John, um Incubus de Sangue e um Evo — um Evo é um Conjurador poderoso que pode pegar emprestado o poder de qualquer Conjurador em que encostar. Abraham utilizou ambos para criar um híbrido perfeito; com todos os poderes de um Incubus e nenhuma das fraquezas.

John podia Viajar e tinha a superforça de um Incubus tradicional, mas também tinha os poderes de um Evo. E ele conseguia fazer a única coisa que nenhum outro Incubus conseguia, exceto Link: John podia andar em plena luz do dia.

Se alguém era capaz de encontrar os laboratórios, esse alguém era John.

— Então o que estamos esperando? — perguntou Floyd. — Ligue para ele.

Link suspirou.

— Ele não está em Gatlin. Está em Oxford com a namorada, Liv.

— Mais uma vez, o nome da solução é telefone. — Floyd não estava ajudando.

— Você não está entendendo. Liv é uma dessas gênias malucas que passa o tempo todo na biblioteca. Nunca andava com celular em Gatlin, e John não é muito melhor. Tentei o número que ele me deu muitas vezes, mas sempre cai na caixa postal.

— Tudo bem — disse Floyd. — Então você terá de Viajar conosco até lá.

— Eu não voo. — Sampson se inclinou para trás na cadeira, os braços cruzados.

— Sério? — Necro pareceu entretida e o cutucou de brincadeira. — Você?

Sampson colocou as mãos nos bolsos, parecendo envergonhado.

— Viajar não é exatamente o mesmo que voar — explicou Link. — É mais como se você fosse sugado pelo aspirador de pó.

O Nascido das Trevas o encarou.

— Apesar de você fazer soar como algo muito atraente, ainda assim vou dispensar.

— Detesto dizer isso, mas estou com Sampson — disse Necro. — Viajar para dentro e para fora de meu próprio corpo já é suficientemente desagradável.

Nox desviou o olhar. Necro mal conseguiu se recuperar de ter usado seus poderes de Necromante, para permitir que Abraham dominasse seu corpo, e de ter sido envenenada. Mesmo agora, Link notou que as sombras sob os olhos dela estavam mais escuras que de costume.

Todos eles já sofreram o bastante por minha conta e de Rid.

E de Nox também — ele também causou muitos problemas.

Mas Floyd, Necro e Sampson? Pense no quanto suas vidas seriam mais fáceis se Abraham e Silas tivessem conseguido o que queriam logo de primeira.

Como posso pedir que entrem no segundo round do esmagamento Conjurador?

— Eu vou — declarou Floyd no mesmo instante.

Link se sentiu grato, mas também culpado.

— Não precisa fazer nada que você não queira. — Gostando ou não, o coração de Link sempre pertenceu a uma Sirena em particular, e ele ia encontrá-la, custasse o que custasse.

— Obrigado pelo esclarecimento. — Ela sorriu.

— Eu também vou — disse Nox, do outro lado da mesa.

— Não acho que seja boa ideia — argumentou Link. — John é meio como o Sammy Boy. Demora um pouco para se acostumar com as pessoas. E vocês dois não têm muito em comum.

— Eu vou. — Nox começou a se levantar, mas Necro o pegou pelo braço.

— Deixe-me colocar de outra forma — insistiu Link. — Você não vai. Então, a não ser que saiba Viajar, está com azar. E, se realmente se importa com Ridley, vai parar de encher o saco e perder tempo.

A acusação pareceu atingi-lo, e Nox recuou.

— Não se preocupe, Nox — interrompeu Floyd. — Vamos encontrar esse John Breed.

Todos seguiram Link até o lado de fora. Ele os levou para trás do restaurante, a fim de que ele e Floyd pudessem desmaterializar sem que ninguém notasse.

Link estendeu a mão.

— Pronta?

Floyd assentiu e lhe deu a mão.

Necro a abraçou rapidamente.

— Boa sorte.

— Não vamos precisar.

Quando as palavras saíram da boca de Floyd, já tinham partido.

CAPÍTULO 3: NOX

*Street of Dreams**

— Newark? Em Nova Jersey? Continuo sem entender. Vocês sabem que essa área não é nossa amiga. — Necro parecia aborrecida enquanto seguia Nox e Sam pela calçada. — Ou sou a única com lembranças não tão felizes?

— Vamos ficar bem — assegurou Nox. — Entre as donas de casa e a Máfia Mortal, até os capangas de Silas evitam Nova Jersey como uma praga.

— Não é um pouco próximo demais, depois do incêndio na Sirena? — Necro parecia em dúvida. — Porque o local estava infestado pelos homens de Silas. Eu estava lá, caso tenha se esquecido.

— É *por isso* que Nova Jersey é segura. A boate se foi. Silas tem problemas maiores com os quais se preocupar agora.

Sampson parou na frente de um condomínio brega que pretendia parecer uma vila Tudor.

— A Casa Essex. É a casa de April, ou talvez June. Ela foi batizada em homenagem a um mês. Isso é tudo de que me lembro.

— Ótimo — disse Necro. — É bonito ver o quanto suas namoradas significam para você.

— Ela não era minha namorada — respondeu Sampson, enrubescendo. — Só uma garota com quem fiquei uma vez.

— Como se isso melhorasse as coisas! — Necro ergueu uma sobrancelha.

---

* Rua de sonhos.

— Não me importo com quem seja, desde que tenha nos deixado uma chave — interrompeu Nox. Após ouvir a parte de Sampson da conversa, tudo que ele soube foi que April ou June, ou qualquer que fosse o nome da moça, parecia feliz em deixá-los ficar na casa dela, na esperança de retomar o contato com Sampson.

Necro balançou a cabeça.

— Você já teve alguma relação que tenha durado mais de uma noite? — A Necromante soou como se estivesse brincando, mas a julgar pelo olhar em seu rosto, não ia desistir até obter uma resposta de verdade.

Sampson franziu o rosto.

— Talvez eu só não tenha encontrado a garota certa.

— Continue se enganando — sugeriu Nox. — Ainda precisa cobrir os outros dez meses do ano, por que parar em *abril e junho*? Tem setembro, outubro, novembro, dezembro...

— Chega. — Sampson pegou a chave embaixo do vaso de flores no pórtico.

Assim que entraram, Necro sentiu-se em casa e caiu em uma poltrona. Ela pegou uma almofada decorativa, coberta por pássaros bordados e um sol amarelo gordo, e olhou para Sampson.

— É oficial. Você venceu. Tem o pior gosto para mulheres.

Nox ficou olhando para a almofada como se estivesse vendo um fantasma. De certa forma, parecia que sim.

É possível? Será que realmente posso ser tão burro?

Os outros mal notaram.

— Tudo bem. Ela não era nenhuma cientista. — Sampson soou envergonhado enquanto abria a geladeira, escondendo-se atrás da porta. — Ao menos, achei um lugar para ficarmos. Nox não pode voltar ao apartamento dele. E eu não posso voltar ao nosso, não depois de ter atravessado a janela de um dos carros de Silas com o punho.

— E depois o roubou — acrescentou Nox. Olhou pela janela, onde aquele enorme carro preto parecia totalmente fora de lugar no condomínio fechado, cheio de minivans. De repente, ele sentiu que daria tudo para estar lá fora, em vez de preso naquele apartamento enjoativo.

Precisava organizar a mente e se lembrar.

Sampson pegou um pedaço de pão e uma montanha de ingredientes para sanduíche, inclusive um vidro inteiro de pepino em conserva.

— Maionese artesanal? O que é maionese artesanal? — Abriu o vidro com o rótulo pintado a mão e fez uma careta. — Tenho certeza de que não é comida.

Nox pegou o casaco.

— Vou dar uma volta. Preciso de um pouco de ar.

Tenho de tentar me lembrar.

Necro apoiou os coturnos no braço da cadeira e abriu um livro de mesa sobre livros de mesa.

— Não faça nada que eu não faria.

Enquanto Nox fechava a porta da frente atrás de si, sabia o que precisava fazer. Mal chegou à calçada antes de tirar o isqueiro do bolso. Então o mundo ficou borrado, e a visão o atingiu...

Dois homens em um carro, correndo pela rodovia, um rastro de fumaça de charuto atrás deles.

— O que quer que eu faça com ela? — pergunta o maior dos homens.

— Depende. — A voz dele... é familiar.

Silas.

— Vamos ver como ela reage à infusão. Estou com uma boa sensação em relação a essa. É a número 13 da sorte.

— Não crie grandes expectativas. Trabalha nisso há anos e ainda não funcionou.

— Tentativas e erros — pondera Silas. — É assim que a ciência funciona. O doutor acha que finalmente aperfeiçoamos a fórmula, e essa garota não é uma Conjuradora qualquer. Ela vem de uma linhagem muito forte.

— E se a infusão não funcionar? — pergunta o grandão. Ele é tão grande que deve ser um Nascido das Trevas.

Silas bate a cinza para fora da janela.

— Pode matá-la, como o restante dos fracassos, ou ficar com ela. Você escolhe.

— Depois de tanto trabalho para consegui-la? Tem certeza de que não quer as sobras?

— Não tenho interesse em mercadoria estragada — responde Silas.

Nada além de quilômetros de estrada se estendem diante do carro, até uma placa verde surgir: NOVA ORLEANS 68 KM.

— Se conseguir isso, o Sindicato não poderá ser contido por nada — avisa o Nascido das Trevas.

Silas para e ser vira para olhar para ele.

— Não. Eu não poderei ser contido por nada.

Os contornos do mundo voltaram à visão periférica de Nox, e seu coração batia forte no peito enquanto ele lutava para afastar a fumaça da mente.

Mercadorias estragadas.

Silas tinha de estar falando de Ridley. Tinha se empenhado muito em consegui-la. Mas se ainda estava falando dela agora...

Ela está viva.

Nox se forçou a ser lógico, mesmo com a adrenalina pulsando em suas veias.

Silas poderia estar se referindo a outra pessoa. Mas eu não teria uma visão sobre uma garota aleatória.

A segunda conclusão era a única que interessava.

Ele está com Ridley. Em algum lugar de Nova Orleans, ou perto.

Significa que ainda temos tempo.

Não muito.

Nox se permitiu respirar, mas só por um minuto. Se ele estivesse certo e Rid continuasse viva, o tempo estava correndo. Não sabia ao certo que tipo de infusão era aquela a que Silas se referiu, mas, se envolvia um de seus experimentos, coisa boa não era.

Ao menos sei onde Silas a mantém.

Se Silas estava a caminho de Nova Orleans, isso queria dizer que ia para Ravenwood Oaks — a plantação de Abraham. O local onde Nox visitara a mãe.

Eu deveria avisar a Necro e Sam. Mas não posso.

Tinham topado o plano louco de Link de encontrar o tal John.

Mas qual é. A quem estavam enganando?

Nenhum amigo de Link vai ajudar em nada. O híbrido é um idiota, cercado por idiotas.

Nox olhou para o condomínio atrás de si, as mãos nos bolsos.

Não posso levar Necro e Sampson comigo. Já os feri demais. Principalmente Necro; ela quase morreu por minha causa. E Sam já apanhou no meu lugar mais vezes que consigo contar. Eles só vão se machucar.

Porque as pessoas de quem ele gostava sempre acabavam se machucando.

Era a mais dolorosa das confissões.

Sou a verdadeira ameaça, mas sempre soube disso.

Nox ficaria melhor sozinho. Rid era a única pessoa que entendia como era ser o motivo pelo qual todas as pessoas ao redor viviam em sofrimento; mesmo que você não quisesse que isso acontecesse.

Desejar poder trocar de lugar com elas.

Era egoísta colocá-los em perigo quando Nox já tinha conquistado talentos, favores e poderes mais que suficientes nas mesas de jogos em suas boates. Esses TFPs compensariam a ida sozinho. Sem falar no fato de que levar mais gente só aumentava as chances de serem pegos.

Posso fazer mais sozinho. Sem arriscar as vidas de todos outra vez.

Nox sabia para onde isso ia... e o que estava prestes a acontecer.

Rid me diria para ir em frente. Ela entenderia.

Ela diria, pare de mimimi. Levante a bunda da cadeira e vá.

Nox foi andando pela calçada, ainda sentindo os olhos de Sampson nele, da janela acima. Quando dobrou a esquina, apertou o passo e foi direto para a estação de trem. Era também o local da porta externa mais próxima, uma das passagens mágicas que levavam do mundo Mortal aos Túneis Conjuradores.

Ele não ia ficar esperando Link e Floyd voltarem. Não agora. Se Ridley continuava viva, ela não tinha tempo para isso, e ele não deixaria seu destino nas mãos daquele namorado idiota, ou de John Breed, outro híbrido que Nox não sabia se era confiável.

Mercadorias estragadas.

Suas mãos se fecharam em punhos ao pensar nas palavras de Silas.

E, se ela não estiver lá quando eu chegar — ou se não for Rid, e ela já estiver morta —, farei Silas pagar.

Link estava enganado em relação a uma questão: John Breed não era a única pessoa que conhecia a localização dos laboratórios de Abraham em Nova Orleans e no Sindicato.

Nox soube assim que viu aquela almofada bordada idiota no apartamento da Mortal — a que parecia um sol amarelo gigante.

Tinha despertado a lembrança que havia revelado para onde deveria ir, e o que teria de fazer em seguida.

Tentou silenciar a voz em sua cabeça, ultrapassando os passageiros que esperavam o trem na plataforma, e passou por uma porta de acesso atrás dos elevadores. O corredor estava escuro, e o cheiro de mofo pairava no ar. Ele passou por painéis eletrônicos abandonados, que não eram usados desde que a cidade melhorou as estações há quase uma década. No fim do corredor, viu a porta externa.

Nox se abaixou e tocou o topo da tampa de esgoto, sussurrando o Feitiço para acessá-la.

— *Aperi portam.*

Em outras palavras, abra a maldita porta.

Ela deslizou com facilidade, e ele se abaixou em direção ao que parecia uma queda fatal. Mas Nox sabia que os degraus invisíveis esperavam abaixo. Uma vez que seus pés tocaram o primeiro, ele saltou o resto da escada, deixando para trás o mundo Mortal.

A previsibilidade do mundo Conjurador era reconfortante. Os degraus invisíveis ficavam onde os degraus invisíveis deveriam ficar, e os Feitiços sempre abriam as portas Conjuradoras.

Além do fato de que tempo e distância funcionavam de outro modo nos Túneis Conjuradores, a maioria deles não era muito diferente das cidades e ruas do mundo Mortal. Claro, alguns pareciam com as páginas de um livro de história: Idade Média, Renascimento, Londres Vitoriana; outros pareciam os livros de fantasia que lia quando era criança.

Aquele túnel não era um desses.

Enquanto suas botas faziam espirrar a água rançosa, ratos corriam pelo lodo aguado. Nox se sentiu grato pelo Túnel ser mal iluminado. Apesar de ele não passar muito tempo em túneis de esgoto, aquele ali provavelmente era parecido com um; pensamento deprimente, considerando que o local para onde se dirigia era muito pior.

CAPÍTULO 4: RIDLEY

*Dreaming Neon Black**

Você se lembra de cada segundo de sua morte. Pelo menos, foi assim que funcionou para Ridley.

Se é que estava morta.

Não sabia ao certo. Essa parte estava um pouco nebulosa.

Primeiro, veio o solo de guitarra, cortando a rádio. Depois, sons e imagens inundaram sua mente.

A picape preta acelerando em direção ao Lata-Velha...

Os pneus cantando, e o metal batendo...

Gritos ecoando em meus ouvidos. Link gritando meu nome...

E fumaça, calor e chamas...

Ridley abriu os olhos lentamente. Estava deitada de costas, a mente confusa. Tudo coberto por um filme turvo, como se ela enxergasse através de uma lente de câmera manchada de vaselina. Um terrível pensamento cruzou sua mente.

Tomara que eu não esteja dentro de um caixão. Sério. Fiz planos épicos para meu enterro.

Ela piscou forte até conseguir enxergar, acima dela, o que parecia um teto borrado de um quarto.

Graças a Deus.

Ela apalpou em volta do corpo e sentiu um colchão duro embaixo dela.

---

* Sonhando com preto néon.

Onde estou? E há quanto tempo estou aqui?

E, mais importante, onde estava Link?

Ridley tentou se lembrar dos detalhes do acidente, mas, depois das chamas e da fumaça, havia um grande nada.

Se ele estiver morto... depois de tudo que passamos, eu mesma o mato.

Seria muito minha sina.

Finalmente dar meu coração para um cara logo antes do dele parar de bater.

Ela esfregou o rosto com a mão livre, limpando algumas lágrimas perdidas. Sequer as sentira vindo, mas o súbito movimento enviou uma onda repentina de dor pelas costas. Parecia que alguém tinha martelado seu corpo. O pescoço estava tão sensível que doía só de respirar. Os braços estavam cobertos com hematomas roxo-amarelados, e, se a sensação nos ombros e nas costas era algum indício, diria que estes também estavam do mesmo jeito.

— Lembre-se de me avisar quando ela acordar — pediu um homem ao longe. — Deve ser em breve.

Ridley virou a cabeça para o lado, fazendo uma careta de dor, enquanto lutava para se livrar do torpor. Assimilou os arredores movendo os olhos de um lado para o outro. Um lustre ornado com fios de cristais oferecia a única luz, e um tapete persa de aparência cara cobria o chão de concreto. As paredes de pedra tinham sido caiadas em cinza-claro, em uma tentativa fracassada de deixar o quarto menos parecido com uma prisão, mas a porta gradeada arruinava o efeito.

Estou trancada em uma cela que alguém decorou como uma pousada psicótica. Estou em um território totalmente O silêncio dos inocentes. *A qualquer momento um assassino em série louco vai aparecer do outro lado da grade, pensando em que tipo de casaco vai fazer com minha pele.*

A voz de outro homem, mais severa que a primeira, ecoou além das barras.

— Você precisa descobrir para onde foi aquele híbrido ou vai se ferrar. Não vou levar a culpa por isso. Está claro?

Híbrido.

Estão falando de Link.

Talvez ainda haja alguma chance de ele estar vivo.

— Você já perdeu um deles — emendou a segunda voz. — Um erro pelo qual ele fará nós dois pagarmos, quando a situação estiver sob controle. Encontre o híbrido ou vou jogá-lo embaixo de muito mais que um ônibus. Entendeu? — O sujeito parecia sulista, como os vizinhos de Link em Gatlin.

A conversa se dissolveu em uma cadeia de murmúrios enquanto a neblina a envolvia mais uma vez.

Respire. Feche os olhos e se concentre. Mesmo que machuque.

Demorou um pouco até que as palavras abafadas voltassem a fazer sentido.

— Você realmente acha que a Sirena vai nos dizer alguma coisa? — O cara que sofrera a agressão verbal perguntou.

O sulista riu.

— Quando ele acabar o que pretende fazer com ela, a Sirena vai contar tudo. É aí que a diversão realmente começa.

Ridley pressionou as mãos contra as têmporas, tentando clarear as ideias. Se as vozes não estivessem ecoando e vibrando como se ela estivesse em uma quermesse, talvez pudesse descobrir com quem estava lidando.

Que diabos me deram?

Tranquilizantes de cavalo?

— Então ele vai dopá-la. E aí? Acha que vai vendê-la? — perguntou o primeiro. — Aposto que há dezenas de Conjuradores no Sindicato que adorariam uma Sireninha gostosa feito ela.

A respiração de Ridley prendeu na garganta.

Me vender?

Quem são esses psicopatas? E como vou sair daqui e encontrar Link?

Ela não se permitiu considerar a alternativa: a chance de não haver mais ninguém para encontrar.

O encarregado ficou em silêncio por um instante, o que não pareceu um bom sinal.

— Talvez ele fique com essa. Ele não tem uma Sirena, e as boas são muito difíceis de encontrar.

De quem estão falando?

Passos ecoaram pelo chão de concreto, aquietando-se aos poucos. Ridley respirou fundo, torcendo para que os dois fossem embora.

Enquanto o eco ficava mais baixo, ela ouviu o sulista uma última vez.

— Ela será um ótimo acréscimo à *Menagerie.*

Ridley não fazia ideia do que ele estava falando, mas tinha a impressão de que era muito pior que ficar trancada em uma gaiola dourada. Já se encrencara o suficiente na vida para reconhecer o tipo de problema em que estava envolvida agora.

Era do tipo que começava com ela sendo sequestrada e dopada por um homem que não conhecia e acabava com ela desejando estar morta.

— Ei! Você está bem aí, Pink? — A voz de uma menina tirou Ridley da neblina que ela parecia incapaz de combater.

Não fazia ideia de quanto tempo havia se passado, mas alguém deixara uma bandeja com uma vasilha de uma indistinta sopa cor de urina e um copo com água sobre o criado-mudo espelhado ao lado da cama.

Como alguém entrou aqui sem que eu percebesse?

Ridley tentou se sentar, mas não tinha forças para isso. As pernas estavam frias, e ela percebeu que trajava o que parecia uma camisola de hospital; algo tão amorfo quanto um saco de arroz, e tão áspero e barato quanto. Nada parecido com o roupão de gueixa que normalmente usava para se deitar. E não ia nem tocar no cabelo. Estremeceu.

Excelente. Por que não me mataram de uma vez e acabaram logo com isso?

Ridley tentou alcançar o copo na mesa ao lado. Ela calculou mal a distância, e o copo caiu.

A quem estou querendo enganar?

Ela teve dificuldades em se mexer, como se tentasse nadar em uma piscina de gelatina. Há algumas horas provavelmente não teria ouvido se um trem passasse por ali. Mas agora a mente estava clareando e ela estremeceu, percebendo que a pessoa provavelmente tinha estado ao lado de sua cama quando veio deixar a bandeja.

Ela esticou o braço outra vez, agora com mais cuidado, e enfiou o dedo na vasilha de sopa duvidosa na bandeja. Ainda estava morna.

Então notou o Anel de Ligação no dedo. Estava sem vida, sem cor alguma. Como se o poder o tivesse deixado, junto ao que quer que a ligasse aos amigos.

A Link.

Sentiu as lágrimas se formando mais uma vez.

— Ei, Pink! Só quero saber se você está bem. — Era a voz da mesma garota, pouco mais que um sussurro. — Pegaram pesado com você.

Ridley conseguiu se levantar e se apoiar no encosto da cama. Os braços estavam pesados, como se ela os tivesse puxando de cimento molhado cada vez que se mexia. Mas isso não era nada se comparado à dor latejante na cabeça.

Devem ter me dado algo mais forte.

Será que existe tranquilizante de elefante?

Alguém certamente a dopou, e o que quer que lhe tinham dado não era nada bom. Sirenas tinham grande tolerância a álcool e drogas, e aquilo era diferente de tudo que Ridley já tinha experimentado.

Mesmo assim ela conseguiu deslizar da cama e se arrastar pelo chão, determinada a descobrir a quem pertencia a voz, e se conseguia desvendar onde estavam.

Quando Ridley chegou à grade, estava se sentindo melhor e pior. Os pensamentos estavam menos embaralhados, e a coordenação motora estava voltando. Mas agora ondas de náusea sacudiam seu corpo a cada respiração.

Ridley agarrou as barras até ficar de pé, mesmo que as pernas tremessem.

— Quem está aí? — sussurrou. — Me tire daqui.

— Não posso. Também estou trancada. — A voz soou tão mal quanto ela se sentia.

As palavras enviaram um raio por Ridley; naquele momento, o instinto de autopreservação foi mais forte que qualquer droga.

— Há quanto tempo está aqui? — perguntou.

— Há meses. — A menina respondeu. — Não sei mais.

— Há nove meses. — Uma segunda menina, com sotaque alemão, murmurou de algum lugar do corredor. Foi tão baixo que Ridley precisou se esforçar para ouvir as palavras. — Drew está aqui há nove meses. Chegou depois de mim. Meu nome é Katarina.

Isso é um pesadelo, Ridley pensou. *Ou uma alucinação induzida pelas drogas.*

De qualquer forma, não é real. Não pode ser.

— Quem nos trancou assim? — perguntou. Não era sua primeira vez em uma gaiola, mas nunca imaginou que fosse acontecer de novo.

A sorte da Sirena.

Passos ecoaram pelo corredor.

— Acorde-a. Ela já está dormindo há tempo demais. — Eram vozes ásperas. Vozes masculinas. Do tipo que não se importava com quem ouvisse.

Ridley voltou aos tropeços para a cama, a visão turva. Uma sombra se moveu no corredor do lado de fora da cela.

Um instante mais tarde, uma figura gigantesca apareceu na grade.

— Bons sonhos, Sirena? Espero que tenha tirado um bom cochilo — disse um homem enorme. Ridley reconheceu o sotaque sulista. Ele destrancou a cela e entrou, batendo a porta atrás de si.

Ridley manteve os olhos fixos nele e invocou o Poder de Persuasão.

Você não quer estar aqui.

Quer virar e sair.

Não se incomode em fechar a porta.

O sujeito guardou as chaves no bolso, aproximando-se. Quando percebeu que Ridley o encarava, riu.

— Não se desgaste, Sirena. Nascidos das Trevas são imunes ao Poder de Persuasão.

Ridley permitiu que a visão borrasse novamente e caiu no encosto. Se não podia usar seus poderes no sequestrador, como poderia sair dali?

— O que vai fazer comigo? — perguntou ela.

— Agora vou dar outra injeção da boa. — Ele retirou uma seringa do bolso, destampou a agulha e deu um peteleco. — Por conta da casa.

— Deixe-a em paz. Se acabar com o cérebro dela, seu patrão vai ficar nervoso. — Drew falou, de algum lugar além da grade.

— Cale a boca! — O Nascido das Trevas brandindo a agulha se irritou. — Ou você será a próxima, Cérebro de Aveia.

Ridley se encolheu para longe.

— Não precisa fazer isso. Não vou gritar nem nada.

— Pode gritar o quanto quiser, Sirena. Ninguém vai ouvi-la aqui. — Ele sorriu, os dentes brilhando na escuridão. — E eu adoro gritos. Vivo para isso. Pergunte a suas novas amigas. — Ele elevou a voz. — Não estou certo? Tem mais alguma coisa a acrescentar, Cérebro de Aveia?

Ridley estremeceu, e ninguém disse mais nada.

Ele alcançou o pulso da Sirena. Rid tentou afastá-lo, mas aquele Nascido das Trevas enorme era ainda maior que Sampson.

Esta é uma luta que não vou vencer.

A agulha deslizou para seu braço, um verme fino e cinza sob sua pele, e ela fez uma careta; em seguida, relaxou involuntariamente quando uma onda fria de sono químico a invadiu. Ela lutou para resistir, mas seu corpo flutuou de lá.

— Bela pedra — disse o sujeito, olhando para a mão dela. — O que é isso, um presente de seu namorado? — Ele riu, e Ridley queria dizer onde ele podia enfiar aquela agulha idiota, mas, de repente, não conseguia se lembrar por quê.

Não.

Lute.

Se perder o controle agora, perderá tudo.

Fique acordada e procure uma saída.

Link vai encontrá-la.

— Que lugar é este? — Ela resmungou enquanto o recinto apagava e acendia. Ela tinha de saber. Precisava ficar acordada. Tinha de contar para Link...

Ouviu passos pesados; em seguida, a porta da cela fechou.

— Seja bem-vinda à Menagerie.

CAPÍTULO 5: LINK

*London Calling**

Link e Floyd se lançaram pela escuridão, finalmente batendo em um monte. Link foi atingido imediatamente: a tonteira familiar de Viajar — desafiar o espaço, o tempo, as leis da física, como só um Incubus conseguia.

Era emocionante. E libertador. E...

— Acho que vou vomitar — comentou Floyd, em algum lugar abaixo dele.

Nauseante.

Link rolou para o lado e desenrolou as pernas das dela.

— É só colocar a cabeça entre os joelhos. Funciona. Ou pode vomitar. Isso também funciona.

Floyd aceitou o conselho, os cabelos longos esfregando a grama.

— Você precisa mesmo treinar se for continuar Viajando. Tem de dominar a aterrissagem.

— Não se preocupe, farei isso. — Link olhou em volta. — Na volta.

— Promessas, promessas.

Link sentou, levantando a mão, e olhou bem para o Anel de Ligação. Brilhava vermelho como fogo. Saber que ainda funcionava era uma sensação doce e amarga ao mesmo tempo. Não estava totalmente estragado, só quando se tratava de encontrar Rid.

— Eles têm de estar em algum lugar — falou. — John e Liv. Meu anel de humor Conjurador está pirando. — Ele colocou a mão no bolso.

---

* Londres chama.

— Tem certeza de que este é o lugar certo? — Floyd se sentou, esfregando a grama do cabelo.

Sinceramente, Link não sabia ao certo se os tinha transportado para a Universidade de Oxford ou para algum outro lugar com prédios estranhos que pareciam igrejas. Fora uma viagem a Barbados pelos Túneis, ele jamais havia saído dos Estados Unidos — ou do sul — até aquele verão, quando ele e Rid foram a Nova York.

E o dia que eu e Rid passamos no sul da França. Ela vestia seu biquíni vermelho. Mas aquilo foi na França, o lugar onde a batata frita era péssima (vai entender), e ele tinha passado o dia todo procurando o Coliseu (até Rid explicar que este ficava na Itália). Como ele poderia saber como era o Reino Unido? Link vasculhou o cérebro, tentando se lembrar do máximo que podia sobre os filmes do Harry Potter.

— Grandes ônibus vermelhos e cabines telefônicas, certo? E homens de gravata borboleta e cervejas gigantes?

— Do que você está falando? — Floyd levantou a cabeça.

— Do Reino Unificado — explicou Link.

Floyd parecia segurar o riso.

— É? É assim que chamam agora?

Link deu de ombros.

— Não tenho certeza, mas espero que estejamos em Londres.

Ela tirou os longos cabelos da cara e os prendeu em um rabo de cavalo.

— Deixe ver se eu entendi? A namorada de John, Liv, estuda em Oxford, e você nos trouxe a *Londres*?

— Algum problema?

— Sim, gênio. Porque a Universidade de Oxford fica em *Oxford*. Deve ser daí que tiraram o nome.

Link olhou em volta. Tinham aterrissado em um jardim aberto, ladeado por prédios cinzentos de pedra. Ele foi para perto de um dos, pelo menos, 12 arcos idênticos que os cercavam, e pulou sobre uns arbustos para uma calçada coberta.

— Devagar — pediu Floyd, atrás dele.

— Foi mal. — Ele a pegou e puxou sobre os arbustos.

Eles seguiram a passagem por um dos prédios para uma rua de pedras que parecia coisa de cinema. Estudantes e senhores carrancudos com coletes de lã passavam apressados por eles.

Link olhou em volta.

— Como saberemos se estamos no lugar certo? Talvez devêssemos perguntar a alguém. — Ele parou um sujeito magrelo de óculos com uma camiseta do Trinity College. — Ei, cara, essa aqui é a Universidade de Oxford? No Reino Unificado?

O cara recuou e o olhou com estranheza.

— Sim, suponho que seja. Mais ou menos. — E começou a se virar.

— Onde fica a biblioteca? — perguntou Link.

— Qual delas?

Agora foi a vez de Link lançar a ele um olhar estranho.

— Tem mais de uma?

Por quê?

O cara ajeitou os óculos no nariz e olhou para Floyd, o que não pareceu ajudá-lo em nada.

— Claro. Qual está procurando?

Link franziu o rosto. Só havia uma resposta lógica, considerando que estava falando de Liv.

— A maior de todas.

Link ficou encarando o enorme prédio, que parecia ter mais ou menos o mesmo tamanho de um quarteirão de Nova York. Fazia a biblioteca pública de Gatlin parecer um depósito. Ele se virou para Floyd.

— Você acha realmente que esse lugar inteiro está cheio de livros? De papel?

Ela deu de ombros.

— Só há uma maneira de descobrir.

Eles entraram em uma fila, atrás de um grupo de meninas que provavelmente eram estudantes. Todas tinham sotaques britânicos, e Link não sabia ao certo sobre o que conversavam. Mesmo que parecesse uma cena de um filme ou de um programa de TV.

Link já tinha passado tempo suficiente assistindo a Batman para saber que aquela era uma construção gótica.

Tipo Gotham City gótica. Este lugar poderia ser a Mansão Wayne.

Com pináculos que mais pareciam espadas dentadas ladeando o telhado, lembrava uma igreja chique da capa de algum daqueles livros de história que ele jamais pensava em abrir. Mas o prédio tinha a mesma presença intimidadora e arrepiante da Mansão Ravenwood, a casa do tio de Ridley em Gatlin.

Eles seguiram as alunas pelo pátio até o prédio principal. Uma por uma, elas passaram o que pareciam cartões de identificação na roleta eletrônica. Link parou ao chegar lá.

— Droga. Tinha de haver um cartão para entrar. Nunca vi isso em Hogwarts.

— É só pular por cima — disse Floyd. — Estilo Nova York.

A roleta só batia na cintura, mas estava cheio de gente em volta, e ela e Floyd não eram exatamente discretos.

Alguém limpou a garganta atrás deles.

— Licença — pediu um cara com sotaque britânico, segurando um cartão de identificação.

— Desculpe — disse Link, recuando. — A gente só estava tentando entrar.

O inglês deu uma rápida olhada neles.

— Só alunos têm acesso a biblioteca, a não ser que você se inscreva para ter um Cartão dos Leitores — explicou, apontando para trás deles. — Mas vocês podem comprar ingressos para o tour ali, perto do Grande Portão.

— Obrigado. — Link puxou o braço de Floyd. — Vamos comprar o ingresso. Depois que a gente entrar, a gente abandona o grupo.

Quando acabou a fila e eles chegaram ao caixa, Link já estava ansioso.

— Dois ingressos, por favor. — Ele abriu a carteira. — Senhora.

— Dezessete libras — disse a vendedora. — Esterlinas.

Link olhou para a nota de 20 dólares na mão. Tudo aqui era diferente, inclusive o dinheiro.

E engoliu em seco.

— Tá, tudo bem, Sra. Esterlina, senhora. Poderia me dar um minuto? Tenho de achar o dinheiro. — Ele olhou para Floyd, abaixando a voz. — Nossa. Quanto dinheiro pesa 17 libras? É mais peso que Lucille Ball.

— Você é um retrato completo do sistema de ensino Mortal, não é mesmo?

Floyd revirou os olhos e pegou a nota da mão dele. Ao deslizar o dinheiro pelo balcão para a caixa, a nota de vinte de Link se transformou em uma nota estranha e roxa, com o número vinte no canto.

— Aqui está — disse a mulher, entregando as entradas.

Link sorriu ao se afastarem. Ter uma Ilusionista ao seu lado era muito útil. Ele cutucou Floyd com o ombro.

— Belo truque.

— O quê, aquilo? — Ela puxou a manga da camiseta de show timidamente. — Por favor. Eu já fazia aquilo no jardim de infância. Espere até ver o que consigo com um cartão de crédito.

— Estou pensando no que poderia ter feito com meus boletins.

Eles se juntaram ao grupo de turistas reunidos na frente de um guia, que começava a falar.

— Com 190 quilômetros de prateleiras e 29 salas de leitura, a Biblioteca Bodleian é a segunda maior do Reino Unido. A maior, claro, é a Biblioteca Britânica.

— Não são todas britânicas? — Link parecia confuso.

Floyd tapou a boca do amigo com a mão.

— Calado.

O guia levou todo mundo por uma escadaria estreita, que desembocava em um salão comprido, cheio de livros do chão até o teto.

Link ficou olhando para os painéis pintados que percorriam todo o comprimento do salão repleto de vigas de madeira escura, que se estendiam horizontalmente sob eles. As prateleiras eram feitas da mesma madeira, com pilares redondos dividindo-as, como as prateleiras chiques do escritório do tio de Ridley.

Salas inteiras só para livros velhos.

Não fazia o menor sentido. Não dava para encher uma sala com os livros preferidos de Link, quanto mais um prédio inteiro. Não existiam tantos livros de Star Wars no mundo.

— Esta é a biblioteca do duque Humfrey, a sala de leitura mais antiga da Bodleian — disse o guia. — Abriga mapas, música e livros raros, que datam de antes de 1641. Vocês vão notar que muitos dos volumes estão acorrentados às prateleiras. Antes da invenção da máquina impressora, livros eram muito difíceis de ser substituídos e, portanto, extremamente valiosos. As correntes eram longas o bastante para permitir que as pessoas os lessem, ao mesmo tempo que garantiam que permanecessem na biblioteca, onde é seu lugar.

Link apontou para as correntes.

— Eles prendem os livros como as jaquetas de couro do Shopping Summerville. Acha que eles têm *Harry Potter* aqui?

Floyd franziu o rosto e tirou os cabelos louros dos olhos.

— Precisamos descobrir como abandonar esse grupo e encontrar sua amiga.

O guia levou os turistas pelo corredor, e Link agarrou o braço de Floyd, parando-a.

— Deixe que avancem — sussurrou ele, apontando com a cabeça para uma escadaria próxima.

Quando a última pessoa no grupo chegou ao fim do corredor, Link pegou a mão de Floyd e a empurrou pelos degraus. Mas ele não levou em conta o quanto um Incubus híbrido se movia mais rápido que uma Conjuradora, e, quando dobrou a esquina três andares acima, o ímpeto a fez voar até o peito dele.

Ela ficou olhando fixamente para Link, tentando recuperar o fôlego, quando um sujeito passou por eles. Ele olhou para Floyd contra o corpo de Link e acenou com a cabeça em aprovação.

Link sentiu o próprio rosto aquecendo.

Floyd se afastou dele, ajeitando a camiseta.

— Legal existirem babacas no Reino *Unificado* também.

Link ofereceu o mais discreto esboço de um sorriso.

— Acho que em termos de babacas de fato, o mundo é muito pequeno.

Link a seguiu pela entrada até uma biblioteca enorme. Pilhas de livros se erguiam diante deles, como os da biblioteca Conjuradora, a *Lunae Libri*. Exceto que estes eram ainda mais empoeirados. No centro de uma grande sala, alunos estudavam em mesas compridas, enquanto outros liam em baias. Ele examinou as mesas, procurando as tranças louras de Liv. Não viu sinal dela, mas Link avistou alguém que se parecia com John... se John fosse um grande nerd.

Um cara alto, com cabelos negros e curtos exatamente como os de John, estava sentado sozinho em uma das mesas do outro lado do recinto. Mas, em vez de trajar a camiseta preta e a jaqueta de couro habitual de John, este cara usava uma camisa-azul-de-botões-nerd-que-pedia-uma--surra que John jamais vestiria.

Não pode ser ele.

— Por que você o está encarando? É ele? — sussurrou Floyd.

— Não tenho certeza. Mas, se for, acho que nos perdemos na Matrix. — Link se aproximou da mesa e do nerd que ele não tinha certeza se era John, até o sujeito levantar a mão e Link reparar no Anel de Ligação de John brilhando vigorosamente. Então o cara levantou o olhar e Link viu os olhos verdes Conjuradores e a expressão constrangida em seu rosto.

— Sabia que era você — disse Link. — Puta merda. — Ele sorriu. — É como *Os invasores de corpos*, exceto que só roubaram suas roupas. Espero.

John sorriu e puxou as mangas da camisa social, como se isso fosse, de alguma forma, deixá-lo mais descolado.

— É por Liv. Para ajudá-la a se encaixar.

— É? E como estão as coisas? — Link ergueu uma sobrancelha.

John deu de ombros, e Link bagunçou o cabelo dele.

— Continue se enganando, cara. — O um quarto Incubus deu uma chicotada imaginária no ar com uma das mãos.

John o empurrou, examinando Floyd.

— Vai me apresentar sua amiga? — perguntou casualmente o bastante, mas Link entendeu o que ele realmente estava dizendo. Ao menos, o que estava perguntando.

— Sim, foi mal. Esta é Floyd.

— Uma Conjuradora das Trevas? — perguntou John, como se conseguisse enxergar através das lentes coloridas que Floyd usava quando se misturava aos Mortais.

— Isso é um problema? — perguntou ela.

— Não por mim. Já vi Link com uma Conjuradora das Trevas antes. — John voltou-se para Link e ergueu uma sobrancelha.

— Ela é a baixista de minha banda — explicou Link, torcendo para que a mensagem fosse igualmente clara: *cara, é uma longa história. Nem pergunte.*

— *Nossa* banda — corrigiu Floyd, aborrecida. — Que não existe mais.

— A infame Sirensong? — John olhou para Link. — Isso tem alguma relação com sua presença aqui? Por falar nisso, onde está nossa Sirena favorita?

A expressão de Link anuviou.

— É isso. Rid está encrencada.

Ou coisa pior.

Link não incluiu essa parte. Mal conseguia pensar na possibilidade de que Rid estivesse morta. Não conseguiria falar isso para John de jeito algum.

John suspirou e se inclinou na cadeira.

— Isso deveria ser alguma surpresa?

— Não esse tipo de encrenca. Isso é sério.

— Sempre é sério.

Floyd se manifestou.

— Ela desapareceu, e achamos que Silas Ravenwood pode estar com ela.

— O quê? — John congelou ao ouvir o nome de Silas. Ele tinha mais história com os Ravenwood que todos eles. — Como ela se envolveu com Silas?

— Ele estava me procurando. A mim e a você, na verdade. Queria vingar a morte de Abraham e manter Rid em uma jaula, ou coisa do tipo. Um babaca chamado Nox Gates nos entregou de bandeja. — Link foi falando, mal pausando para respirar. — Quase escapamos, mas eles nos encontraram. Aconteceu um acidente de carro, e o Lata-Velha pegou fogo. Não sei o que aconteceu com Rid, mas temos certeza de que Silas está com ela. Ele é o chefe da Máfia Conjuradora ou coisa do tipo. Então, preciso que você me ajude a encontrar os laboratórios dele.

— Calma — pediu John. — Vou precisar de mais que o resumo.

Floyd pôs a mão no braço de Link.

— Deixe comigo.

Ele fez que sim com a cabeça, e ela preencheu as lacunas da história para John. Link nem estava escutando direito. Agora que tinham encontrado John, só conseguia pensar em salvar Ridley.

Assim que Floyd concluiu, Link se manifestou outra vez.

— Então, vai nos ajudar a achá-la?

John desabotoou a camisa-que-pedia-uma-surra e a tirou.

— Considerando que é a nós que Silas quer, me parece o mais correto. — Ele amassou a camisa e a jogou no chão.

Link se sentiu aliviado em ver que John vestia uma camiseta preta por baixo. Floyd pareceu decepcionada por ele estar de camiseta. Link quase tinha se esquecido do efeito que John causava nas meninas.

John pegou uma mochila.

— Me encontre no pub King's Arms em uma hora. Não posso viajar sem antes avisar a Liv.

— King's Legs. Certo. — Link levantou o punho. — Valeu, cara.

— Eu ajudaria mesmo que não fosse nossa culpa que Rid tenha se envolvido com Silas. Somos amigos. — John socou o punho de Link, o que disse a ele a única coisa que precisava saber.

Ele está dentro

Sair da Biblioteca Bodleian foi muito mais fácil que entrar.

O pub que John mencionou ficava bem do outro lado da rua, então Link e Floyd foram direto para lá. Apesar de Floyd ser muito magrinha, vivia com fome, e Link não queria correr o risco de se perder. Tudo aqui era meio maluco; entre os sotaques e os carros do lado errado da rua, Oxford quase parecia um lugar do mundo Conjurador.

— Parece um lugar bacana — comentou Floyd, enquanto se aproximavam da construção pêssego rosada, com janelas brancas e luminárias pretas penduradas em ambos os lados da porta.

Link olhou para a camiseta do Black Sabbath e a calça jeans que vestia.

— Tomara que não seja tão bacana assim. — Ele suspirou. — O que estamos fazendo desperdiçando nosso tempo? Precisamos ir.

Floyd botou a mão no braço dele. Estava quente e cheio de vida, como sempre acontecia com Floyd.

— Calma. Seu amigo disse uma hora. Vamos comer.

Link fez uma careta.

— Certo. — Ela deu de ombros. — Eu vou comer.

Lá dentro, o King's Arms era cheio de painéis escuros e placas *vintage*. Um bar formal de madeira dominava o salão principal, com garrafas de bebida empilhadas cuidadosamente nas prateleiras atrás do barman.

Floyd pegou uma mesa no canto, perto da janela, e sentou em uma das cadeiras de madeira. Link olhou o cardápio na mesa e franziu o nariz.

— Almoço tradicional inglês e bolos de peixe? Ovos escoceses? Purê de ervilhas? Que droga é essa?

Floyd examinou o cardápio.

— Parece que esse almoço tradicional inglês é um prato de pão, pepino, maçã e queijo.

— Pepino, queijo e pão? — Link balançou a cabeça e tirou uma caneta do bolso. — Ainda bem que não como mais.

Ela se levantou com um cardápio na mão.

— Não descarte enquanto não provar. Vou pedir no bar. Presumo que você não queira nada.

Link olhou em volta para as outras mesas cheias de pratos de comida.

— Uma Coca ou alguma coisa. Você sabe, para eu não parecer estranho.

Floyd sorriu.

— A Coca não vai ajudar.

— Não? Só não deixe ninguém colocar ovos no meu uísque e vou ficar bem. — Link a observou enquanto ela ia até o bar como se fosse apenas mais uma estudante.

Link pegou um guardanapo e rabiscou algumas letras de música. Desde que Sampson e Nox o encontraram na árvore depois do acidente, letras de música flutuavam em sua mente. O único problema é que eram péssimas. Algo novo para ele. Ele escrevia letras desde sempre, sobre tudo, desde o que comia no almoço até todas as vezes em que Ridley partiu seu coração. Até agora, tinha certeza de que suas letras eram incríveis.

Ficou olhando as linhas pretas que se espalhavam pelo guardanapo.

E se eu não conseguir mais escrever?

Provavelmente havia muitas coisas que não conseguiria mais fazer sem Ridley. Ela era mais que apenas sua garota... era sua musa. Ele tinha a sensação de que tudo começava e acabava com ela.

Perder. Musa. Machucado.
Por que me deixa tão confuso?
Como se eu tivesse perdido o melhor dos sapatos que uso...

Ele pousou a caneta.

Sou péssimo. Não consigo fazer isso sem Rid. Tenho de encontrá-la.

— O que você está fazendo? — perguntou Floyd, enquanto colocava a Coca na mesa. — Escrevendo uma música? Alguma coisa boa?

Ele amassou o guardanapo e o guardou no bolso.

— Não. Não consigo escrever desde que perdi... Rid.

Floyd pareceu assimilar o comentário e sentou-se. Mas se Link tinha aprendido alguma coisa sobre garotas no último ano, era que normalmente elas não estavam pensando o que você imaginava que estivessem. Floyd exibia aquele olhar estranho no rosto outra vez, o que Link não sabia dizer se significava riso ou choro.

Garotas.

— Ridley tem sorte — disse ela. — Você continua com ela não importa o que ela faça, não importa o tamanho da encrenca que arranje. Queria que *alguém* sentisse isso por mim.

— Rid não faz de propósito. Pelo menos, não na maioria das vezes — rebateu Link.

Floyd revirou os olhos.

— No fundo, ela é boa pessoa — disse ele. — Ela só não quer que ninguém saiba.

— Isso não faz o menor sentido.

— Para mim faz. Ela não teve uma vida fácil.

— Ninguém tem — argumentou Floyd.

— É? Depois que Rid foi Invocada pelas Trevas, nem a mãe dela a aceitou.

Floyd balançou a cabeça, como se entendesse, mas sua expressão dizia o contrário.

— Não precisa me falar sobre o que é uma infância desgraçada. Meu pai era líder de um clube de motoqueiros Conjuradores das Trevas no Submundo, lembra?

— Não consigo nem entender isso — respondeu Link. — Minha mãe não me deixou tirar as rodinhas da bicicleta até os 10 anos, e meu pai passava quase todo o tempo livre nas encenações da Guerra Civil, basicamente para evitar minha mãe. — Ele deu de ombros. — Não posso culpá-lo. Toda aquela reza e intromissão enchem o saco muito rápido, e, se resmungar fosse um esporte olímpico, minha mãe teria ganhado a medalha de ouro com certeza. Coloque uma bandeira sobre seu casaco e pode levá-la direto para a volta olímpica.

Uma garçonete foi até a mesa com um prato nada apetitoso de comidas descombinadas, pelo menos, até onde Link entendia.

— Um almoço tradicional inglês — anunciou. — Bom apetite.

Floyd colocou um pedaço de queijo na boca.

— É bom. Melhor almoço tradicional inglês que já comi.

— Acredito em sua palavra — disse ele. — Mas cadê o inglês?

Ela o encarou. Ele deu de ombros.

— Comida Mortal tem sempre o mesmo gosto pra mim.

Floyd meneou a cabeça e voltou a atenção para a comida. Parecia que falar sobre o pai a incomodava, então Link deixou o assunto quieto e voltou a escrever porcarias em guardanapos.

Quando acabou de escrever a quarta música e Floyd já estava no purê de ervilhas e nas batatas fritas — que os ingleses chamavam de "chips", o que não fazia o menor sentido —, Link estava começando a se preocupar com a possibilidade de John não aparecer. Estava prestes a comentar isso com Floyd quando a porta do pub se abriu e ele viu familiares cabelos louros.

Liv, a namorada de John, e amiga de Link antes disso, estava exatamente como ele se lembrava: loura e alta.

QTG: Queimaduras de Terceiro Grau de quentura.

Foi o que Link disse na primeira vez em que a viu. Era estranho que agora só pensasse nela como sua amiga e namorada de John.

Mesmo que fosse a namorada gostosa *de John.*

Liv estava com a camiseta de tabela periódica que usava quando ele a conheceu. Só levou um instante para encontrar Link, e, pelo olhar dela, ele viu que não estava feliz. Ela foi em sua direção, com os braços cruzados e franzindo o rosto, John logo atrás.

Desculpe, John moveu a boca sem emitir ruído.

— Wesley Lincoln.

A única pessoa que o chamava assim era sua mãe, e nunca era um bom sinal. Liv prosseguiu com um abraço apertado, que era igualmente intimidador e afetuoso. Link recuou o mais depressa que pôde.

Sentiu cheiro de perigo.

Liv puxou uma cadeira na frente dele e se sentou, olhando para Floyd.

— Olivia Durand. Peço desculpas antecipadas pelo mau humor. Gosto de pensar que normalmente sou agradável. — Ela se virou para Link. — Mas entendi que você quer levar John atrás de Silas Ravenwood.

— Ah, Liv. — Link começou. — É só...

Ela levantou a mão.

— Daí o humor.

John se sentou ao lado dela e colocou a mão no encosto da cadeira.

Ela afastou a mão e o encarou; em seguida, voltou a atenção para Link.

— Corrija-me se eu estiver enganada, mas Abraham Ravenwood quase matou vocês dois, todos nós, na verdade.

— Bem, você não está *tão* errada...

— E agora vocês querem ir atrás do tataraneto dele? — perguntou Liv. — Qual parte desse plano parece sensata para vocês?

Link tentou novamente.

— Não é *exatamente* sensato...

— Eu disse, Ridley está encrencada — interrompeu John.

— Quero ouvir de Link. — Liv falou isso sem desgrudar os olhos dele. — De que encrenca você está falando, exatamente? — Ela levantou o anel. — E por que isso só disparou com você, e não com Ridley?

Link suspirou. Não adiantava tentar levar Liv na conversa. Era esperta demais para o próprio bem.

E para o meu.

Ele não sabia exatamente por onde começar, então foi direto ao ponto.

— Silas Ravenwood sabe que eu e John matamos o tataravô dele, Abraham, e nos quer mortos: eu, John, e Lena e Rid por terem nos ajudado.

Talvez você e Ethan também. Não tenho certeza. Mas ele é o líder do Sindicato, é como uma Máfia do Submundo.

— Isso é um eufemismo — emendou Floyd.

— Tecnicamente, é uma declaração. — Liv a silenciou com um olhar. — E já soube do Sindicato pelos Guardiões que me treinam.

— É grave, Liv. — Link se permitiu soar tão arrasado quanto se sentia. — Eu não estaria aqui se não fosse. Ele tem obsessão por Sirenas. E Rid desapareceu. Não sei o que vai fazer com ela se não a encontrarmos.

A expressão de Liv suavizou. Ela olhou para o dispositivo estranho no pulso. Link não via o selenômetro havia tanto tempo que quase se esquecera dele. Parecia um relógio preto louco, mas Link sabia que media muitas coisas loucas, como a força gravitacional da lua.

Ela já o havia utilizado antes, quando as coisas estavam praticamente tão horríveis quanto agora. A visão daquilo trouxe todos os tipos de lembranças loucas e terríveis.

Ele desviou o olhar.

— Você e Ridley nunca deviam ter ido a Nova York. Tive uma sensação ruim desde o princípio — comentou Liv. — Nunca devia tê-lo ajudado com aquela carta de aceitação falsificada. — Liv havia sido peça fundamental no plano de Fuga de Gatlin de Link, principalmente na parte que envolvia um pouco de falsificação e a invenção de uma fictícia faculdade bíblica chamada Georgia do Nosso Salvador.

Link ruborizou.

— Espere um minuto — pediu Floyd. — O que Link deveria fazer? Abrir mão de seu sonho? Ridley basicamente o vendeu em um carteado, e ele nem sabia. Não é como se ela fosse um anjo. Vi acontecer.

— Como é que é? — Liv encarou Floyd por um longo instante, e a Ilusionista pareceu se encolher um pouco na cadeira. — Quem é a garota?

Foi a mesma pergunta feita por John.

Duas perguntas, na verdade.

Quem é essa Conjuradora das Trevas e por que ela está com você?

Link não respondeu, e Floyd ficou tensa.

— *A garota* tem um nome. Dois, na verdade. Se quiser ser exata.

— Ah, sempre quero ser exata — respondeu Liv.

Link pôs a mão no braço dela. Por mais que ele apreciasse a preocupação, não estava ajudando.

— Vamos, Liv. Ter um ataque com Floyd não vai ajudar a encontrar Rid mais depressa. Preciso de seu melhor agora.

— Não estou *tendo um ataque*. Só estou relatando fatos. — Liv parecia prestes a chorar, e foi então que Link percebeu que nada daquela emoção tinha a ver com Floyd. Liv também estava preocupada com Ridley.

John pôs o braço no ombro dela, oferecendo um aperto solidário.

Link olhou para Liv e John.

— Tudo bem, pessoal. Floyd é nossa amiga de Nova York, minha e de Rid. Ela quer ajudar, e, nesse momento, precisamos de toda a ajuda que conseguirmos.

Liv desviou o olhar.

Link puxou o braço de Floyd.

— Pega leve com Liv. Uma de suas melhores amigas está desaparecida.

Por um instante ninguém se mexeu. Então Floyd deu de ombros timidamente.

— Eu sei. Quero dizer, como vocês se sentem. Ridley é um pé no saco, mas é nosso pé no saco, certo?

Link quase desabou. Foi basicamente a coisa mais gentil que Floyd já falou sobre Rid, e ele sabia o quanto era difícil para ela dizê-lo.

— Bem, ela certamente não é o pé no saco de mais ninguém — suspirou Liv.

Link sorriu, apesar de tudo. Já estava se sentindo melhor só em saber que tinha John e Liv novamente ao seu lado.

— Vocês têm certeza de que Silas Ravenwood está com ela? — perguntou Liv, voltando ao assunto as pecinhas do cérebro já funcionando.

Link balançou a cabeça.

— Não. Quero dizer, não vi nada. Mas um de seus caminhões bateu no Lata-Velha e agora ela desapareceu.

Liv franziu o rosto.

— Sabemos onde Silas pode estar mantendo Ridley?

— Temos quase certeza de que ele está comandando as coisas de algum lugar perto dos laboratórios. Por isso precisamos da ajuda de John.

John pareceu nauseado ao ouvir falar do lugar em que cresceu e onde Abraham fez experiências nele, mas simplesmente fez que sim com a cabeça.

Liv suspirou e pegou o caderninho vermelho. Começou a anotar furiosamente, provavelmente registrando tudo que tinha acabado de acontecer, ainda que apenas para manter os registros que os Guardiões eram encarregados de manter. Quem poderia saber? Link jamais conseguia acompanhar a trajetória do cérebro de Liv. Quando terminou, fechou o caderno.

— Temos de ir.

— Como assim, *temos*? — John olhou para ela, soando chocado. — Você tem aula.

— Posso mandar um e-mail para meus professores e avisar aos Guardiões que supervisionam meu treinamento que tive uma emergência em casa — disse ela. — Aonde você for, eu vou. O acordo é esse.

Ela levantou a mão. O anel estava morto agora, exatamente como os de John e Link. A imagem dos anéis sem cor ilustrava o argumento ainda mais.

— Liv. — John chamou baixinho. — Estamos falando de Silas Ravenwood. É muito perigoso.

Ela guardou o caderno no bolso.

— Por isso precisam de mim. E por isso eu vou.

Ele balançou a cabeça.

— Liv, por favor. — A forma como John falava o nome dela, a forma como olhava para ela, Link ouviu isso tudo na voz dele. Os sentimentos loucos que John nutria por ela. Todos os medos insanos de que alguma coisa pudesse acontecer a ela.

Entendo bem, Link pensou.

Ainda estou nessa. Ainda estou louco. E ainda estou com medo.

Nunca passa. Não quando você ama alguém tanto que isso te destrói.

Liv se levantou e colocou o lápis atrás da orelha.

— Podemos discutir no caminho.

CAPÍTULO 6: NOX

*South of Heaven**

Menos de uma hora depois, Nox estava diante do Paraíso. O nome do arranha-céu era uma piada cruel com os Conjuradores viciados espremidos lá dentro. Os Mortais podiam ter inventado as drogas de rua, mas os Conjuradores das Trevas as aperfeiçoaram.

Foi até ali que o sol amarelo bordado o mandou.

Direto para Sunshine, o brilho do sol.

Sunshine era a mais nova conquista do Sindicato: um narcótico fabricado em cozinhas comandadas pelo Sindicato por todo o Submundo; uma combinação tóxica de soporíficos e magia negra. Conjuradores que provavam se viciavam de primeira. Motivo pelo qual Nox proibiu Sunshine em suas boates, apesar dos Conjuradores das Trevas e suas exigências. Sunshine trazia problemas e dor.

O próprio Nox nunca se interessou por drogas. Seus únicos vícios eram poder e controle, pelo menos até conhecer Ridley. Se deveria haver ou não um programa de 12 passos para se livrar da atração exercida por aquela Sirena específica era outra questão.

A ideia do que Silas poderia estar fazendo com ela, se continuava viva, o fez atravessar a porta rotatória de metal para dentro do prédio.

Entrar e sair. Por ela.

O átrio quadrado do outro lado dava a Nox uma visão clara dos 18 andares acima. Cada andar era idêntico. Portas de metal numeradas

---

* Ao sul do paraíso.

alinhavam as paredes atrás dos parapeitos metálicos quebrados com vista para o átrio. Em outra vida, o Paraíso foi um prédio de aluguel barato, até o Sindicato assumir o controle.

Corpos se apoiavam nos parapeitos em todos os andares. Nox imaginou quantos já estariam mortos. Dado o caminho em que estavam, era apenas uma questão formal.

Uma Conjuradora das Trevas imunda tropeçou em direção a ele, os olhos dourados e vítreos, como se estivesse febril. Outros Conjuradores vagavam pelas escadas com a mesma expressão morta nos rostos, feito zumbis. Nenhum deles pareceu notá-lo... ou qualquer outra coisa. Ele subiu a escada com dificuldade, desviando dos viciados encolhidos nos cantos, fumando Sunshine em cachimbos de papel-alumínio. Quando chegou ao sétimo andar, viu um traficante.

O Incubus estava no canto, distribuindo sacos de celofane cheios do que pareciam pedras amarelas para os viciados que lhe davam dinheiro.

— Não tenho dinheiro. — Uma garota emaciada disse a ele. — Mas troco meus poderes.

O Incubus riu, exibindo os caninos, e a empurrou.

— Seus poderes já acabaram há um bom tempo. Sem dinheiro não tem Brilho.

O Brilho: era assim que chamavam a onda que as pessoas tinham com Sunshine.

Nox se sentia enjoado só de olhar, mas não tinha tempo de bancar o herói. Foi abrindo caminho à força até a frente da fila, segurando uma nota de cem dólares entre os dedos.

— Então acho que vim ao lugar certo.

Vamos logo, de uma vez.

O traficante ergueu uma sobrancelha e sorriu.

— Você deve estar organizando uma festa e tanto. Quanto quer?

— Não quero Sunshine — falou Nox. — Quero informações.

Pensou nos TFPs ao seu dispor. Mas esse idiota era patético demais para valer algum deles. A atração de um viciado por Sunshine era em si um poder... e um poder que não exigia nada além de dinheiro.

E ao contrário de TFPs, dinheiro era algo que Nox possuía em quantidades quase infinitas.

Era impossível medir as emoções de um Incubus quando a única coisa que se via em seus olhos negros era o próprio reflexo.

— Que tipo de informação?

Nox pegou mais uma nota de cem.

— Estou procurando um Conjurador que costuma andar por aqui. As pessoas o chamam de o Químico.

O Incubus riu e pegou as notas de cem.

— Não mais.

— Sabe onde ele está ou não?

O Incubus acenou com a cabeça para a escada.

— Décimo oitavo andar. Apartamento 13. A não ser que tenha pulado pela janela, estará lá dentro. Ele o saudou e guardou o dinheiro no bolso.

Nox o ignorou.

Só havia um viciado que o interessava. Um que conheceu há muitos anos, antes do cara ser um viciado; depois que a mãe fora levada, e o pai, destruído.

Quando Abraham Ravenwood governava tudo sobre suas vidas e a infância de Nox era cheia de regras. Mas uma regra era mais importante que todas as outras somadas: *jamais pergunte sobre os laboratórios de Abraham.*

Nox fechou os olhos, e as lembranças voltaram como uma enchente...

Mamãe estava preparando o chá quando Abraham invadiu a cozinha, parecendo mais agitado que de costume.

— Pegue suas coisas. — Ele estalou os dedos para mamãe. — Tem um problema que precisa de atenção.

Ela assentiu.

— Depressa, Lennox. Pegue suas coisas.

— O menino fica aqui. — O tom de Abraham deixou claro que a decisão não estava aberta a discussões. — É um assunto importante, e eu não sou babá. — Ele me olhou friamente. — Dê uma caixa de fósforos ao menino. Se tivermos sorte, talvez ele coloque fogo em si mesmo.

Mamãe pareceu desesperada, mas não discutiu. Ninguém discutia com o Incubus de sangue original da linhagem Ravenwood.

— Vá para meu quarto — sussurrou minha mãe. — Tranque a porta e fique lá até eu voltar. — Fiz que sim com a cabeça. — Quero ouvir você me prometendo — pediu ela, aparentando desespero.

— Eu... eu prometo — gaguejei, morrendo de medo de dizer alguma coisa que provocasse a crueldade de Abraham.

— Agora vá.

Corri pela escadaria curva no vestíbulo e o vi arrastar mamãe para fora da casa. Mantive minha promessa e fiquei no quarto dela — o que dividíamos quando Abraham permitia que eu a visitasse — durante as primeiras horas. Então percebi que era aquela minha chance de ver os laboratórios para os quais Abraham vivia desaparecendo com o neto, Silas. Eu ficava imaginando o que um homem como ele fazia ali. Equipamentos de segurança para espionar minha mãe e todos os outros Sobrenaturais que obrigava a trabalhar para ele?

Armas ou bombas?

Ou a coisa que me assustava quase tanto quanto uma ameaça a minha família: a possibilidade de Abraham estar testando os poderes dos Conjuradores escravizados em animais.

Era minha chance de descobrir.

Então aproveitei.

Sair da casa foi a parte fácil. A maioria dos capangas de Abraham era burra.

Os laboratórios eram subterrâneos, mas eu sabia que a entrada ficava em algum lugar atrás da casa de carruagens original da fazenda. O que eu não esperava era a facilidade com que encontrei a porta pesada de metal. Mas, pensando bem, quando você era alguém tão temido quanto Abraham, provavelmente não precisava se preocupar com pessoas invadindo seus laboratórios supersecretos.

A porta era tão pesada que quase desisti. Mas, na última tentativa, ela abriu o suficiente para eu entrar me espremendo.

Sempre que eu imaginava os laboratórios, eles pareciam os laboratórios medievais de alquimia de meus livros preferidos. Mas não havia nada de medieval no local. Tudo era brilhante e supermoderno.

Ele definitivamente está fazendo bombas.

Fiquei surpreso pelo corredor estar vazio. Talvez Abraham tenha levado os capangas com ele e mamãe. Ou talvez também não tivessem autorização para vir aqui.

Mais longe no corredor, notei uma longa janela como aquelas através das quais os pais olham para ver os filhos recém-nascidos nos hospitais. Engatinhei sob a janela, e demorei um pouco para criar coragem de espiar por ela. Não queria pensar no que Abraham faria comigo se alguém me pegasse aqui.

Quando finalmente olhei através do vidro, vi que fileiras de camas hospitalares alinhavam as paredes, cada qual com equipamentos médicos e monitores brilhantes.

Conjuradores e Incubus estavam deitados ali, imóveis nas camas. A única pista de que continuavam vivos eram as linhas em zigue-zague nos monitores.

Um menino ocupava a última cama. Tinha mais ou menos minha idade e, ao contrário dos outros, não estava acordado. Não havia como confundir a expressão em seu rosto enquanto ele se contorcia na cama de hospital. Esse menino estava com muita dor.

— Que diabos você está fazendo aqui? — A voz veio de trás de mim, e quase tive um treco. Um magrelo Conjurador de aparência nervosa, vestindo jaleco, estava atrás de mim.

— Eu... eu estou perdido — gaguejei, torcendo para que acreditasse em mim.

— Este não é um lugar onde você quer se perder. Precisa sair daqui antes que alguém o veja, ou vai acabar como ele. — E apontou para o menino se contorcendo na cama.

— O que houve com ele? — perguntei.

— Você não é muito esperto, é? A não ser que queira que ele faça experiências em você em seguida, saia daqui agora.

O ruído de passos ecoou pelo corredor, e o médico (ou o que quer que ele fosse) entrou em pânico. Ele abriu um armário atrás de mim e me empurrou para dentro.

— Tem alguém aí? — Uma voz áspera perguntou do outro lado da porta.

— Calma. É só o Químico — disse outro homem.

— O que está fazendo fora do laboratório? — A voz áspera disparou.

— Eu... eu precisava de um instante. — O Químico gaguejou.

O outro homem riu.

— Não tem estômago para o próprio trabalho?

— Me disseram que era um projeto de genética. Colocar um interruptor de morte em uma criança e fazer experimentos em Conjuradores não foi para o que me inscrevi — respondeu o Químico.

— Você se inscreveu para o que quer que Abraham Ravenwood diga. Agora volte para lá.

Esperei pelo que pareceram horas antes de engatinhar para fora do armário, e prometi a mim mesmo que jamais voltaria outra vez.

Nox balançou a cabeça para afastar a lembrança enquanto subia os últimos degraus da escada.

Vou encontrá-la, Ridley. Prometo. Só esteja viva quando eu chegar.

O décimo oitavo andar definitivamente não era nenhuma cobertura. Com os parapeitos quebrados e as portas arrancadas levando a apartamentos inabitáveis, parecia que o andar inteiro estava em processo de demolição. Apenas uma porta permanecia intacta, com o número 13 pintado com spray na frente.

Ele parou diante da porta, rezando para o Químico estar vivo ali dentro. Se o resto do décimo oitavo andar fosse algum indício, ele duvidava que estivesse. Bateu na porta e esperou.

Nada.

Dane-se, Nox pensou, girando a maçaneta. Ela chocalhou algumas vezes, e, em seguida, ele deu um empurrão forte. A madeira apodrecida cedeu, e o fedor atingiu suas narinas assim que a porta se abriu — o cheiro de comida estragada, mofo e podridão.

O Químico tinha de estar morto. Nada menos que um corpo em decomposição poderia emitir esse odor. Mas Nox precisava ter certeza. Atravessou a entrada justo quando um sujeito com um jaleco imundo dobrou o corredor.

Nox fez alguns cálculos mentais. O Químico não podia ter mais de 40 anos na primeira vez em que Nox o viu, mas o homem à frente dele agora parecia mais próximo de 70 que de 50. As pontas dos dedos estavam queimadas, resultado de muito fumo em um cachimbo de alumínio artesanal.

O homem de jaleco o examinou com o olhar.

— Posso cozinhar o que você quiser, e aumentar, se me der um pouco. — O homem balançou sobre os pés e esticou o braço para se apoiar na parede e ficar firme.

— Não estou interessado em ficar doidão — disse Nox, enojado. — Estou procurando o Químico.

O homem de jaleco recuou desajeitadamente.

— Desculpe, não conheço ninguém com esse nome.

Nox apontou para o jaleco.

— Tem certeza?

O viciado levou um instante para perceber que estava de jaleco.

— Isso aqui? Encontrei no primeiro andar. — A voz do Químico soava mais jovem do que a aparência sugeria, e Nox já vira dependentes o suficiente para saber como as drogas envelheciam as pessoas. Também sabia o que fazia viciados falarem. Pegou mais uma nota de cem.

Os olhos do Químico se arregalaram.

— Preciso de informações e estou disposto a pagar por elas. — O que restava desse sujeito não valia os poderes de Nox.

O homem desesperado enfiou as mãos nos bolsos, praticamente salivando.

— O que precisa saber?

Não tão depressa. Tenho de ter certeza.

Nox retraiu a mão, e os olhos do viciado acompanharam a nota.

— Você não pode me ajudar — argumentou ele. — Só o Químico pode me ajudar, e você não é ele. Certo?

Ele quase conseguia enxergar a batalha interna que dividia a mente do homem.

— Que tipo de informação o Químico pode ter que é tão importante? — perguntou o sujeito.

— Uma coisa. A localização do laboratório onde ele trabalhava.

— Não. — O homem balançou a cabeça. — Você precisa esquecer o que quer que saiba sobre aquele lugar.

— Está me dizendo que sabe onde é? — perguntou Nox.

Os olhos do Químico miraram a entrada. Ele passou as mãos no cabelo, quase compulsivamente, como se tentasse arrancá-los.

— Não deveríamos estar falando sobre isso. Se as pessoas erradas ouvirem você fazendo esse tipo de pergunta, vão matá-lo... e a mim.

— Deixe que eu me preocupo com isso.

— Não. É assim que as pessoas morrem. É assim que todo mundo morre. — Os olhos dele se moviam incansavelmente, evitando Nox.

— Se você é a pessoa que penso que é, está um pouco tarde para criar consciência.

O Químico desapareceu no que restava de uma pequena cozinha. Vasculhou gavetas vazias, procurando alguma coisa de forma desesperada. Provavelmente uma dose.

Nox suspirou, acenando o dinheiro entre os dedos.

— Precisa disso, não precisa? Diga-me o que quero saber.

Quando o sujeito percebeu que não havia mais nada na cozinha, exceto bolinhas de papel alumínio e meia dúzia de isqueiros de plástico, começou a procurar nos armários, um por um.

— Você não sabe do que está falando.

Nox foi em direção ao Químico e bateu a porta de um dos armários a poucos centímetros do rosto do viciado.

— Sei o que você fazia nos laboratórios de Abraham. Experiências em Conjuradores e Incubus, e naquele garoto.

O Químico parou, as mãos agarrando a bancada à frente.

— Que garoto?

— Não perca tempo mentindo. Sei tudo sobre John.

O Químico cambaleou para trás, como se Nox tivesse apontado uma arma para ele.

Nox deu um passo à frente.

— John Breed. Era assim que se chamava, certo?

— Eu não queria fazer. Abraham Ravenwood me forçou.

— Ele era só um menino. — Nox balançou a cabeça.

— Você não sabe como ele era ou o que teria feito... — O Químico examinou Nox mais de perto, o corpo todo tremendo. — Espere. Você é o menino. John. Finalmente veio aqui para me matar, certo?

Progresso.

Nox se aproveitou do medo do Químico.

— Não sou John. Mas sei onde ele está.

Era mais ou menos verdade.

E poderia ter sido eu.

— Se não me disser onde ficam os laboratórios, vou trazer John aqui para ele poder lhe agradecer pessoalmente.

O Químico começou a falar tão depressa que Nox mal conseguiu entendê-lo.

— Ficam atrás da casa de Abraham. Não dá para acessá-los daqui, mas tem uma porta no Quilômetro que leva direto à casa dele.

Claro.

— Como eu encontro a porta?

— Vá até o Quilômetro logo antes de o sol nascer. A Cozinheira de Ravenwood vai estar lá, a não ser que a velha Conjuradora já esteja morta. Siga-a. Mas não vai encontrar Abraham Ravenwood. Ele está morto. Dizem que seu amigo John o matou. — O Químico tinha um olhar insano nos olhos vermelhos. — Provavelmente sou o próximo.

— Se os laboratórios não estiverem onde você diz que estão, será. — Nox jogou a nota de cem na bancada da cozinha. O Quilômetro não era um lugar difícil de ser encontrado.

Os olhos do viciado oscilaram entre Nox e o dinheiro, mas o medo não era páreo para o Brilho. Ele pegou e passou acelerado por Nox.

Quando Nox chegou novamente ao primeiro andar, o Químico já estava com um saco plástico na mão. Ele estava se matando, com um pedacinho de Sunshine de cada vez.

Ao percorrer a trilha do mundo sombrio dos Túneis, Nox foi assombrado pelos próprios demônios. Passara quase toda a vida tentando se esquecer do passado, e este era o motivo. Abria um mar de escuridão que ameaçava afogá-lo. Ninguém era forte o suficiente para conter um mar inteiro, e ele nunca havia se sentido tão próximo de se afogar.

Queria desesperadamente pensar em qualquer coisa além da infância... ou de Silas Ravenwood.

Para ser mais específico, Silas Ravenwood e Ridley.

Tentou afastar o pensamento, mas, quanto mais tentava *não* pensar, mais claramente as imagens se formavam em sua mente.

O que Silas pode estar fazendo com ela agora... ou obrigando-a a fazer. O que ele poderia fazer com ela se quisesse. Ou se ela já teria morrido.

Nox parou e se apoiou contra a parede do Túnel, permitindo que a cabeça caísse nas próprias mãos. Pensar nisso o desesperava, e, quando ele ficava assim, não conseguia pensar direito. Quando não conseguia pensar direito, cometia erros estúpidos. Erros estúpidos podiam resultar em Ridley machucada.

Pare.

Encontre outra coisa em que pensar. Qualquer coisa. Só se segure até chegar a Nova Orleans.

Precisava descobrir se Silas Ravenwood tinha posto as mãos em Ridley.

Ou em seu cadáver.

Nox tirou o isqueiro do bolso e o segurou diante de si. Sentiu o embrulho familiar no estômago ao pensar na pedra inabalável do que quer que o futuro reservasse.

Seria melhor amarrar a Roda do Destino nas costas agora.

Mas não tinha importância.

Ele não tinha importância. Isso deixara de ser sobre ele no instante em que viu o acidente de carro, dentro das chamas do isqueiro na última vez.

Com uma mão trêmula, ele o apertou e olhou para a luz piscante...

Inicialmente não viu nada além de fumaça, mais espessa e negra que de costume.

Nox entrou em suas profundezas, como sempre fazia.

A fumaça do tempo e a lembrança de todo o resto que se encontrava entre o Conjurador das Trevas e suas visões ainda mais tenebrosas.

Nox empurrou.

Quando as sombras começaram a clarear e a visão começou a tomar forma, Nox achou que alguma coisa estivesse errada.

Estou perdendo minha Visão. Não consigo enxergar nada.

Então percebeu que *estava* vendo alguma coisa.

A fumaça formou linhas verticais largas, como se alguém tivesse entornado tinta preta em sua cabeça e agora estivesse pingando na frente de seus olhos.

Como árvores em uma floresta, brilhando perto de um carro acelerado. Como uma cerca, só que preta, não branca.

Ele quase sorriu com a ideia de que uma de suas visões estivesse mostrando algo tão feliz e pacífico quanto uma cerca branca. Então parou de sorrir, porque a fumaça começou a mostrar uma forma mais detalhada, e Nox percebeu exatamente o que estava vendo.

Grades.

Grades de prisão.

Ele se forçou a controlar a visão. Lentamente, abriu caminho entre as barras até ver... o rosto dela. Pálido e imóvel. Arranhado, ferido e coberto por sangue seco. Os lábios estavam azul-arroxeados.

Ridley...

Ridley, acorde. Sou eu. Nox.

Não adiantava. Os lábios estavam abertos, mas permaneciam imóveis. Não dava para saber se ela estava respirando. Ele segurou a imagem da Sirena o quanto pôde. Não podia permitir que escapasse porque não sabia se voltaria a vê-la.

Quando a visão começou a desbotar, seus olhos estavam tão borrados quanto a fumaça.

Ela está viva. É isso que a visão significa.

Seria preciso mais de um Ravenwood para matar Ridley Duchannes. Talvez mais de dois. Ele não podia se permitir considerar a alternativa. Afastou-se da parede e continuou andando. Alguém tinha de fazer a coisa certa. Alguém tinha de aparecer por ela, independentemente de ser tarde demais ou não.

E não qualquer alguém. Eu.

Nox não confiava em mais ninguém. Ele era o único que realmente sabia, pois tinha sido o único a ver quando aconteceu antes.

Preciso contê-lo. Preciso encontrá-la.

Ridley.

Ele não permitiria que os Ravenwood fizessem isso com outra Sirena de quem gostava. Mas era mais que isso. Nox não conseguia escapar e não queria. Jamais se sentira assim por mais ninguém, e aquilo o apavorava.

Porque ele sabia o que acontecia com as pessoas de quem gostava.

Nas mãos de um Conjurador das Trevas, o amor é uma sentença de morte.

O pensamento (e a sensação) o atingiu violentamente, e Lennox Gates teve certeza de uma coisa. Ele amava Ridley Duchannes.

CAPÍTULO 7: RIDLEY

*Return of the Warlord**

Precisa ficar acordada.

Ridley lutou para manter os olhos abertos.

Lute contra isso. Mantenha-se no controle.

Se ficar acordada, conseguirá pensar. Se conseguir pensar, pode encontrar uma saída. Uma maneira de voltar para Link.

Mas não adiantou, e Ridley se pegou dormindo e acordando em um sono inquieto, cheio de sonhos surreais e alucinações.

De novo, não. Não feche os olhos outra vez.

Pense em Lena e Link. Pense em seus amigos.

Drogas. Tinham de ser as drogas.

Só que agora não conseguia se lembrar deles fazendo isso.

Link. Não consigo. Estou tão cansada.

Mas então ela sentiu os olhos fechando novamente, e quase já não se importava, pois no sono vinham os sonhos com Link.

— Então, aonde quer ir? O céu é o limite, amor.

Link olhou para mim por trás do volante do Lata-Velha. Na nossa frente não havia nada além da estrada, e, acima de nós, nada além do céu azul.

— Não me chame assim — falei. Mas depois de tudo que aconteceu, eu já estava começando a gostar. Não que algum dia fosse admitir isso para ele.

---

* Retorno do guerreiro.

Apoiei os pés no painel. — Definitivamente não quero ir para o sul. Acho que devemos ir para o oeste. Los Angeles, Las Vegas... algum lugar onde possamos ficar em um hotel quatro estrelas, pedir serviço de quarto, basicamente o oposto de tudo que estávamos fazendo em Nova York.

Link sorriu e aumentou o volume de "Stairway to Heaven".

— O que quiser, querida. Mas só porque sou louco por você e nunca fui para a Costa Oeste. — Ele sorriu novamente para mim, parecendo mais feliz que nunca.

Lucille miou do banco de trás e pulou entre nós. Hoje nem aquela bola de pulgas poderia arruinar meu humor.

A música já estava na metade, e percebi que eu prendia a respiração. Parecia que algo terrível estava para acontecer, e eu estava esperando.

Link cantava com Led Zeppelin e eu continuava esperando.

E esperando.

A música terminou, e exalei. Estava tudo bem. Vamos conseguir. Até Los Angeles, Vegas ou onde quer que a gente queira ir. E jogaria meu charme para conseguir o melhor hotel que pudesse encontrar, e manteria Link o mais longe possível de Nova York.

Nova York.

Um pensamento invadiu minha mente, mas eu o perdi. Tinha alguma coisa a ver com Nova York. Algo que deixei para trás.

Nox.

O pensamento me atingiu, vi a picape preta acelerando em nossa direção, e "Stairway to Heaven" estava tocando de novo.

Foi quando começou a gritaria...

Link...

Ridley levantou de súbito, agarrando os lençóis ao seu redor. O lustre estava aceso. Mas, mesmo sob a fraca luz, a visão continuava borrada.

Claro. Me drogaram de novo.

Ela se lembrava vagamente do Nascido das Trevas entrando na cela — seu *quarto*. Foi assim que ele chamou. Mas isso não era um quarto, do mesmo modo que Ridley não era uma hóspede. Ela se lembrava de trechinhos da conversa com as outras meninas nas celas em algum lugar do corredor.

Não sou a única prisioneira. Havia meninas. Tinham nomes e rostos. Não consigo lembrar. Por que não consigo lembrar?

Menagerie.

A palavra martelou sua mente. Ridley não tinha qualquer intenção de se tornar uma parte permanente da Menagerie, o que quer que isso fosse.

Levante-se. Você precisa encontrar uma saída.

Ela respirou fundo, focando os poderes internamente. Não podia usar o Poder de Persuasão em si mesma, mas tentar fazer isso a afastava do torpor químico mais depressa. Qualquer coisa para manter a mente alerta.

Havia outra bandeja na cabeceira. Em vez de sopa, daquela vez, seus captores tinham melhorado as opções e deixado um prato de filé mignon e cenouras, como se a refeição pudesse fazê-la crer que não fariam algo terrível com ela.

E provavelmente colocaram alguma coisa na comida.

Ficou encarando a carne como se fosse um pirulito de cereja. Para Link, seria.

Como era a letra? Filezinho, penso em você quase todo dia.

Sua mente inundou com lembranças de letras toscas até ela quase sorrir. A cada palavra, o torpor da droga diminuía.

A Sirena olhou para as próprias mãos e percebeu que tinha arranhado alguma coisa na lateral da mesa envernizada de madeira ao lado da cama. Uma de suas longas unhas cor-de-rosa estava solta.

Rid traçou os arranhões com o dedo.

Uma linha longa e outra mais curta... um L.

Ele vinha atrás dela. Precisava estar pronta.

Fique alerta e levante-se.

Enquanto Ridley se erguia, percebeu que os hematomas roxos nos braços haviam desaparecido. Pensando bem, o pescoço também não doía mais. Se não fossem as drogas, provavelmente estaria se sentindo bem.

Mas não estou aqui há tempo suficiente para ter me curado, estou?

O ruído familiar de passos no corredor a fez correr para baixo das cobertas outra vez. Fechou os olhos e fingiu estar dormindo.

Por favor, não entre aqui.

O barulho de metal batendo e o grito de outra menina irromperam pelo corredor.

— Vamos. Vamos fazer um pequeno passeio.

Ela reconheceu o sotaque sulista do Nascido das Trevas.

— Não quero ir a lugar algum — implorou a menina. Não era Drew nem Katarina. Essa menina tinha um sotaque italiano. — Por favor, me deixe ficar aqui.

— Agora você quer ficar? — perguntou o Nascido das Trevas. — Depois de passar meses implorando para sair?

Meses. Um nó se formou no estômago de Ridley.

Há quanto tempo estou aqui? Não podia aguentar ficar naquela cela por semanas, quanto mais meses.

A não ser que já tenha ficado.

— Não se preocupe — prosseguiu o Nascido das Trevas. — Você vai voltar.

Ridley ouviu sapatos arranhando o concreto. Ele devia estar arrastando a coitada.

— Aonde vamos? — A italiana soou agitada.

— Os homens no Sindicato estão dispostos a pagar bem pelos serviços de uma Empática. Dependendo dos serviços. — Ele riu cruelmente.

Ridley abriu os olhos e fitou as barras. Dava para perceber pelo som dos passos que estavam se movendo na outra direção.

Tráfico de poder. É isso que esses babacas estão fazendo.

Já ouvira boatos sobre isso em algumas boates Conjuradoras, como a Sofrimento. Conjuradores sendo sequestrados e vendidos por seus poderes. Ou, naquele caso, alugados. De qualquer forma, era um comércio sujo, algo que até os Conjuradores das Trevas condenavam.

Não há o que me faça permitir que me arrastem como uma cadela e me obriguem a fazer truques.

Não estou à venda.

Sou Ridley Duchannes.

Ridley esperou até os passos cessarem, deixando a raiva florescer dentro de si. Agarrou o prato da cabeceira e o jogou contra a parede. A louça branca estilhaçou sobre o tapete.

Não gostava de pessoas mexendo com ela, mas usando-a era ainda pior.

Experimentem. Vão em frente.

Tratem-me como uma cadela, e vou morder. Mas a raiva só serviu para exauri-la. Ainda estava muito fraca.

Ridley saiu da cama e tropeçou em direção às grades, as pernas bambas.

— Ei, Katarina? Drew? — sussurrou. — Vocês estão aí?

Por um instante, ninguém respondeu. Talvez o Nascido das Trevas tenha levados todas ao mesmo tempo.

— Estão me ouvindo? — Ela tentou outra vez.

— Cale a boca, Pink. — Drew sussurrou através da escuridão.

— Ele já foi embora — disse Ridley. — E meu nome é Ridley.

Demorou um pouco para a alemã responder.

— Katarina... estou aqui.

— O que aconteceu com aquela garota? Aonde ele a está levando?

— O nome dela é Lucia — começou Katarina. — Silas aluga nossos poderes para membros do Sindicato. Ela está sendo levada para um trabalho.

— Cale a boca! — Drew se irritou. — Você é burra? Não quer que ele volte para pegar você.

O silêncio caiu sobre as celas até Ridley se manifestar novamente.

— Quantas de nós estão aqui?

Katarina finalmente respondeu.

— Seis, acho. — A voz estava trêmula.

— Não. São, pelo menos sete — sussurrou uma menina com sotaque francês. — Você está se esquecendo de Angelique.

— Idiotas — sibilou Drew.

— Quem é Angelique? Aconteceu alguma coisa com ela? — Ridley agarrou a grade, as juntas embranquecendo.

— Muitas coisas aconteceram com ela, mas ela também escapou — esclareceu Katarina. — Ela não falava muito com ninguém, exceto Lucia. Ela enlouquecia cada vez que levavam Lucia.

Ridley sentiu que a história era mais comprida, porém, no momento, precisava saber de uma coisa mais importante.

— Vocês são todas Conjuradoras?

— Eu sou Sibila — respondeu a francesa.

— Adivinhadora — disse a alemã.

— Taumaturga. — Essa soava espanhola. — Meu nome é Alicia. Fui trazida para curá-la.

Como Ryan. Não é à toa que não me sinto mais um lixo.

Americana. Italiana. Alemã. Francesa. Espanhola. Sirena, Sibila, Adivinhadora, Taumaturga. Silas tem a própria versão do Pequeno Mundo aqui embaixo.

— Obrigada por me curar. — Ridley esfregou as mãos sobre os braços onde os machucados estiveram. Ao menos, isso respondia uma de suas perguntas. — Mais alguém? — perguntou. — Vamos, podemos nos ajudar.

— Tinham uma Ilusionista e uma Cifra quando me trouxeram — disse a francesa. — Não sei se continuam aqui.

— Estou aqui — disse uma voz.

— Eu também — disse outra.

— Sou Sirena — sussurrou Ridley. — Alguém sabe o que estão nos dando? As drogas, quero dizer?

Ou é só para mim?

— Você é bem burra, Pink — comentou Drew. — Sunshine é a única droga forte o suficiente para derrubar algumas de nós. Inclusive uma Sirena.

Ridley ficou imaginando quem seria essa garota. Ela tinha força, o que significava que provavelmente seria a maior aliada de Ridley no grupo.

Mesmo que um pé no saco.

— Desculpe minha ignorância sobre todas as drogas que os Conjuradores usam atualmente. Não estou acostumada a ninguém me derrubando em nenhum contexto. — Ridley vasculhou a mente, tentando pensar em que tipo de Conjuradora seria tão difícil drogar quanto uma Sirena. Precisava saber mais sobre essa menina para encontrar uma maneira de suavizá-la. — Você é Mutadora?

Drew riu.

— Por favor. Um anti-histamínico poderia derrubar um Mutador.

Uma luz se acendeu no cérebro de Ridley. *Claro. Ela é quase tão defensiva quanto Necro.*

— É Necromante.

— E você merece um prêmio. — Drew soou entediada ou assustada. Era difícil dizer sem olhar para ela.

— É por isso que o Nascido das Trevas nos chama de Menagerie? Porque somos diferentes tipos de Conjuradoras? — perguntou Rid.

Ou é por que nos tratam como animais?

Por um instante, ninguém disse nada.

— O chefe dele nos *escolhe* porque somos Conjuradoras diferentes — explicou a francesa. — E vai continuar fazendo isso até completar a coleção.

A palavra *coleção* enviou um calafrio pela espinha de Ridley.

— Ou até precisar de reposição — disse Drew.

Ridley agarrou as barras da grade, as pernas subitamente mais fracas.

— Quem é o chefe?

Ninguém respondeu.

Passos ecoaram de algum lugar do corredor.

— Shhh — sussurrou alguém.

Um cheiro familiar flutuou pela passagem.

O fedor dos charutos de que Abraham gostava quando era vivo.

Não.

Qualquer um, menos ele.

Mas não tinha como negar.

Eu reconheceria o cheiro dessa fumaça em qualquer lugar.

Até aquele momento, Ridley achava que sua vida corria perigo porque tinha sido sequestrada por um Nascido das Trevas louco. Agora sabia que alguém muito mais insano e mortal controlava seu destino.

E está no corredor agora.

Ridley viu de soslaio a camisa cara que ele vestia, as mangas dobradas de qualquer jeito, e os sapatos pontudos.

Silas Ravenwood parou diante de sua cela, um charuto entre os dedos.

Sorriu através da grade.

— É um prazer revê-la, Srta. Duchannes. Que bom que pôde se juntar a nós.

⇸ CAPÍTULO 8: LINK ⇷

*Winds of Change**

Link teve mais sorte na Viagem de ida com Floyd para Oxford que na volta, quando os dois foram parar em uma pilha de sacos de lixo atrás de um restaurante chinês.

Pelo menos, não era o lixão. Link tentou se sentir bem com relação a isso.

— Bem-vindos aos EU da A. — Ele caiu novamente no lixo. — Lar, fedido lar.

— Obrigada. — Floyd tirou um punhado de macarrão chinês do cabelo. — Eu já estava tentando não vomitar. Você é péssimo nisso.

Link pegou um punhado de macarrão, ovos e repolho.

— Talvez eu estivesse a fim de um espaguete chinês.

— É. E talvez eu tenha pegado carona com o híbrido errado.

— Que seja. Viajar não é tão fácil quanto parece. Pelo menos, não na China. Espero. — Ele ficou olhando para o Anel de Ligação na mão. — Isso aqui deveria ter deixado Liv e John por perto, mas não estou vendo nenhum dos dois. Você está?

— Tudo que sei é que você deveria ter mirado em Nova Jersey. Foi o que Necro disse pelo telefone. — Floyd estava se irritando.

Risos os interromperam.

— Por que não nos esperaram para comer? Deviam estar mortos de fome. — John sorriu ao bater na lateral da lixeira.

---

* Ventos de mudança.

Claro, John e Liv não estavam cobertos de repolho.

— Por que demoraram tanto? — perguntou John, puxando Link pelo braço. — Ainda pedala de rodinha? — Link deu um soquinho no bíceps de John, e John retribuiu, o que provocou mais cinco socos.

— Certo. Vocês dois são babacas — decretou Liv.

— Perdedores — emendou Floyd. Finalmente concordavam em alguma coisa.

Quando Link e John estavam novamente de pé, Floyd já tinha ligado para Necro.

— Tenho o endereço. Não é longe. Uma garota que Sampson pegava deixou que ficassem na casa dela.

Link olhou em volta.

— Vamos encontrar um lugar com menos gente, e eu e John Viajaremos com vocês até lá.

Floyd franziu o rosto.

— Não, obrigada. Vou de trem. Já Viajei o suficiente por um tempo.

— Mas... — Link começou.

Floyd levantou a mão.

— Estou falando como amiga. Você *realmente* precisa de mais treino.

— Pode ser o trem. — Liv pegou o próprio telefone. — Não vai demorar para chegarmos. Fica a poucas estações daqui.

John notou um caminhão de lanches estacionado perto do meio-fio.

— Só um minuto. Link, me empreste algum dinheiro, até eu achar algum lugar para trocar o nosso.

Link pegou a carteira do bolso de trás, a corrente de prata pendurada na ponta, onde a prendia ao cinto.

— Para que precisa de dinheiro? — perguntou, entregando a John uma nota de cinco.

— Um segundo. — John correu para o caminhão e voltou em seguida com um saco de Doritos. — Senti muita falta disso aqui.

Floyd o olhou com estranheza.

— Achei que híbridos não comessem.

John colocou um punhado de salgadinhos na boca.

— É uma escolha pessoal, e, pessoalmente, gosto de Doritos.

— Ou de qualquer coisa feita com queijo laranja nojento em pó — acrescentou Liv.

— Você sabe que adora — falou John, a boca cheia. Ele a puxou para um beijo, e ela pulou para longe com um gritinho.

Liv limpou a bochecha.

— Sem chance.

Link tentou sorrir, mas não conseguiu. Era difícil ver John e Liv sendo John e Liv quando Ridley estava sumida. Ele notou que Floyd parecia estranhamente quieta também enquanto caminhavam pela estação e embarcavam.

— O que foi? — perguntou ele ao se sentarem. — Você não disse uma palavra desde que chegamos.

Floyd franziu o rosto e mordeu o lábio.

— Necro parecia estranha ao telefone.

— E agora seu sentido aranha está alerta?

Ela assentiu.

— Acho que tem alguma coisa errada.

— Claro que tem. — Liv ajustou o selenômetro e olhou para John. — E você achava que as coisas iriam mudar com a gente longe.

Quando finalmente chegaram ao condomínio, alguma coisa estava mais que errada. Link mal concluiu as apresentações antes de Sam e Necro compartilharem as notícias sobre Nox.

— Como assim, ele sumiu? — Link andava de um lado para o outro da sala, olhando para Sampson, que parecia mais deslocado que nunca naquele sofá floral. — E quem foi burro o suficiente para deixar que ele sumisse?

— Temos quase certeza de que ele foi sozinho atrás de Ridley — disse Necro. — Estávamos prestes a segui-lo quando Floyd ligou.

— Claro que ele foi. — Link estava furioso. — Porque Nox só pensa nele mesmo. Quer ser o primeiro a chegar e ser o grande herói. — Lucille costurou caminho entre os calcanhares de Link, como se soubesse que ele estava irritado.

— Calma, Link. — Liv pegou a gata e a acariciou atrás das orelhas. — Pensei que o motivo pelo qual precisassem da ajuda de John era que ninguém sabia chegar aos laboratórios.

Necro passou a mão no moicano azul.

— Ou Nox mentiu para nós ou bolou alguma ideia louca para tentar descobrir sozinho onde fica a casa. É difícil saber. Ele não é exatamente previsível e não é muito adepto a confiar nos outros. — Nox e Necro se conheciam havia mais tempo que qualquer um deles.

— Ele não é exatamente muitas coisas — disse Link.

Sampson se levantou do sofá.

— Chega de conversa fiada. Então, onde ficam esses laboratórios e como a gente chega lá?

— Devagar, grandão. Não é assim tão simples. — John automaticamente projetou os ombros, como se estivesse tentando parecer maior, mas Sampson continuava muito maior, os enormes braços fazendo os de John parecerem mirrados, o que não era algo fácil de ser feito. Finalmente, John desistiu e colocou as mãos nos bolsos. — Não sei quanto Link contou, mas cresci nesses laboratórios. Abraham fez coisas com minha cabeça. Por um tempo, não conseguia me lembrar de algumas das coisas que fiz. As coisas que ele me obrigou a fazer.

Liv entrelaçou o braço no de John e inclinou a cabeça contra o ombro dele.

— Nada disso foi sua culpa.

— Talvez não — disse John. Link percebeu que ele estava tentando contornar as más notícias. — A questão é que existem coisas que eu deveria saber, mas não consigo me lembrar, como a localização dos laboratórios. Abraham criou diversas proteções quando estragou minha cabeça. Acho que essa é uma delas.

Link se sentiu como se alguém tivesse jogado uma pedra em sua cabeça. Encarou John.

— Calma. Você não sabe como encontrá-los? Está brincando comigo?

— Relaxe — pediu John. — *Eu* não sei o local exato, mas conheço alguém que sabe.

Necro olhou para Link.

— Você conhece um cara que conhece um cara? Essa é sua ideia *brilhante*? — Ela balançou a cabeça. — Por que não pensei nisso antes? Ah, espere, porque é uma ideia *idiota*. Aliás, não é sequer uma ideia.

Floyd se apoiou contra a parede, os braços cruzados, encarando John.

— Quer dizer que fomos até Oxford e você não sabe nem para onde vamos? Não achou que valesse a pena mencionar?

Floyd deu um passo na direção de John... e esbarrou em Liv, que estava com os braços cruzados na frente dela.

— Certo. Vamos parar e respirar.

— Seu namorado tem sorte de ainda estar respirando — disse Sam, sem qualquer esboço de sorriso.

— Não é o ideal. Mas considerando que vocês não fazem ideia de aonde devem ir, não acho que estão em posição de criticar. — Liv olhou para Link. — O que me faz pensar se não devemos ir atrás de Ridley por nossa conta. Você, eu e John. Está bem claro que nem todo mundo aqui se importa com ela.

— Espere. Isso não é verdade, Guardiã — disse Necro. — Ridley é minha amiga, e Nox também. Se ele foi atrás dela feito um idiota, o que tenho certeza de que fez, considerando que ele age como um louco quando o assunto é Ridley, precisamos nos certificar de que nada lhe aconteça.

— E temos de salvar Rid — acrescentou Link.

— Isso também — concordou Sampson.

Floyd não disse nada. Necro a empurrou.

— Ah, qual é.

— Qual é o quê? — perguntou Floyd.

Necro não ia ficar calada agora.

— Você pode não gostar de Ridley, mas ela é uma de nós. Não vamos deixar Silas Ravenwood ficar com ela. Rid é praticamente da banda.

Floyd suspirou.

Link quis abraçar Necro, mas sabia que ela preferiria um soco no olho direito.

— Toque aqui — ofereceu ele, sorrindo.

— Que bom que resolvemos tudo — disse Sampson. — Vai fazer todo mundo se abraçar agora? Ou podemos ir atrás de Nox? Apesar de não sabermos de fato para onde vamos? — John começou a protestar, mas Sam o descartou com um aceno. — Sim, sim, você conhece um cara. Eu ouvi. — Ele olhou para o sofá florido. — Qualquer coisa tem de ser melhor que ficar aqui sentado.

Os olhos de John estavam em Link, e Link pôde sentir as perguntas vindo. *Quem é esse Nox e por que Rid o faz agir como um louco? E o que a Ilusionista tem contra Rid?*

Entre na fila, Link pensou.

John pegou a mão de Liv e acenou com a cabeça para Sampson.

— O grandão disse tudo. Por que não saímos daqui e paramos de perder tempo?

— Depois de você, pequenino. — Sampson segurou a porta enquanto saíam, e a trancou atrás deles.

— Precisamos encontrar a Porta Externa mais próxima dos Túneis — avisou John.

Sampson acenou com a cabeça para a rua.

— Sem problema. Não é longe. — E partiu com Lucille trotando atrás dele. A gata tinha gostado do grandão Nascido das Trevas. Link torceu para que isso lhe desse algum crédito com John e Liv.

Link e Floyd seguiram Lucille, enquanto Necro caminhava ao lado de John e Liv.

— Então, quem é esse cara que sabe onde ficam os laboratórios?

— Ele é músico — disse John. — E odeia Abraham Ravenwood quase tanto quanto eu.

Link parou onde estava.

— Cara. Juro. Não faço ideia de onde ficam os laboratórios.

John bateu a mão nas costas de Link.

— E eu juro que não é você.

Sampson dobrou em um beco que parecia sem saída. Àquela altura, Link já vira Portas Externas o suficiente para saber. Conjuradores eram especialistas em esconder as portas que levavam do mundo Mortal ao deles. Era uma das coisas mais irritantes sobre eles, do ponto de vista de quem-dá-com-a-cara-na-porta-escondida.

A parede à frente do grupo estava coberta de grafites. No mural pintado com spray, uma menina com óculos redondos tirava uma foto de um smartphone, que tirava uma foto de um smartphone, que tirava uma foto de um smartphone. Assim seguia até que não fosse mais possível identificar as imagens.

— Aí está! — Sampson acenou para o mural.

— Um palimpsesto? — Liv tocou a parede de concreto.

— Quer dizer como tia Del? — perguntou Link.

Liv fez que sim com a cabeça.

— De certa forma. Um palimpsesto é uma figura em mil figuras que continuam sem fim. A forma como tia Del vê lugares e diferentes pontos do tempo, todos de uma vez. Na verdade, é meio brilhante, para uma porta Conjuradora.

Link tentou não pensar em como a tia de Lena, Del, era excêntrica, às vezes.

— Espero que funcione melhor que a memória de tia Del.

— Tudo funciona melhor que a memória de tia Del — observou Liv.

— Exceto, talvez, o relógio dela — disse John. O que era verdade; nada como se perder no tempo para fazer uma pessoa se atrasar para o jantar.

Sampson esticou o braço e traçou o contorno preto do maior smartphone do mural, revelando uma onda escondida.

— *Aperi portam* — sussurrou. A imagem do telefone desapareceu, e a parede deslizou, expondo uma passagem secreta. Ele estendeu a mão. — Primeiro as damas.

Liv passou entre Link e Floyd.

— Por que os homens sempre dizem isso quando você está prestes a entrar em algum lugar relativamente horrível e potencialmente perigoso?

Sampson sorriu.

— Estava tentando ser cavalheiro.

Os olhos de Liv foram da corrente de bicicleta em seu pescoço aos braços tatuados e calças de couro antes de ela atravessar a parede aberta. Conjuradora ou não, Liv continuava sendo uma das garotas mais corajosas que Link já havia conhecido, juntamente à que foi em seguida.

Isso aí, Lucille.

Floyd parecia não querer dever nada a uma menina Mortal e a uma gata e avançou, puxando Necro pelo braço.

Só os meninos ficaram para trás.

— Quer me contar um pouco mais sobre aonde vamos? — perguntou Sampson. — Ou quem é esse cara que você conhece?

— Não sei ao certo se você acreditaria em mim se eu contasse — falou John, quando o último traço do mundo Mortal desapareceu.

— Quão longe você falou que era? — Link olhou para John, quase batendo a cabeça pelo que devia ser a décima vez.

O teto no Túnel Conjurador estreito era tão baixo que Link, Sampson e John precisavam se encolher enquanto andavam. Até Liv tinha de se abaixar.

— Não falei — disse John. — Pare de reclamar. Não é longe.

Floyd foi seguindo Necro.

— Como foi que você bateu a cabeça? Não precisa nem desviar.

— A gata idiota de Link correu na minha frente — explicou Necro.

— O nome dela é Lucille — falou ele. — Eu não a chamaria de idiota. Ela provavelmente entende o que você diz. Ela é irritadiça, exatamente como as senhoras que a deram para mim.

Link ouviu as patas de Lucille atravessando a sujeira em direção ao círculo de luz pálida ao longe.

— E isso é um eufemismo — emendou Liv.

— Por favor, que tenha um teto alto em meu futuro — disse Sampson. O Nascido das Trevas era tão alto que estava praticamente curvado a noventa graus. A coluna devia estar doendo. Apesar de Link não saber ao certo quanta dor Sobrenaturais como Sampson podiam sentir.

Quando o Nascido das Trevas saiu do corredor e se levantou outra vez, John soltou um suspiro de alívio.

— Graças a Deus. Não sabia quanto ainda iria aguentar.

Link chegou à abertura logo depois de Necro e Floyd, e ficou tão ocupado olhando para cima que esbarrou nelas. Floyd se desequilibrou, e Link a pegou pelo braço. Ela olhou para baixo, para o ponto onde os dedos dele tocaram sua pele, e Link sentiu uma onda de culpa. Não porque tivesse sentimentos por Floyd, mas porque *não tinha*. Ela era engraçada e bonita, de um jeito garota roqueira indie, e uma das melhores baixistas que já tinha conhecido. Mas, independentemente do quanto Floyd fosse legal, tinha uma coisa que ela jamais seria.

Ou melhor, uma pessoa.

Cadê você, meu amor?

Link estava tão triste e tão sozinho que não importava quantos amigos estivessem com ele. Tudo que conseguia sentir era a pessoa que não estava ali.

— Vejam o céu — disse John.

Laços em verde-claro e lavanda se arqueavam sobre eles, as cores se alternavam no mesmo padrão até onde conseguiam enxergar. Quando Link olhou com cuidado, percebeu que não era o céu. Exceto pelo tapete de grama sob seus pés, o resto do túnel era feito de flores e vinhas.

Apesar de tudo, era meio lindo.

— Nunca vi nada assim, nem mesmo aqui embaixo. — Necro ficou olhando para o mar de lavandas. — É um milagre.

Link entendeu o que ela estava dizendo. Milagres eram feitos de esperança.

E esperança era tudo de que mais precisavam.

Liv fez um rápido desenho em seu pequeno caderno vermelho.

— Na verdade, é um túnel de cerca viva.

— Cortou a onda — disse Floyd.

Liv a ignorou.

— Temos alguns dos mais famosos lá em casa, no Reino Unido. Mas este aqui é igualzinho ao Túnel Wisteria no Japão.

Floyd lançou um olhar estranho a Liv.

— Quem sabe essas porcarias?

— Pessoas que leem. — Liv passou por Floyd e Necro, penetrando mais profundamente a arqueada cerca viva. — Então, existem umas coisas notáveis chamadas livros. São cheias de páginas e páginas com palavras. — Ela olhou para Floyd. — Talvez já tenha ouvido falar neles. Ou não.

John conteve um sorriso e seguiu a namorada.

— Você não fica com dor de cabeça ao decorar essas coisas aleatórias? — rebateu Floyd.

Liv seguiu Lucille sem se incomodar em olhar para trás.

— Nem um pouco. O que me dá dor de cabeça é explicar todas essas *coisas aleatórias* a outras pessoas.

A forma com que Liv disse *pessoas* deixou bem claro que a única pessoa a quem se referia era Floyd.

— Às vezes não entendo mesmo sua escolha de amigos — disse Floyd, olhando para Link.

— Liv só está sendo difícil — explicou o Incubus. — Ela vai se acostumar com você, e vocês duas vão se dar muito bem. — Ele tentou soar mais animado do que se sentia.

Floyd o encarou, e Necro ergueu uma sobrancelha.

— Duvido.

— Muito — murmurou Liv.

O túnel de flores continuou por, pelo menos, 1,5 quilômetro. Até Sampson parecia impressionado, olhando para cima esporadicamente. Mas Link estava com dificuldades em olhar quando não fazia ideia do que Ridley estava vendo naquele instante.

A cada passo ele só se preocupava mais.

E se ela estiver sozinha e machucada em algum lugar? E se ela não *estiver sozinha?*

Link cerrou a mandíbula. Ele não suportava a ideia de ninguém machucando a única menina que já havia amado. Porque, no fim das contas, a questão era essa, pura e simples. Ele amava Ridley, e isso não tinha nada a ver com seus poderes de Sirena. Ele teria se apaixonado por ela de qualquer jeito — Mortal ou Conjuradora, Luz ou Trevas. Ele amava o som da sua voz, mesmo quando ela estava reclamando, e a forma como ela se encaixava perfeitamente sob seu braço, mesmo naqueles saltos loucos que usava.

Ridley tinha pernas longas, batom vermelho, mechas cor-de-rosa no exterior; mas, por dentro, não era uma menina má. Era uma garota que nunca teve escolha sobre nascer em uma família de Sobrenaturais amaldiçoados, sobre as Trevas que a Invocaram no seu aniversário de 16 anos ou sobre a família ter lhe dado as costas depois que isso aconteceu.

Por dentro, Ridley era toda dor e coração partido — só uma garota normal que precisava dele.

Quase tanto quanto ele precisava dela.

⇸ CAPÍTULO 9: NOX ⇷

*Gates of Tomorrow**

Todo Conjurador sabia onde encontrar o Quilômetro, inclusive Nox. Ficava escondido nos Túneis abaixo do quarteirão francês, em Nova Orleans; 1,5 quilômetro de portas Conjuradoras idênticas.

À noite, Conjuradores e Incubus embriagados desafiavam uns aos outros a abrirem uma das portas, na versão Conjuradora da roleta russa. Sem saber o que esperava do outro lado, você poderia se encontrar na sala de algum gordo, vendo o sujeito dormir diante da televisão; ou, com a mesma facilidade, acabar cercado por Tormentos e outras criaturas mortais.

Abrir a porta era a adrenalina. A Roda do Destino resolvia o resto — para o bem ou para o mal. Era um jogo para idiotas. Nox jamais faria tal aposta.

A maioria dos outros Conjuradores e Incubus devia ter aprendido, porque agora a rua estreita, alinhada por portas até onde o olho conseguia ver, estava deserta. Conhecendo Abraham Ravenwood, a porta do Incubus de Sangue estaria protegida por alguma espécie de Feitiço. Se Nox conseguisse abri-la, seria uma armadilha.

Sim. Uma armadilha mortal.

Ele olhou para o relógio.

A qualquer momento.

Nox se moveu pelas sombras, mantendo-se próximo às entradas de um dos lados, caso precisasse se esconder. Se o Químico tivesse dito a

---

* Portões do amanhã.

verdade, a porta que levava à casa de Abraham estava ali em algum lugar, e isso não era uma pista muito boa.

Principalmente para um cara que não tinha tempo a perder.

Estou indo, Ridley. Só esteja bem quando eu chegar.

Ele lutou contra os pensamentos mais sombrios no fundo da mente. Viviam com ele, e temia que sempre seria assim.

Ridley Duchannes não o ama. Não seja tolo.

Ela não acredita em você.

Em que você acredita?

Em você e no que sente por ela? Mesmo que ela não retribua o sentimento?

Ele fechou os olhos.

Cale a boca.

Acredito em como me sinto.

Acredito que posso amá-la de qualquer jeito.

Isso não basta.

Ele apoiou a cabeça contra a parede daquela rua escura e ficou imaginando.

Alguns minutos mais tarde, ouviu passos e olhou novamente para o relógio.

5h50.

Bem na hora.

— Vá até o Quilômetro logo antes de o sol nascer. A cozinheira de Ravenwood vai estar lá. — Foi o que o Químico disse.

Nox esperou avistar a mulher. Provavelmente deveria ter perguntado ao Químico a espécie da Conjuradora, mas agora era tarde demais. Teria de resolver como incapacitá-la na hora.

Depois que ela abrir a porta. Suas mãos cerraram em punhos involuntariamente.

Nox viu a sombra emergir da rua à frente, entre duas portas. *Lá está ela. Exatamente como ele falou.*

Era uma mulher, usando um casaco leve, o colarinho levantado em volta do pescoço e a saia preta do uniforme aparecendo por baixo. Nox ouviu o barulho da roupa arrastando enquanto ela caminhava pelo Quilômetro.

Um uniforme. Claro.

Formal e pretensioso. Como Abraham. E Silas.

Nox foi em direção à mulher, fingindo falar ao telefone, como se estivesse indo para uma daquelas portas a caminho do trabalho, igual a ela.

Ela olhou na direção dele, e Nox quase parou de andar. Havia alguma coisa nela — algo familiar. A cozinheira atravessou a rua no Túnel lentamente, e a postura curvada denunciava sua idade. Ela se curvou, olhando para o chão, como se estivesse caminhando contra uma ventania disposta a destruí-la. Aquela mulher estava curvada por motivos além do tempo.

Algo mais cruel... e mais poderoso.

Foi então que ele soube.

Silas não tinha herdado apenas a cozinheira de Abraham. Herdou a *mesma* cozinheira que trabalhava na casa de Abraham quando Nox era criança.

Tinha herdado a Sra. Blackburn.

Lembrou-se de tudo rapidamente. Mesmo naquela época a postura da Sra. Blackburn era curva quando ela se inclinava sobre a bancada de mármore para trançar massas ou preparar o chá. A essa altura ela devia ter no mínimo 60 anos, pelos cálculos de Nox. Ele realmente ia derrubar uma senhora?

Alguém que Abraham Ravenwood já tinha passado a vida atormentando? Alguém que preparava biscoitos para mim depois que ele me atormentava?

Preciso, ele disse a si mesmo. É a única forma de encontrar Ridley.

Quando a Sra. Blackburn alcançou a porta, ela apoiou a palma na madeira. Exatamente quando começou a sussurrar, notou Nox e parou.

Ele tentou agir naturalmente, como se planejasse passar direto por ela, mas a senhora parecia esperta.

Ela olhou nos olhos dele e se engasgou.

— Você?

Nox olhou em volta, como se pensasse que ela estava falando de outra pessoa.

— Com licença?

A Sra. Blackburn balançou a cabeça.

— Sempre soube que voltaria. Mas chegou tarde demais — sibilou ela.

Nox parou com o fingimento. Ela obviamente o reconheceu.

— Tarde demais para quê?

— Não poderá ter o que veio buscar. O velho maldito morreu.

Ele demorou um instante para se dar conta de que ela não estava falando de Silas.

— Está falando de Abraham?

A velha assentiu, os olhos verdes Conjuradores o encarando. Ele sempre imaginou como Abraham tinha convencido uma Conjuradora da Luz a trabalhar para ele.

Com o que ele a ameaçou por todos esses anos?

Nox olhou para a porta.

— Não estou procurando Abraham.

Ela o encarou, como se soubesse.

— Silas? — A voz era rouca por causa da idade.

Ele fez que sim com a cabeça.

— Temos assuntos em aberto. Você parece entender.

A Sra. Blackburn deu de ombros.

— Não existem outros tipos de assunto com Abraham e Silas Ravenwood.

Ele deu um passo à frente.

— Sra. Blackburn, a senhora sempre foi bondosa comigo. E eu não... Jamais quereria machucá-la. Mas preciso entrar.

A velha curvada balançou a cabeça.

— Qualquer que seja seu problema, filho, o que quer que queira com Silas, esqueça e vá para o mais longe possível deste lugar.

— Não posso.

— Trabalho naquela casa desde que você era criança — começou ela.

— E eu era uma criança — emendou Nox.

Ela assentiu.

— Abraham levou minha mãe para lá, exatamente como fez com a sua. Aqueles Ravenwood têm o mal correndo nas veias, negro e espesso, onde deveria haver sangue.

— Não precisa me dizer isso.

— Eu sei. Mas ódio, vingança ou dinheiro, o que quer que esteja o guiando até aquela casa, não vale a pena. Nada vale.

Nox se apoiou contra a maçaneta e olhou para ela.

— E amor?

A palavra a fez pausar.

Então os olhos envelhecidos da Sra. Blackburn suavizaram.

— Você sempre foi um menino doce. Eu me lembro de como Abraham tratava sua mãe, e sei que deve ter sido horrível para você ter de assistir. Se alguém entende o que você sentiu, sou eu.

Nox tentou manter a compostura, mas tudo que queria era quebrar alguma coisa.

Entende? Sabe como é preciso se esconder, impotente, enquanto a pessoa que mais ama no mundo implora para ser morta para que a tortura acabe?

A Sra. Blackburn se esticou o melhor que pôde.

— Mas sua mãe já se foi. A sua, a minha. É tarde demais para salvar qualquer uma delas.

Naquele momento Nox soube que podia confiar nela.

Sra. Blackburn, humilde cozinheira da cozinha Ravenwood. Serva dos corações impunes e perdoados.

Você está se enganando se pensa que é mais livre que ela, Nox pensou. *Está tão curvado sob o peso de Abraham e Silas quanto a velha senhora.*

Eles tinham uma ligação, os dois, como os sobreviventes de um mesmo acidente aéreo.

Refugiados de uma guerra compartilhada.

Não acabou. Nunca vai acabar.

— Não é só uma questão do passado — disse Nox, afinal. — Silas está com uma pessoa com a qual eu me importo, e vai fazer com ela o mesmo que Abraham fez com minha mãe.

Se Ridley ainda estiver viva.

A velha fez que sim com a cabeça, como se entendesse mais que as palavras. Examinou o rosto dele.

— Ninguém em sã consciência voltaria a atravessar esta porta se não precisasse.

Nox se mexeu desconfortavelmente.

— Como disse. Eu preciso.

Ela franziu o rosto, cética.

— E sabe o que ele fará com você?

— Sei bem. — Nox apontou para os pontos mal dados no rosto. — E nós dois sabemos que há mais de onde veio isto.

A Sra. Blackburn suspirou. Então apoiou a palma na porta outra vez, como se tivesse tomado uma decisão.

— Você só pode ser o menino mais tolo de todo o Submundo. O mais tolo ou mais corajoso.

Ele sorriu.

— Por que escolher só uma das duas opções?

Ela franziu o rosto.

— Muito bem, então. Pode me seguir. Este Túnel leva até a adega dentro da casa principal de Ravenwood Oaks. Silas mora lá agora, mas exceto pelo gosto extravagante em decoração, acho que notará que o local não mudou muito.

— Obrigado, Sra. Blackburn. Sei o que está arriscando ao me ajudar.

— Então fique quieto enquanto estamos no Túnel, e vou subir pela adega; me dê pelo menos 30 minutos antes de seguir. Se Silas descobrir que o ajudei, será meu fim. — Ela hesitou por um instante, uma expressão triste se formando no rosto. — Será meu fim de qualquer jeito.

Nox assentiu.

— Todos temos de morrer alguma hora.

A Sra. Blackburn sorriu quase melancolicamente para Nox.

— Depois das coisas que vimos, talvez fosse melhor assim. — Ela virou as costas para a porta e pressionou a moldura. — *Aperire domum tenebrarum.*

Abra a Casa das Trevas.

— Volto para buscá-la — prometeu Nox, a voz baixa.

— Não faça isso — retrucou ela, num sussurro. — Pelo menos, um de nós deve se livrar deste lugar de uma vez por todas.

A porta se abriu sozinha, sem qualquer rangido, e Nox entrou atrás da mulher.

Foi uma caminhada curta pelo Túnel que levava do Quilômetro à casa de Silas — mesmo que Nox estivesse com dificuldades em pensar assim. Ele tinha lembranças demais de Abraham naquela casa, ameaçando-o e atormentando sua mãe, para conseguir imaginar que a propriedade pertencesse a qualquer um que não o cabeça da Casa Ravenwood.

Exceto pelo som dos passos, eles se deslocaram em silêncio.

Não importava. Nox ainda conseguia ouvir os fantasmas o seguindo enquanto caminhava. Cadeiras voando. Vidro quebrando. Gritos e choros. *O que você está olhando, menino? Quem você pensa que é?*

Rezou para que Silas não estivesse fazendo o mesmo com Ridley agora.

Por favor, esteja lá, Sireninha. Por favor, esteja bem.

Mas, se ela estava lá, não estava bem. Nox sabia disso melhor que ninguém.

Estou indo buscá-la. Juro. Mesmo que ninguém tenha ido me buscar.

Ao se aproximar da casa de Silas, a passagem virou, e o Túnel ficou mais parecido com um corredor, o papel de parede desbotado descascando sob as pinturas e fotos em preto e branco, ou sépia, de Ravenwoods provavelmente mortos há muito tempo: Jessamine Ravenwood. Isaac Ravenwood. Mather Ravenwood.

Fora Abraham, Nox não reconhecia nenhum deles. Mas os olhos negros e mortos marcavam a todos como Incubus.

A Sra. Blackburn o flagrou encarando enquanto passavam.

— Está vendo fantasmas, filho?

Ele desviou o olhar.

Ficou aliviado quando ela levou o corpo envelhecido até uma escadaria de madeira e murmurou o Feitiço de Entrada novamente. Desta vez, a porta da adega se abriu. Andar pelo caminho Ravenwood não ajudou muito a clarear suas ideias.

Se fez alguma coisa, as anuviou.

Quando chegaram ao topo das escadas e entraram na adega estreita, ladeada por barris de vinho, prateleiras de garrafas antigas e estantes de umidificadores, a Sra. Blackburn se virou e levou o dedo aos lábios, indicando que ele deveria ficar quieto. Ela apertou o braço de Nox e, em seguida, subiu mais um lance de escadas que levava até a cozinha.

E a face de sua infância se foi. Assim que ela desapareceu, foi como se ele tivesse imaginado aquilo tudo. E se perguntou se voltaria a vê-la um dia.

Nox verificou a hora no telefone. A Sra. Blackburn tinha pedido que esperasse 30 minutos, mas sem saber se Ridley estava viva ou morta, parecia uma eternidade.

Tentou se impedir de pensar naquilo.

Tinha de ser paciente.

Se Ridley estiver morta, então você saberá qual é a sensação da eternidade. E será mil vezes pior que isso.

Para sempre parece para sempre.

Nox queria sair correndo. Queria saquear o lugar, gritar o nome dela, bater em cada porta. Mas não podia. Estava preso como um rato em uma das paredes de Silas Ravenwood.

Não podia fazer nada que pusesse a velha em perigo.

Não depois que ela arriscou a vida para me ajudar.

Nox examinou as garrafas; a adega dos Ravenwood tinha tudo, desde safras raras a novos rótulos do próprio vinhedo. Mas foram os charutos de Barbados que chamaram sua atenção — o fedor que era marca de Abraham Ravenwood. O cheiro fazia o estômago de Nox embrulhar, e, quando era pequeno, sempre o fez correr na direção oposta.

Não sabia quantas vezes tinha checado o telefone. Mas depois do que parecia a centésima, 30 minutos finalmente passaram.

Está na hora. Em breve chegarei, Sireninha.

A não ser que me peguem e me matem antes.

Nox subiu as escadas e ficou escutando atrás da porta. Quando não ouviu barulho, aproveitou a chance e abriu a porta. Lembrou-se de que a despensa do mordomo ficava do outro lado, grudada na cozinha. O que não conseguia se lembrar era de onde dava a porta oposta. Ele precisava ir para o lado de fora e circular a casa. Só conhecia um caminho para os laboratórios: a rota que seguiu há tantos anos quando era criança.

Nox não tinha escolha; teria de refazer os passos, reviver parte do esconde-esconde que era quase doloroso demais para lembrar. Abriu a porta lentamente, e, pelo menos uma vez, a sorte esteve ao seu lado.

Os fundos da propriedade se estenderam diante dele, parcialmente escondidos entre as sombras do que restava da noite e do alvorecer. Chorões e velhos carvalhos pingando lodo guardavam a propriedade, com mais uns poucos homens enormes. Tinham de ser Nascidos das Trevas; eram grandes demais para Conjuradores das Trevas, e, com a aurora chegando, Incubus já teriam corrido para dentro, evitando a luz do sol.

A não ser que Silas tenha mais híbridos como Link e seu amigo John Breed.

De qualquer forma, era uma missão suicida, o que não teria tido importância para Nox, exceto pelo fato de que ele provavelmente era a única esperança de Ridley. Baseando-se no histórico de Link em manter Ridley em segurança, as chances de o híbrido encontrar o caminho até ali e resgatá-la variavam entre mínimas e nulas.

Não vou fracassar, Rid. Aconteça o que acontecer.

Nox esgueirou-se pela escuridão como uma sombra, mantendo-se próximo às árvores, seguindo lentamente para perto da entrada dos laboratórios, atrás da casa das carruagens. Cruzou os dedos, torcendo para que a porta ainda estivesse ali.

Ao percorrer o caminho pela lateral da velha construção, ele a viu.

A porta de aço que lembrava um abrigo contra tornados quando ele era criança estava a alguns metros de distância, sem guardas. Mas Nox não permitiu que isso lhe fizesse cair em um falso senso de segurança. Lembrou-se dos Incubus patrulhando os laboratórios na primeira vez em que o invadiu.

Quando abriu a porta, um calafrio lhe percorreu a nuca, como se o próprio Abraham Ravenwood estivesse ali, olhando para ele.

Assombrando-o, como sempre fez e sempre faria.

Depois de tanta gente que machuquei, talvez eu mereça. Talvez não seja melhor que ele.

Mas não havia tempo para pensar naquilo. Nox entrou e se moveu silenciosamente pela passagem que levava ao corredor principal. Quando a passagem acabou, ele espiou pela esquina.

Finalmente.

Ficou espantado ao ver como os laboratórios tinham mudado. Quando era criança, lembravam uma instalação militar ou um impecável hospital futurístico: paredes de aço brilhante e galerias de observação com janelas de vidro.

As paredes de aço continuavam ali, mas a janela de observação tinha desaparecido.

Do lado esquerdo do corredor, havia plástico espesso pendurado do teto na frente de uma porta branca estéril, marcada com SOMENTE PESSOAS AUTORIZADAS.

Nox quase esperava encontrar pessoas com uniformes de proteção contra ameaças biológicas aparecendo a qualquer momento. Não podia deixar de imaginar se Abraham teria continuado com seus experimentos... e se Silas os conduzia agora.

Uma olhada para o outro lado do corredor deixou claro que Silas estava fazendo muito mais que isso nos laboratórios. Na metade do corredor, as paredes de aço acabavam abruptamente, substituídas por painéis de madeira elaboradamente talhados.

Estranho.

O chão estava coberto por peles de mais animais do que Nox conseguia contar; a joia da coroa era um enorme tigre de bengala, completo, com a cabeça, as patas e a cauda.

O que esse museu estranho está fazendo no meio do laboratório?

Era mais que peles de animais e cabeças empalhadas.

Cadeiras de couro estavam dispostas abaixo destas, em pequenos grupos, como se encontraria em andares superiores de clubes de cavalheiros — e não o tipo de clube que Nox já tinha gerenciado. Uma enorme lareira de mármore acrescentava ao efeito rebuscado.

Nox desviou o olhar da lareira. Apesar de não estar acesa, era agora um hábito.

Cuidado.

Um retrato de um homem de cabelos brancos em um terno dominical encontrava-se pendurado sobre a lareira. De onde estava, Nox não sabia dizer se era Abraham, mas estava concentrado demais no que cercava a pintura para se importar.

Cabeças de animais. Dúzias delas.

Desde um carcaju de aparência selvagem e uma pantera negra exibindo os dentes cor de marfim a um leão com a juba volumosa e um lobo cinzento, ainda rosnando; os predadores mais perigosos do mundo cercados pelo maior predador de todos.

É quase como se Silas tivesse um senso de humor. Um senso de humor profundamente perturbado.

O que Silas poderia estar fazendo com uma espécie de clube de meninos no laboratório? Quando Nox era mais novo, Abraham nunca permitia visitantes nos laboratórios, e agora parecia que Silas estava dando festas ali.

O que ele está vendendo? Ou traficando? E por que aqui?

Mas então Nox ouviu vozes do outro lado da porta de risco biológico e rapidamente recuou para a alcova, encolhendo-se contra a parede.

— É surreal. Se a produção continuar assim, vamos ficar sem espaço — disse uma mulher. — Já estamos abusando da capacidade máxima como está.

— Se quiser ser a responsável por contar para ele, fique à vontade — retrucou um homem. — Será seu sangue derramado no chão. Mas não vou ficar esperando para limpar. Vou para casa.

Nox deu uma boa olhada nos Conjuradores das Trevas de olhos dourados enquanto caminhavam com os jalecos imaculados. Então o lugar estava cheio de lacaios de laboratório de Ravenwood, exatamente como nos tempos de Abraham.

Pelo menos uma coisa não mudou por aqui.

Ele esperou alguns minutos para se certificar de que já teriam se retirado antes de seguir para a sala de troféus, ou o que quer que fosse. Para Nox, não era nada além de mil peles sem corpos e cabeças. Mas havia uma porta do outro lado da sala e seu instinto mandou começar por lá.

Ao passar pela lareira, os olhos dos animais mortos o encararam de todos os cantos; alguns nas paredes como os que ficavam acima da lareira, outros congelados em posições que simulavam vida no chão. Em um canto, as costas de um leão da montanha pronto para atacar serviam como mesa lateral, completa com um cinzeiro de cristal.

Eu devia arrumar um desses para meu apê.

Do outro lado, um urso pardo se erguia, com pelo menos 3 metros de altura, as garras enormes menos assustadoras em função da bandeja de prata de charutos que segurava.

Esse aí é totalmente Sampson.

Nox balançou a cabeça ao chegar à porta, lembrando-se do quanto seu pai odiava caçar.

— Jamais sinta prazer em matar nada, Nox. — Era o que ele havia dito. — Mesmo que não tenha escolha quanto a fazê-lo.

Razão pela qual meu pai está morto, Nox lembrou a si mesmo, *e Silas Ravenwood não.*

Mas o pai dele tinha razão em um quesito: todo aquele lugar era nojento.

O corredor com tapete vermelho não tinha nenhuma alcova, então ele torceu pelo melhor ao passar por ainda mais salas.

Entrou na primeira porta aberta e se viu em um escritório cheio de armários de arquivo e um monitor enorme, diante de uma parede inteiramente preenchida por fotos de mulheres. Conjuradoras da Luz de olhos verdes, Conjuradoras das Trevas de olhos dourados e Sucubus de olhos negros o encaravam.

Ao menos, os olhos estavam abertos, o que significava que estavam vivas.

Estavam, Nox pensou.

Eram como um desfile infinito de vítimas de uma cena de crime; centenas, talvez milhares.

Por que só mulheres? Será que são todas Sirenas? Depois de todos esses anos, isso continua sendo a única coisa que importa aos Ravenwood?

Nox olhou mais de perto. Algumas das fotos estavam cobertas por enormes Xs pretos. Seu estômago revirou ao imaginar o que aqueles Xs poderiam significar.

Tentou não pensar no assunto.

Nox examinou a parede, rezando desesperadamente para que a foto de Ridley não estivesse entre elas. Mas não estava acostumado a ter suas preces atendidas, e, daquela vez, não foi diferente.

A foto estava centralizada, perto do topo — uma Ridley Duchannes espantada. Mesmo na foto, estava com o olhar tão morto quanto as outras faces da parede. Mas, assim como elas, estava com os olhos abertos.

Por um instante, Nox parou de respirar.

Porque não havia um X em seu rosto.

Ela está viva.

CAPÍTULO 10: RIDLEY

*Shout at the Devil**

A morte seria melhor que isso, Ridley pensou, enquanto Silas destrancava a cela.

Não conseguia se lembrar de já ter se sentido mais desesperada. Mais destruída.

Tudo isso podia ter acabado na boate. Talvez devesse ter acabado.

Pela primeira vez, sentiu uma total ausência de esperança.

Silas foi em direção a ela, cercado pelos capangas. A fumaça do charuto chegou primeiro.

Queria nunca ter escapado da Sirena.

Era tarde demais. Link não viria. Nem Lena, Ethan, Liv ou John. Nem mesmo Nox. Uma morte rápida seria o melhor dos mundos agora.

Silas esticou o braço e tocou sua bochecha com a mão que segurava o charuto. A brasa queimou a pele, e ela fez uma careta.

Queria ter ardido em chamas com o Lata-Velha.

Porque Silas Ravenwood tinha um jeito de olhar que fazia as pessoas desejarem a morte.

Predatório. Faminto. E desesperado por meu sangue em suas mãos.

Ela conseguia enxergar por trás dos olhos.

Ridley jurou ali mesmo que jamais deixaria que ele visse o que havia por trás dos dela. Em vez disso, cuspiu no pé dele, os olhos ardendo.

Silas Ravenwood apenas sorriu.

---

* Grite com o diabo.

— Você me fez esperar muito tempo, Srta. Duchannes. E não sou um homem paciente. — Silas sorriu. O brilho sádico em seus olhos lembrava Abraham Ravenwood, outro homem que sentia prazer com a miséria alheia.

Ridley se forçou a não desviar o olhar.

— Por todo esse tempo pensei que você fosse apenas um rebelde problemático e um babaca. — Ela se sentou no colchão, levantando o queixo.

Chegue um pouco mais perto.

Você quer chegar mais perto.

Silas o fez, mas, em seguida, empurrou-a, agarrando-a pelo pulso.

— Sou as duas coisas. — Ele sorriu, inclinando-se sobre o rosto dela até a olhar diretamente. — E estou prestes a me tornar seu pior pesadelo.

As mãos dela se cerraram em punhos.

Não quer me machucar.

Quer me soltar.

Silas cobriu-lhe a boca com a mão, o rosto pairando sobre o dela.

— Sua vez, Sirena. Vou deixá-la ir...

Ridley sentiu uma onda temporária de alívio, mas então Silas acenou para os guardas atrás dele.

— ... de seu quarto para o meu. Está pronta para descobrir do que você é feita de verdade? Porque eu estou.

Ridley se debateu, furiosa consigo mesma por ter acreditado que Silas Ravenwood seria burro o suficiente para se manter aberto aos poderes de uma Sirena. Ele provavelmente encontrou um Feitiço, poção ou Encanto que o deixou imune a ela.

Ficou apavorada em pensar como ele estava fazendo.

— Calma, calma.

Ridley lutou para mordê-lo, mas o Incubus estava apertando sua mandíbula com tanta força que parecia que a estava esmagando.

Quando ela tentou gritar, o som saiu mais como um gemido.

Silas lambeu os lábios.

— O Conjurador comeu sua língua? — Ele estalou os dedos, e os guardas vieram em direção a ele. — Levem-na para a sala de operação.

Puseram um capuz em seu rosto, e tudo ficou preto.

Ridley não conseguia enxergar muito através daquele capuz áspero, e cada respirada a fazia engasgar poeira. Estava sendo arrastada por uma espécie de corredor — pedaços de azulejo de chão e algumas entradas passavam por ela como um borrão.

Em poucos minutos, o chão trocou de azulejo para estéril linóleo branco, e o cheiro de desinfetante a fez engasgar. Quando eles a empurraram por um par de portas e ela escutou os apitos e chiados de máquinas, pareceu que estavam em um hospital.

Por que Silas a levaria para um hospital?

Não levaria.

Ele tinha feito o destino soar muito mais ameaçador.

A sala de operação. Foi assim que chamou.

Mas tudo ao seu redor lembrava Ridley de um hospital: as luzes frias, o chão branco, o fedor de desinfetante.

A percepção chegou lentamente a ela. Se aquilo não fosse um hospital, só havia outra possibilidade.

Os laboratórios de Abraham.

O lugar onde ele experimentava em Conjuradores e onde fabricou John. O lugar para o qual sabia que estava indo assim que viu Silas em sua cela — e a única coisa que temia acima de todas as outras.

Seu sangue correu frio.

Lá não. Qualquer lugar, menos lá.

Não! Não! Não!

Ridley se debateu violentamente até alguém pressionar um pano sobre sua boca e nariz. Tinha cheiro de alvejante, poeira e álcool, tudo misturado.

Só levou um segundo para os joelhos cederem. Então seus pensamentos piscaram e ela desapareceu na escuridão.

Ridley abriu os olhos.

Escuridão.

Passos.

Uma palavra, aqui e ali.

Perigoso.

Experimental.

Fatal.

Paciente 13.

Ridley piscou os olhos. Um círculo solitário de luz estava sobre seu rosto. Ela mal conseguia identificar a lâmpada pendurada em um longo fio acima, como se estivesse descendo das sombras negras do teto.

A luz forte queimou seus olhos, mas ela não desviou o olhar. Não queria olhar para Silas enquanto ele emergia da escuridão ao seu lado.

Maldito.

— Quem não arrisca não petisca — disse Silas, aproximando-se da mesa na qual ela estava amarrada. — Estamos fazendo história aqui, doutor.

— Entendo, Sr. Ravenwood — respondeu o outro homem, a voz trêmula. — Mas existem limites.

— Não em meu mundo. — Silas riu. — Relaxe, doutor. Tudo em nome da ciência, certo?

Ridley lutou para manter a calma.

Você precisa ser inteligente se quiser sair disso viva.

Ela puxou as cordas que a prendiam.

Correntes.

Passou a mão pela mesa. Lisa, dura, fria. Metal, provavelmente.

Uma mesa de operação.

— Não gaste sua energia. — Silas se curvou sobre ela e mexeu no que parecia um interruptor sob a mesa. — Você não vai a lugar algum, *Sirena*. — Havia algo de estranho na forma como ele dizia a palavra. — Quando eu acabar, você será muito mais.

Mais? Mais o quê?

Silas estalou os dedos para o homem que ela não conseguia ver.

— Comece a infusão — falou, inclinando mais para perto de Ridley. — Sinto muito, mas vai doer. Mas nem próximo do quanto eu gostaria que doesse.

Ridley concentrou toda a energia na direção do homem que não conseguia ver, em algum lugar na escuridão.

Não comece a infusão.

Não comece nada.

— Eu disse, comece logo. — Silas latiu sobre o ombro.

Ridley não sentiu nada mudar, e estava tão cansada...

Mas não conseguia desistir.

Não quer me machucar, quem quer que você seja.

Você quer ir embora.

— Eu preciso...?

Ela ouviu a porta fechar ao longe, passos no corredor além. Em seguida, sentiu um tapa ardendo em seu rosto.

— Você não faz ideia de com que está brincando.

Ridley o encarou de volta sob a juba loura. Os inconfundíveis cachos tinham se transformado em algo mais próximo de dreadlocks.

— É? Talvez eu ache que *você* não faz ideia de com quem *você* está se metendo — falou, entre os dentes.

Ele pegou o queixo de Ridley, forçando-a a encará-lo.

— Ah, acho que sei sim.

Ela sorriu, se ajeitando.

— Seu avô disse alguma coisa nessa linha. Logo antes de meus amigos e eu o *matarmos*.

Silas socou um painel ao lado dela, e uma corrente elétrica percorreu o corpo de Ridley, como se seu sangue estivesse em chamas.

Ela gritou.

O fogo queimou da entrada em seu braço, pulsando pelos ombros e pela cabeça; em seguida, desceu pela espinha e pelas pernas. Pelos pés. Como uma segunda batida trovejante do coração.

A cada pulsação, o corpo de Ridley se contorcia e tremia. A mente perdeu o foco do fogo, e ela se concentrou no som desse outro batimento cardíaco.

Muito mais firme que o dela.

Se ela podia ouvir o som daquela pulsação, isso significava que ainda estava viva.

Não significava?

Quando Ridley relaxou, ouviu outro som de algum lugar no fundo da mente.

Uma canção.

A que mamãe costumava cantar.

"Mockingbird".

Talvez significasse que fosse ver mamãe outra vez.

E Reece.

E Ryan.

E Lena.

Queria muito ver Lena.

Ridley sentiu o cheiro de alguma coisa queimando ao longe.

Churrasco, talvez. Um menino que eu conhecia adorava churrasco.

Link. Acho que ele se chamava Link.

O pensamento a fez sorrir.

Até ela perceber que o cheiro de queimado vinha do próprio corpo.

E não só o cheiro.

Os gritos também.

Depois disso, sucumbiu à dor e ao fogo, e ouviu a voz cantando "Mockingbird" em sua mente.

Só que, quando o pássaro cantou, cantou para que ela dormisse com a voz doce e desafinada de um menino.

Esse menino deve me amar muito, ela pensou.

Só queria conseguir lembrar seu nome.

CAPÍTULO 11: LINK

*Wasted Years**

— Acho que é isso — concluiu Sampson, arrancando Link dos próprios pensamentos.

Quando Link olhou para cima, Sampson estava na frente de uma parede verde de cerca viva.

Outro beco sem saída.

Antes que Link tivesse a chance de reclamar, Sampson alcançou dentro da cerca e empurrou, e ela se abriu no que parecia uma rua sulista de uma cidade pequena, nos tempos em que a avó de Link era criança e Gatlin só tinha um semáforo.

Outra porta Conjuradora.

Faz sentido.

Enquanto Link atravessava a porta Conjuradora e voltava ao mundo Mortal, percebeu que esta se encontrava em um carvalho enorme coberto de lodo. Do outro lado, não havia nada ao redor, exceto por mais carvalhos imensos e uma casa destruída na porta de um cruzamento deserto.

— Parece que encontramos — disse John.

— Onde estamos? — Até onde Link podia dizer, não havia nada para encontrar.

John apontou para as placas brancas no cruzamento que diziam 61 e 49, e Liv checou o selenômetro, como se não estivessem no meio do nada.

---

* Anos desperdiçados.

— Esses números deveriam significar alguma coisa para nós? — perguntou Floyd.

— Estamos na interseção das autoestradas 61 e 49, em Clarksdale, Mississipi — respondeu John.

Sampson balançou a cabeça.

— Me sinto um idiota. Qualquer guitarrista que valha as cordas que toque conhece este lugar. Foi onde Robert Johnson fez um pacto com o diabo.

Os olhos de Floyd se arregalaram.

— Sério? Estamos *no* cruzamento?

John fez que sim com a cabeça.

— Nele mesmo.

Liv olhou para John.

— Presumo que isso seja uma coisa americana.

Ele colocou o braço em volta dela.

— É, desculpe. É um velho mito do rock'n roll, pelo menos até onde sabem os Mortais. Na década de 1930, um músico de blues chamado Robert Johnson trouxe a guitarra aqui para este cruzamento...

Link interrompeu.

— E vendeu a alma em troca de se tornar o guitarrista de blues mais famoso da história.

Sampson cutucou a própria calça de couro, o que não era a melhor escolha de roupa no calor do Mississipi.

— Uma troca totalmente válida, se querem minha opinião.

— Eu também achava — comentou a voz de um homem atrás deles.

Link se virou.

Um jovem com camisa branca amassada, jaqueta preta e chapéu Panamá se encontrava do outro lado da rua, com um labrador preto de três patas. Havia um cansaço de alguém muito mais velho nos olhos do sujeito. Um violão surrado se pendurava de uma alça em suas costas.

Lucille e o labrador se cercaram até o cachorro desistir e sentar.

— Cacete. — Foi a única coisa que Link conseguiu pronunciar.

— Digo isso o tempo todo, filho — falou o jovem, o que foi estranho, considerando que ele não parecia muito mais velho que todos os outros. Ele notou John e tirou o chapéu para ele.

— Não o vejo desde que você era pequeno.

John enfiou as mãos nos bolsos.

— Então se lembra de mim, Sr. Johnson?

— Acho que nós dois já vimos coisas demais para podermos superar essa bobagem de *Sr. Johnson*. Principalmente porque nunca soube seu nome.

John estendeu a mão.

— É John Breed, senhor.

O guitarrista de blues fitou a mão de John.

— Não aperto mãos. Todo cuidado é pouco. Mas é um prazer conhecê-lo mesmo assim, John.

Sampson se inclinou para a frente. Parecia nervoso, o que era totalmente fora do normal.

— Então, a história é verdadeira?

Johnson olhou para Sampson e assobiou.

— Os jovens certamente ficaram muito mais altos dos meus tempos para cá.

— Sampson é um pouco... diferente — disse Liv.

— Você é Conjurador? — perguntou Johnson.

— Sabe sobre nós? — Necro soou chocada.

Johnson deu uma olhada mais próxima no cabelo azul de Necro e nos piercings.

— Claro que sei. — Ele olhou para o sol do meio-dia de Mississipi e caminhou em direção à pequena casa na estrada, que parecia ter sido derrubada ali por um tornado. — Vamos entrar. Está ficando quente aqui.

Link examinou a área, mas não havia nenhuma outra construção na área. O guitarrista de blues subiu os velhos degraus de uma varanda e abriu a tela, o cão de três patas pulando atrás dele.

— Entrem. Fiquem à vontade.

A casa era pequena por dentro, mas cheia de coisas. A porta da frente os levou a uma sala cheia de poltronas puídas e molduras de retratos descombinadas nas paredes. Lembrava a casa das Irmãs em Gatlin. As três tias-avós de Ethan moravam juntas desde sempre, com tudo que acumularam; pelo menos até Abraham Ravenwood incendiar o local.

Quando Link e Ethan eram garotos, paravam na casa das Irmãs para se encher de balas de limão e caramelos que deviam ser mais velhos que os dois juntos. A casa das Irmãs parecia um museu, porque as três senhoras nunca jogavam nada fora. Se não podiam exibir nas paredes, contentavam-se com superfícies planas.

A casa de Johnson não era muito diferente. Mas, em vez de coleções de minicolheres, porcelana quebrada e velhos álbuns de fotografia, a casa dele era decorada com relíquias de blues e itens colecionáveis — como uma vasilha de velhas gaitas sobre a mesa de centro, ao lado de uma coleção de cordas de guitarras quebradas em um vidro. Link não pôde deixar de pensar no quanto as Irmãs ficariam decepcionadas se Johnson as convidasse sem oferecer sequer um prato de balas na mesa.

Lucille andou pela sala, como se já se sentisse em casa.

Sampson, Floyd e Necro examinaram os recortes amarelados de jornal, emoldurados nas paredes junto a velhas fotografias e ao braço quebrado de uma guitarra.

Johnson sentou-se em uma poltrona ao lado de um ventilador giratório e pousou o violão no chão, ao seu lado. O cachorro se acomodou aos seus pés.

— Sentem-se — ofereceu. — Não recebo muitas visitas.

Liv e John escolheram o sofá em frente a ele. Link sentou-se junto a uma mesa no canto. Notou um lápis em uma caneca e, sem pensar, pegou o papel no qual tinha escrito algumas músicas. Sabia que as letras eram péssimas, mas não conseguia parar de escrever desde o sumiço de Ridley.

O homem se inclinou para a frente e olhou nos olhos de John.

— As coisas devem estar muito ruins se você veio me procurar.

— Tem a ver com Abraham Ravenwood.

— Com o neto dele, Silas, na verdade — acrescentou Liv.

No instante em que John disse o nome de Abraham, Johnson enrijeceu, as mãos agarrando os braços da cadeira com tanta força que as juntas embranqueceram.

— Não ouço esse nome há muito tempo, e teria ficado feliz em nunca mais ouvi-lo.

Sampson, Necro e Floyd desviaram a atenção das paredes.

— Como conhece Abraham? — perguntou Sampson.

Johnson inclinou a cabeça, como se não soubesse se Sampson estava falando sério.

— Achei que você tivesse dito que conhecia a história? — Ele pegou o violão, tocando as cordas sem pensar.

Sampson fitou o chão.

— As pessoas escreveram músicas sobre isso. E livros também.

O guitarrista de blues tirou a jaqueta com um movimento de ombros e puxou as mangas.

— O que estão cantando e escrevendo sobre mim?

Floyd foi para perto e se colocou ao lado de Sampson, olhando para a vasilha de gaitas.

— Dizem que você tocava gaita maravilhosamente bem.

Johnson riu, tirando um cigarro artesanal do bolso da camisa.

— Essa é uma maneira muito gentil de me chamar de mau guitarrista.

Floyd enrubesceu.

— Não...

— Tudo bem. — Johnson acendeu o cigarro. — Sei que não era bom. Continue.

— Dizem que você veio até aqui e desapareceu — disse Floyd. — E, quando voltou, tocava guitarra melhor que ninguém.

Link se intrometeu.

— Dizem que você foi o melhor guitarrista de blues da história dos guitarristas de blues. E provavelmente de outros tipos também.

Johnson soprou algumas rodelas de fumaça e olhou para Sampson.

— E sabe como eles dizem que fiquei assim, não sabe?

Sampson enfiou as enormes mãos nos bolsos traseiros da calça de couro. De repente, parecia um cara que tinha medo de convidar uma menina para dançar, em vez de um poderoso Nascido das Trevas e principal guitarrista de uma banda de Conjuradores das Trevas.

— Você fez um pacto com o diabo e vendeu sua alma.

Os olhos de Johnson miraram os de John, em seguida, os de Sampson. Ele apagou o cigarro e passou os dedos pelo braço da guitarra por um momento, preenchendo o recinto com um *riff* furioso.

— Acho que é isso que precisam dizer, não é mesmo? O único diabo com quem fiz um pacto foi Abraham Ravenwood. Mas, pensando bem, ele não é nenhum anjo.

Link levantou a cabeça.

— O quê? Digo, como, senhor?

Ninguém mais falou nada.

A boca de Sampson estava aberta, e Floyd e Necro pareciam tão chocadas quanto ele. Liv anotava furiosamente em seu caderno. Só John não deu peso ao comentário, como se sempre tivesse sabido.

— Encontrei o safado em uma festa uma vez. Tomamos alguns drinques e conversamos sobre música. Pensando bem, tenho certeza de que encontrá-lo não foi nenhum acidente. Ele estava procurando alguém naquela noite. Alguém desesperado.

— Incubus não podem realizar desejos. — Link olhou para John, esperançoso. — Podemos?

— Tem razão, filho. Abraham trouxe uma Conjuradora para cuidar disso. Uma Sirena. Disse que ela lhe pertencia. — Johnson tocou mais alguns acordes. — Mas nem ela pôde me transformar num guitarrista melhor.

Sampson balançou a cabeça.

— Deixe-me adivinhar. A Sirena lhe deu um violão.

O velho fez que sim com a cabeça.

— Chamava de lira. — O homem batucou na ponte do violão. — E deixou bem parecido com o meu, também.

Liv parou de escrever.

— Estou um pouco confusa, Sr. Johnson. Abraham Ravenwood era capaz de coisas extraordinárias, mas roubar a alma de alguém não era uma delas. A não ser que tenha mais alguma coisa que eu não sei.

— Acho que essa parte era só para incrementar a história — disse Johnson.

— Então o que exatamente o senhor deu em troca, se não se incomoda com a pergunta? — O lápis de Liv estava sobre uma página em branco.

John se levantou e foi até a janela, e os olhos do guitarrista o seguiram. Existia alguma coisa entre os dois — um segredo, Link pensou.

Johnson repousou o instrumento ao seu lado outra vez.

— Ele precisava de mim para experimentos.

— Mas Abraham tem horror a Mortais. Por que faria experimentos em um?

— Muita conversa sobre imortalidade. Abraham disse que se pudesse impedir um Mortal de envelhecer, estaria a um passo de descobrir como fazer o mesmo com Sobrenaturais.

Liv engasgou.

— Por isso você continua parecendo tão jovem.

Link não era bom em matemática, mas sabia que Johnson tinha de ter mais ou menos cem anos àquela altura. Mas essa não era a parte que lhe interessava.

— E é assim que sabe sobre os laboratórios.

Johnson franziu o rosto.

— A questão é como *você* sabe sobre os laboratórios? Seu amigo aqui, John, contou?

John voltou para perto deles.

— É o motivo pelo qual estamos aqui, Sr. Johnson. Temos quase certeza de que o tataraneto de Abraham, Silas, está comandando os laboratórios agora, e precisamos encontrá-lo. Mas Abraham estragou minha cabeça e não me lembro de muita coisa. Como a localização dos laboratórios.

— Você não quer voltar lá — alertou Johnson.

John deu de ombros.

— Tem razão. Mas não tenho escolha.

Link saltou da cadeira.

— Silas talvez esteja com minha garota, senhor. Achamos que ele está com ela dentro ou perto desses laboratórios assustadores. Sei que provavelmente vai nos dizer que é perigoso e que não deveríamos ir e que vamos morrer, e tudo isso, mas vou assim mesmo. Se existe alguma chance de que ela esteja viva, preciso encontrá-la. E, se o senhor me ajudar, dou-lhe o que quiser.

Johnson se levantou da cadeira e pegou a carteira. Abriu e retirou uma foto desbotada de uma menina com uma juba loura selvagem.

— Eu mesmo já me apaixonei por uma menina Conjuradora uma vez. Devia ter ficado em casa com ela e me contentado em ser um gaitista de primeira e um guitarrista de segunda. Mas as coisas nem sempre são como você planeja. — Seus olhos permaneceram sobre a foto por um instante antes de ele olhar novamente para Link. — Ela provavelmente acha que estou morto.

— Nunca foi atrás dela? — perguntou Necro.

O homem suspirou.

— Depois que paguei minha dívida com os laboratórios, Abraham me mandou para cá. Outro de seus Conjuradores se certificou de que eu jamais saísse do cruzamento. Pelo visto, a dívida não estava paga, afinal. Mas eu continuei acompanhando-a.

— Como? — A Guardiã em Liv se agitou.

Johnson se abaixou e afagou a cabeça do cachorro.

— O Deuce aqui me ajuda.

O cachorro abriu um olho preguiçoso.

— Ele é um cachorro Conjurador? — perguntou Link. — Como Boo Radley. — Ethan já tinha falado sobre como Conjuradores conseguem enxergar o mundo através dos olhos de seus animais Conjuradores. O tio de Lena, Macon, usava seu cão-lobo, Boo Radley, para espionar Lena o tempo todo.

Liv olhou o cachorro mais de perto.

— Mas você não é Conjurador. Como isso é possível?

— É um daqueles feitiços Conjuradores — respondeu ele. — A Conjuradora que me prendeu aqui disse que ia me deixar um presentinho. Ela não gostava muito de Abraham.

— É uma droga que não possa sair daqui — observou Necro, com tristeza.

— Qualquer coisa é melhor que voltar aos laboratórios — disse Johnson.

Link limpou a garganta.

— Pode nos dizer como encontrá-los, senhor?

Johnson estremeceu.

— Não desejaria aquele lugar a meu pior inimigo. Não fiz um pacto com o diabo, mas Abraham Ravenwood é o mais próximo de um diabo que se pode encontrar.

— Era — disse Link. — Ele está morto. Eu e John o matamos.

O guitarrista de blues foi até Link e apontou para a folha de papel em que ele estava escrevendo.

— Você é compositor, filho?

Link deu de ombros.

— Era. Mas não tenho conseguido escrever desde que perdi Ridley. É assim que ela se chama.

— Posso dar uma olhada? — perguntou.

Link hesitou, em seguida, entregou o papel com relutância. Não gostava da ideia de um dos maiores músicos de blues da história lendo suas músicas horríveis.

Mas vale a pena se ele nos ajudar a achar Rid.

Os olhos de Johnson examinaram a página.

— Eu disse que as músicas são péssimas, senhor. — Link abaixou a cabeça. — Elas nem rimam. No fundo, sempre soube que não era um bom compositor, mas não achei que fosse péssimo. Estava enganando a mim mesmo.

John e Liv, e até Floyd e Necro, estavam em choque. Era mais do que já tinham ouvido Link admitir na vida. Desde que ele montou a primeira banda, *Quem Matou Lincoln*, até os *Holly Rollers* e a *Sirensong*, Link dizia a todos que era destinado a ser um deus do rock. Mas não se importava mais com essa imagem... ou com a banda, a carreira ou coisa alguma.

Se eu não recuperar Ridley, nada disso importa.

O guitarrista levantou o olhar.

— Músicas não precisam rimar, filho. Elas precisam fazer a pessoa sentir. Música é isso. Todas essas palavras e notas são só uma maneira diferente de dizer a alguém que você a ama, que seu coração está partido ou que está furioso o bastante para matar alguém.

Link assentiu, mas não sabia ao certo se tinha entendido.

— Não é assim que se sente quando canta? — perguntou Johnson.

— Ainda não cheguei a essa parte.

Johnson devolveu o papel.

— Então vamos ouvir.

Foi um daqueles momentos de tudo ou nada, e, por mais que ele não quisesse fazer papel de tolo, não havia nada que Wesley Lincoln detestasse mais que "nada", e não só por causa da mãe.

Não sou de desistir. Se Robert Johnson quer ouvir uma música, vou cantar, mesmo que ela seja pior que a torta de pêssego de minha mãe.

Como tantas outras vezes, Wesley Lincoln — jogador de basquete tragicamente Mortal, kriptonita de líderes de torcida e eterno perdedor de corridas de autorama — não teve escolha senão ter coragem.

E lá vem o nada. Link limpou a garganta. *Essa é para você, Rid. Todas as minhas músicas são para você.*

Concentrou-se no papel em suas mãos trêmulas e começou a cantar.

Cabelos louros e pernas longas
Atitude ruim e um sorriso emprestado
Nunca achei que eu tivesse chance com
A Sirena em você.

Mas você pegou minha mão e ouviu minhas músicas,
Entrou no meu carro e me mostrou a saída
Agora você se foi e só consigo pensar...

No tempo em que eu a perdi
E em todas a coisas que eu devia ter dito.
Se eu pudesse voltar, diria tudo,
Para você nunca se esquecer de que é minha.

Aquelas noites que passamos em meu carro velho;
Olhando as estrelas,
De mãos dadas e fazendo planos.
Não sabia que seriam as últimas.

Só o primeiro amor de mais um menino do sul,
Muitos arrependimentos e coisas que não consigo esquecer.
Se eu pudesse voltar para...

O tempo em que eu a perdi
E todas as coisas que eu devia ter dito
Se eu pudesse voltar, diria tudo,
Para você nunca se esquecer de que é minha.

Link parou de cantar, mas não conseguiu levantar os olhos.

— É isso, acho. — Ele amassou o papel na mão. Parecia triste, como a música no papel.

Porque é como eu me sinto. É tudo verdade.

Quando ele finalmente levantou os olhos, os amigos pareciam espantados, mas Johnson sorria.

— Você tem um talento de verdade. Não desperdice.

Ninguém nunca havia dito que Link tinha algum talento, quanto mais um talento para algo com que ele se importava. Ele parecia tão chocado quanto os amigos.

— A não ser que eu encontre minha garota, não importa. — Link respirou fundo. — Me ajude a encontrá-la, senhor. Por favor.

— Queria poder, filho. — O homem balançou a cabeça melancolicamente. — Mas simplesmente não consigo me lembrar.

John quase saltou da cadeira.

— Do que você está falando?

— Sua cabeça não foi a única que Abraham bagunçou. — Johnson apontou para a têmpora. — Tem coisas que não consigo lembrar. Coisas que ele não queria que eu lembrasse.

Link se jogou novamente na cadeira, os ombros caindo.

— Não sabe onde ficam os laboratórios — murmurou. — Não pode nos ajudar. Estamos ferrados.

— Vamos, cabeça erguida, filho. — Johnson afagou o ombro de Link. — Só porque não posso ajudar, não significa que não sei de alguém que possa.

— Senhor?

— Está disposto a fazer uma troca? — perguntou Johnson.

Link engoliu em seco. Não queria dar sua alma ao velho, não que ele achasse que ela valesse muito. E as histórias nunca favorecem quem faz trocas... inclusive a de Johnson.

Mas faço por Rid.

— É melhor avisar logo que sou um grande pecador — disse Link. — Pelo menos, segundo minha mãe. E ela praticamente mora na igreja. Então o senhor provavelmente não vai parar no paraíso com minha alma.

O guitarrista ergueu uma sobrancelha.

— Não estou interessado em sua alma. Quero isso. — E apontou para o papel na mão de Link.

— Quer minha música? — Link estava em choque. — A que escrevi?

— É muito boa, Link — disse Necro.

Johnson fez que sim com a cabeça.

— Como disse, você tem um dom. E faz tempo que procuro algo que valha a pena ser tocado. Fico muito solitário aqui.

Link não hesitou. Por ele, o cara podia ficar com todas as músicas que ele já tinha escrito e todas que ainda iria escrever.

— É sua. Só me diga como encontrar essa pessoa que pode nos ajudar.

Johnson guardou a página no bolso e voltou para a poltrona.

— Não posso prometer nada, mas, se alguém sabe como encontrar esses laboratórios, é a Garota com a Voz de Veludo.

— Quem? — Floyd e Liv perguntaram ao mesmo tempo.

— Ela é a Conjuradora Arquivista — disse ele, cheio de si.

Por um instante, Liv não respondeu nada.

— Você deve estar confuso, Sr. Johnson. Nunca ouvi falar em uma Conjuradora Arquivista e estou sendo treinada pelos Guardiões mais sábios da história.

— Bem, ela é tão real quanto eu e você. — Johnson passou os dedos pelo braço do violão. — Ela monitora toda a Nova Ordem. Toda essa loucura, desde que o mundo se sacudiu todo outra vez.

Ao ouvir falar na Nova Ordem, Liv pareceu espantada.

O homem apontou para Link.

— Quando chegar a Nova Orleans, encontre a Casa de Vudu da Madame Blue. Pergunte pela Garota com a Voz de Veludo e diga que eu lhe mandei até lá.

— Tem certeza disso, Sr. Johnson? — Link prendeu a respiração esperando pela resposta.

Johnson repousou o instrumento e a olhou nos olhos.

— Apostaria minha alma.

⇶ CAPÍTULO 12: NOX ⇷

*Every Rose Has Its Thorn**

Nox encarou a imagem tão intensamente que o resto da sala virou um borrão.

Ela parece um cadáver.

Na foto, as pálpebras de Ridley estavam pesadas e ela estava apoiada contra a parede. Não estava claro se sabia que estava sendo fotografada. Mas a forma como fora colocada sobre outras a fazia parecer uma adição recente.

Ele tinha de se apressar. Arrancou o quadro da parede.

Estou indo, Ridley.

Mal notou as outras salas ao longo do corredor ao passar apressado por elas, parando apenas tempo o suficiente para ter certeza de que não havia ninguém dentro. A única coisa em que conseguia pensar era encontrá-la. Nox ouviu vozes ao longe, atrás dele, talvez da sala de troféus, mas as ignorou. Estava quase no fim do corredor agora.

Só um pouco mais. Chegue até a porta.

Quando chegou ao fim do salão, viu um elevador em um dos lados e, no outro, uma escadaria. Ambos levavam ao mesmo lugar: para baixo.

Serve.

Logo ao chegar ao primeiro degrau, ouviu vozes mais altas vindo de baixo. Mas tinha um problema ainda maior: as vozes vindas de trás pareciam ainda mais próximas, e, a não ser que continuasse descendo, quem quer que estivesse vindo, o flagraria.

---

* Toda rosa tem um espinho.

Naquele instante Nox desejou que tivesse a habilidade de Viajar. Infelizmente, nenhum Incubus perdeu tal habilidade em um de seus carteados de altas apostas. O que havia em seu arsenal de TFPs? Entre os talentos, favores e poderes que tinha angariado em suas boates, tinha de haver alguma coisa.

Vamos. Pense.

Então veio.

Evo.

Estava guardando aquele poder específico caso precisasse tirar Ridley do laboratório, mas, se fosse pego antes de encontrá-la, não adiantaria nada.

Um Evo perdeu os poderes para Nox na mesma partida de Pechincha de Mentirosos que Ridley quase venceu. Foi um jogo sujo, mas Nox se lembrava dele com carinho. Foi a noite que levou Ridley até seu estabelecimento pela primeira vez.

Evos tinham a habilidade de se Transformar: parecer e soar como qualquer pessoa que escolhessem. Um poder muito útil a Nox agora.

Nox tirou a rainha de copas do bolso do casaco e sussurrou as palavras para se apropriar do poder. Ao menos temporariamente.

Quid opus est me.

Faça-me quem quero ser.

Transformar-se em Silas era arriscado demais, considerando que ele poderia estar em alguma parte dos laboratórios no momento. Então Nox escolheu outra pessoa.

Alguém insignificante e nada marcante. Alguém que pudesse se mover pelos corredores sem atrair qualquer atenção.

O formigamento começou nos dedos dos pés e subiu pelas pernas e pelo tronco até parecer uma picada, só que uma picada que irradiava por todo o corpo. Ele olhou para os próprios braços, agora escondidos sob um jaleco, e flexionou os dedos que em nada se pareciam com os seus.

Pronto.

Nox avistou primeiro a mulher, quando esta subia as escadas. Era extremamente alta; provavelmente uma Nascida das Trevas.

O Incubus ao seu lado parecia um dos capangas-padrão de Silas. Ele olhou para Nox.

— O que está fazendo aqui, doutor? Pensei que tivesse dito que estava indo embora.

— Estou indo — retrucou. — Só estava acabando algumas coisas. — Nox percebeu a sorte que tinha de ter ouvido o cara de jaleco conversando no corredor. Nem mesmo um Evo poderia assumir a voz de outra pessoa sem tê-la ouvido antes.

A Nascida das Trevas hesitou por um instante e lançou a Nox um olhar estranho.

Nox deu de ombros.

Tudo que conseguia pensar era nos instintos loucos de Sampson. Ele não fazia ideia de até onde se estendiam ou se eram peculiares a Sampson.

Por favor, não pergunte aonde vou, considerando que não faço ideia.

O Incubus bateu levemente no ombro da Nascida das Trevas.

— Vamos.

Ela assentiu.

— Pega leve, doutor.

Um instante mais tarde, ele ouviu os dois conversando com outra pessoa. Provavelmente alcançaram quem quer que estivesse vindo.

Nox correu pelas escadas com cuidado para manter os passos silenciosos. A dormência voltou a ser uma picada, e ele não sabia por quanto tempo o poder de Evo duraria. Aquele era o problema com poderes emprestados; eram instáveis por natureza. E, quanto mais poderoso o Conjurador a quem pertencessem, mais tempo durava. O sujeito que perdeu para Nox devia estar muito baixo na cadeia alimentar.

A picada do poder desaparecendo era pior que a que sentiu quando o poder se manifestou, e ele precisou parar na base da escada para recuperar o fôlego. Ficou encarando enquanto as mãos peludas e de meia-idade voltavam a ser as suas.

Não. Ainda não.

Ainda não fiz o que vim aqui fazer.

Ele atravessou as portas na base da escada e ficou cara a cara com uma fileira de grades...

Atrás delas, uma sala cheia de celas — a maioria ocupada, apesar de ele não conseguir identificar os rostos dos prisioneiros. Exceto um deles na última cela...

Ridley Duchannes.

Ela segurava as barras como se fossem a única coisa que a sustentava em pé. Seus cabelos louros com mechas cor-de-rosa se enrolavam por elas, espalhados de seu ombro para todas as direções.

As mãos estavam imundas, as unhas pretas e quebradas.

Nox se aproximou da cela em silêncio para não incomodar os outros.

— Ridley? Sou eu. Nox.

— Nox? — Sua voz tremeu, mas ela não levantou o rosto. Rid falou como se a palavra significasse alguma coisa a mais que apenas o nome dele.

Uma onda de alívio o invadiu.

— Achei que eu a tivesse perdido.

Ele segurou as grades entre eles. Mesmo ali, não ousou tocá-la. Ela parecia tão confusa e assustada que ele não sabia ao certo se a Sirena continuava sendo ela mesma.

Ela parece bem, contudo. Para alguém que sobreviveu a um acidente traumático.

Ele se ajoelhou até a cabeça estar a poucos centímetros da dela.

— Eu teria destruído Silas se ele tivesse tocado em um fio de cabelo seu.

As mãos dela tremeram, e ela continuava não olhando para ele.

Nox deslizou os dedos pelo metal, mais para perto dos dela, e ela se segurou com firmeza.

Lenta e suavemente, Nox permitiu que os dedos tocassem os dela.

— Shhh. Não precisa dizer nada. Não consigo imaginar o que passou. Mas acabou.

Os dedos dela relaxaram nos dele.

Ficaram assim por um instante, inclinando-se um para o outro como se não houvesse grades entre ambos.

Ridley esticou a mão até seus dedos se curvarem sob a mandíbula dele, mal tocando o pescoço.

— Nox. — Ela respirou.

Dessa vez, o nome dele soou diferente nos lábios dela. A voz havia se afiado em algo mais duro.

Ela estava tão próxima que ele conseguia sentir o cheiro de seu cabelo. Ela tinha o exato cheiro que ele lembrava: cereja açucarada e luz do sol.

Eu a encontrei.

Ele fechou os olhos aliviado.

Em um flash, ela o atacou, e sua mão se fechou em torno da garganta dele.

As unhas se enterraram na carne de Nox.

— Não sei quem você é ou como chegou aqui. Mas não vou deixar que me machuque.

— Rid, sou eu. Nox — falou, engasgando. — Jamais a machucaria.

— Mentiroso! — Ela disparou, apertando a garganta dele com mais força. — Não vou deixar que chegue perto de mim, monstro. Sei o que faz com garotinhas.

— O quê? — As palavras surpreenderam Nox.

— Estou vendo seus dentes. Suas presas.

— Meus o quê? — Ele estava incrédulo. — Do que está falando?

— Sei sobre os ossos negros. Você virá quando eu não estiver olhando e vai rasgar minha garganta enquanto durmo.

— Está tendo alucinações, Ridley. Não é real. — Nox tirou as mãos dela de seu pescoço. — A única coisa que sempre quis foi amar você.

Ridley recuou, como se ele tivesse ameaçado matá-la.

— Pare! Não diga isso! — Ela cobriu os ouvidos e deslizou para o chão. — Pare pare pare pare!

Ela fechou os olhos com força, encolhendo-se no canto, as mãos tremendo. Ficou se balançando para a frente e para trás, cantando uma canção de ninar para si mesma.

O coração de Nox bateu acelerado enquanto ele a observava, com bile subindo em sua garganta. Sentiu-se quase tão impotente quanto vinha se sentindo antes de encontrá-la.

Que diabos Silas fez com você?

O próximo pensamento foi ainda mais aterrorizante.

Como vou desfazer isso?

CAPÍTULO 13: RIDLEY

*Mockingbird**

Ridley estava ligeiramente consciente dos arredores: o colchão de pelúcia abaixo dela, o lustre brilhante de cristal acima e tapetes coloridos pelo chão. Os tapetes lembravam o escritório de tio Macon, na Mansão Ravenwood.

Será que estava lá?

Pensamentos e lembranças se misturaram como a lã na cesta de sua mãe.

Um ponto. Laçada dupla. Um ponto. Laçada dupla.

Quando era criança, observava a mãe costurando horas a fio. Havia algo de tranquilizante na maneira como as agulhas entravam e saíam — constante e eternamente —, como se nunca fossem parar.

Mamãe estava sentada na cadeira favorita de tio Macon, tricotando perto da lareira.

Corri em sua direção, o coração batendo forte no peito.

— O que houve, querida? — perguntou, pousando as agulhas na cesta. Ela abriu os braços e segurou a garotinha de 7 anos que subiu em seu colo.

---

* Tordo.

— Eu a vi, mamãe. — As palavras escaparam tão depressa que me esqueci de respirar. — Eu já era grande, e ela veio nos procurar. Mas não levou Lena, ela me levou.

Mamãe me segurou pelos ombros, olhando em meus olhos como se pudesse ver meu futuro com a mesma facilidade com que seus poderes de Palimpsesta permitiam que visse tudo que já tinha acontecido — ou que iria acontecer — naquele recinto.

— De quem está falando, minha doce menina?

Engoli em seco.

— Sarafine.

Uma expressão estranha passou pelo rosto dela.

— Onde ouviu esse nome?

— As amigas de Reece estavam falando dela. Disseram que é a Conjuradora mais perigosa que já existiu, e ela sequestra garotinhas más para trabalharem para ela. Disseram que passeia em uma carruagem feita de ossos negros, guiada por ratos gigantes com presas tão grandes que podem morder durante o sono. Começam arrancando sua garganta, depois seu coração.

— Bobagem.

— Não quero ser uma garota má, mamãe. Não quero que os ratos me comam.

Mamãe apertou os braços ao meu redor.

— Por que você acha que é uma menina má?

Fiz que sim com a cabeça, lentamente, sem querer admitir a verdade.

— Por que mais eu viveria sonhando com ela?

— Como ela é em seus sonhos?

Não queria imaginá-la outra vez, mas tentei.

— Mais ou menos como a Rainha Má da Bela Adormecida.

Mamãe suspirou profundamente, parecendo aliviada. Eu não sabia exatamente por que; a Rainha Má era a pessoa mais assustadora que eu já tinha visto. Ninguém quer que ela apareça durante o sono.

— Foi só um pesadelo — disse mamãe, beijando minha testa. — Ninguém vem atrás de você para levá-la a lugar algum.

— Nenhum rato?

— Nem sequer unzinho.

Olhei para ela, incerta.

— Pode cantar para mim? A música que espanta os sonhos ruins?

Ela sorriu, cantarolando a melodia que cantava para mim desde que eu me entendia por gente. Ela me ensinou toda a letra para que eu pudesse cantar sozinha quando ela não estivesse presente.

— "Mockingbird".

Ridley abraçou os joelhos, balançando-se para a frente e para trás, cantando a canção que costumava afastar seus pesadelos. Mas não estava funcionando.

Não soava como sua mãe e não soava como aquele menino adorável que não tinha nome. Soava como a voz dela, e ela não gostava.

Porque soava como solidão.

Mas manteve os olhos fechados, com medo de que, se os abrisse, os ratos aparecessem de novo. Imagens surgiram na frente dela, desta vez sem aviso; os ratos escapando da gaiola. Os ratos correndo para a cama, subindo uns por cima dos outros. O Homem-Rato do outro lado da grade chamando seu nome. Foi tudo tão real.

Houve também outras imagens

Algumas ainda mais assustadoras que os ratos. A luz brilhante em seus olhos. Fogo ardendo em suas veias. Dois homens conversando ao fundo enquanto o calor pulsava por seu corpo como um segundo batimento.

Paciente 13.

E alguma coisa sobre poderes de Sirena e Ilusionista.

A perfeita combinação para se começar — não foi isso que disse um dos homens?

A lembrança escapou, e Ridley se balançou mais forte.

Não pare de cantar. Os pesadelos vão desaparecer se você continuar cantando.

As coisas só mudam se você mudá-las, Ridley, uma voz disse de algum lugar do fundo de sua mente; uma voz que ela reconhecia. *Não se esqueça disso. A parte Trevas de você sempre vai protegê-la, assim como me protegeu quando fui Invocada. Mas você tem de controlar seu poder. Nunca deixe que ele a controle.*

Ridley percebeu quem era: tia Sarafine. A única pessoa que não lhe dera as costas quando foi Invocada.

Não posso, Ridley respondeu silenciosamente. *Não sou forte o suficiente. Os ratos vão voltar, e os pesadelos.*

Mas continuou ouvindo a voz de Sarafine: *as coisas só mudam se você mudá-las, Ridley... Controle seu poder. Nunca deixe que ele a controle.*

Ridley não se sentia forte o suficiente para controlar nada — nem os ratos, nem a luz cegante, o fogo ou a dor. Concentrou-se na dor e nas lembranças, e percebeu que havia outras vozes. Vozes da memória da dor, do fogo e da luz cegante. Então Ridley fez o inimaginável e também ouviu essas vozes.

— A infusão está pronta? — pergunta um homem. — Leia a descrição.

— Paciente 13. Sirena. Primeiro Teste. Administração de Poderosa Infusão: Ilusionista — diz outro.

— Se der certo e ela não enlouquecer ou morrer quando o novo poder bater, teremos feito história. Você sabe disso, certo?

— Concentre-se em primeiro administrar a infusão.

Um fogo diferente queimou por Ridley — um que não sentia desde que fora levada.

Fúria

Não conseguia lembrar quem eram os dois homens — os que se referiram a ela como Paciente 13 — ou quem a trancou nessa gaiola. Então ela ficou cantando a música mentalmente sem parar até as únicas vozes que ouvia serem as dos ratos de ossos negros, e percebeu o que tinha de fazer. Foi seu último pensamento antes de apagar de novo.

Farei com que me pague.

Exatamente como tia Sarafine me ensinou.

CAPÍTULO 14: LINK

*Electric Funeral**

A Garota da Voz de Veludo era um coringa, uma variável desconhecida em uma situação já complexa — pelo menos, isso era o que Liv dizia. Mesmo assim, John confiava em Robert Johnson, e toda a história da Conjuradora Arquivista deixou Liv se coçando para encontrá-la.

— Por quê? Está com ciúme? — Floyd parecia entretida cada vez que Liv tocava no assunto.

— Não seja ridícula. Só acho um pouco estranho, só isso. Guardiões registram tudo sobre o mundo Conjurador há centenas de anos. — Liv fungou. — Por que mudar o sistema agora?

— As coisas mudam. A Ordem das Coisas. Nós. O universo. Mudança nem sempre é uma coisa ruim. — Floyd deu de ombros.

— Também não é sempre boa — argumentou Liv.

John e Link sabiam que seria melhor não se meterem.

Enquanto atravessavam os Túneis, Sampson desviava para cada boate Conjuradora das Trevas que encontrava, em busca de alguém que soubesse a localização de Ravenwood Oaks. Link achava que ninguém estaria disposto a falar, mas Sam disse que ele estava errado; vários babacas lhe ofereceram informação. O problema era que cada um deles falava sobre um lugar diferente; desde atendentes de bar e porteiros a traficantes de capangas, ouviu de tudo, de Savannah a St. Croix.

Quando chegaram ao French Quarter, Link já estava se descontrolando.

---

* Funeral elétrico.

— Como é que ninguém sabe onde diabos fica essa fazenda? — perguntou, seguindo Lucille pela calçada escura. — É como se estivéssemos tentando encontrar o Jato Invisível da Mulher Maravilha. Ou talvez a base secreta da S.H.I.E.L.D., a que fica no deserto.

— Nenhuma das pessoas a quem Sam perguntou já esteve lá — observou John. — Meu palpite é que seja alguma espécie de Feitiço. Talvez não seja possível encontrar a velha casa de Abraham, a não ser que já tenha estado lá.

— A não ser que ele bagunce a cabeça de todo mundo de modo que não consigam se lembrar — murmurou Link, seu humor piorando a cada instante.

— Feitiços de Reclusão como o que John está falando estão relacionados ao local em si, neste caso, Ravenwood Oaks — disse Liv. — Não tem como esconder um lugar de pessoas que já estiveram nele.

— Vamos torcer para que a Voz de Veludo saiba. — Link parou na esquina e olhou em volta. — Quanto falta para chegarmos à Casa de Blues?

Floyd entrelaçou o braço no dele e o puxou pela rua.

— É casa de *Vudu*, e já estamos quase lá.

Quando chegaram à Casa de Vudu de Madame Blue na parte antiga do French Quarter, a loja estava escura.

Link chutou uma lata vazia do lado do prédio.

— Droga. Já está fechada.

John curvou as mãos e espiou pela janela frontal suja.

— Toque a campainha assim mesmo.

Link apertou o botão da porta da frente, e uma luz se acendeu em algum lugar ao fundo.

— Vejam só os bonecos de vudu. — Floyd deu uma cotovelada em Sampson e apontou para uma fila de bonecos de pano esquisitos do outro lado do vidro, usando cartolas e com pinos grossos espetados em seus peitos.

— Parece uma típica loja de suvenires do Quarter. — Necro gesticulou para os baralhos de tarô e as bolsas cheias de moedas e bugigangas rotuladas BOLSAS DA SORTE na vitrine.

John tocou a campainha outra vez.

— Vale a pena tentar.

A porta se abriu, e uma mulher que parecia muito uma Tina Turner loura de um dos filmes favoritos de Link, *Mad Max: Além da Cúpula do Trovão* se encontrava do outro lado.

— Basta tocar uma vez — avisou.

— Desculpe, senhora — pediu John.

— Meu nome é Magnolia Blue.

— Talvez possa nos ajudar, Srta. Blue — prosseguiu John. — Estamos procurando a Garota da Voz de Veludo.

Os olhos da mulher se arregalaram, e ela engasgou, encarando-o por trás da cabeleira.

— Só uma pessoa já me chamou assim. Mas é impossível...

Link deu mais uma olhada no cabelo, lembrando-se da foto que Robert Johnson havia lhe mostrado da garota Conjuradora que tinha deixado para trás.

Será que poderia ser a mesma pessoa?

— Isso pode soar louco, mas Robert Johnson nos mandou aqui, senhora — disse Link.

A mulher levou a mão aos lábios.

— Bobby está bem?

Sampson deu de ombros.

— Claro. Para um cara que está preso em uma casa sozinho, no meio do nada.

— Eu sabia que ele não estava morto — murmurou ela, os olhos se enchendo de lágrimas.

Lucille circulou o calcanhar de Magnolia Blue, ronronando, o que fez com que Link se sentisse melhor. Lucille era ótima juíza de caráter.

Muito melhor que eu, pelo menos.

Magnolia Blue se abaixou e acariciou as orelhas de Lucille.

— Por que Bobby os mandou até mim?

— Ele disse que talvez pudesse nos ajudar — disse Necro.

Ela engoliu em seco como se fosse difícil falar dele.

— Se Bobby quer que eu ajude, farei o que puder. Entrem.

Lá dentro, a loja parecia mais uma armadilha para turistas. Chaveiros de pata de jacaré e garrafas de pó com rótulos, como ASA DE MORCEGO e RAIZ DE AMOR, estavam enfileirados nas prateleiras acima dos esqueletos de papel-machê, usando smokings e cartolas. Link não fazia ideia do motivo de estarem vestidos assim, como se estivessem indo para a formatura, mas pareciam tão autênticos quanto Barbies.

Necro olhou para um caimão empalhado e franziu o nariz.

— Estamos procurando por Ravenwood Oaks, a fazenda de Abraham Ravenwood. O Sr. Johnson nos disse que você é a Conjuradora Arquivista, então talvez saiba como encontrar.

— Não sei ao certo como Bobby ficou sabendo disso, mas ele não deveria contar às pessoas — disse Magnolia Blue. — Não posso fazer meu trabalho se todo mundo souber que sou eu que estou fazendo.

Liv limpou a garganta.

— Srta. Blue... estou estudando para ser Guardiã, e nunca tinha ouvido falar em uma Conjuradora Arquivista. Então preciso perguntar... qual exatamente é seu trabalho?

— Calma. Não estou tentando roubar o seu, querida. Quando a Ordem das Coisas foi quebrada, isso provocou mudanças imprevistas tanto no mundo Conjurador quanto no Mortal. É minha responsabilidade identificar e monitorar essas mudanças.

— Pensei que as coisas tivessem se acalmado depois que a Nova Ordem substituiu a velha — observou Liv.

Magnolia Blue a olhou, convencida.

— Se está falando sobre anomalias climáticas e infestações de insetos, então suponho que sim. Mas a Nova Ordem nos trouxe muito mais que apenas uma nova raça de Sobrenaturais. — Ela sorriu para Sampson. — Como você, a julgar pela aparência.

Ele fez que sim com a cabeça, e ela continuou:

— A Nova Ordem também perturba o equilíbrio em todos os reinos; Conjurador, Mortal, o Outro Mundo, até mesmo o Abismo.

O Abismo — o reino demoníaco onde criaturas aterrorizantes como Tormentos viviam presas até um louco feito Abraham Ravenwood invocá-las. Não era o assunto favorito de Link. Ele pegou um chaveiro de pata de jacaré e o pendurou no ar.

— O que essas coisas têm a ver com a Nova Ordem?

Magnolia Blue estalou os dedos, e o ar mudou a frente das prateleiras como ondas de calor se elevando do asfalto quente. Os esqueletos de smokings e as garrafas de poção borraram, transformando-se em fileiras de livros e objetos desconhecidos — uma bússola brilhante e um relógio estranho com fotos em volta da face, como as imagens de um baralho de tarô.

Link apontou para ela.

— Ei, Liv, essa coisa parece seu relógio maluco.

Liv voltou-se para Magnolia Blue.

— Isso é um selenômetro?

A Conjuradora Arquivista notou que o relógio de Liv não era um relógio normal e sorriu.

— Mede a gravidade da lua.

Liv assentiu, impressionada.

— É lindo. Talvez o mais bonito que eu já tenha visto.

Sampson foi até o mapa na parede.

— Bela ilusão.

A Conjuradora de cabelos selvagens franziu o rosto.

— Não sou Ilusionista.

Floyd franziu o rosto.

— Como assim? Não vejo uma ilusão assim há anos.

— Apesar de apreciar o elogio — Magnolia balançou os dedos para uma garrafa de moedas ao lado da caixa registradora, e esta se transformou em um copo de margarita —, não disfarço as coisas. Eu as mudo — explicou, e tomou um gole da bebida.

— Uma *Mutadora*. Eu deveria ter adivinhado — exclamou Floyd, como uma líder de torcida.

— Ilusionistas e Mutadores não são mais ou menos a mesma coisa? Vocês sabem, como leões e tigres? — perguntou Link, ansioso para mudar o assunto. Agora ele estava mais interessado nos poderes de Magnolia Blue. Talvez ela pudesse fazer mais que apenas dizer onde encontrar a fazenda.

Como salvar Rid.

Link mal estava ouvindo quando percebeu que Liv respondia sua pergunta.

— Ilusionistas podem mudar a aparência de uma coisa. Mutadores podem mudar o objeto em si. — Os olhos de Liv pairaram sobre a coleção de estranhos instrumentos nas prateleiras, até ela finalmente olhar novamente para Magnolia Blue. — Não posso acreditar que os Guardiões não sabem sobre nada disso, nem sobre você.

— Essa é a razão para a Casa de Vudu de Madame Blue — falou a Conjuradora Arquivista, com uma voz teatral. — Isso me permite tempo o bastante para vender poções e amuletos para Mortais que não sabem a diferença entre a religião vudu e queijo Velveeta, ao mesmo tempo que continuo monitorando as perturbações em nossos mundos.

— Que tipo de perturbações? — perguntou Liv.

— São tempos perigosos. Temos Espectros vindo do Outro Mundo em quantidades recorde; Nascidos das Trevas que são imunes a poderes Conjuradores. — Ela olhou para Sam.

Liv pareceu chocada.

— Não fazia ideia de que as coisas estavam tão ruins.

Magnolia Blue suspirou.

— Piora. Você disse que estava procurando por Ravenwood Oaks, a velha fazenda de Abraham?

— Sim. Temos de encontrá-la. — Link tentou não parecer tão ansioso.

— Talvez queiram repensar os planos. Recebi um visitante aqui hoje de manhã. Parece que Silas evoluiu de dissecação de sapos e de arrancar asas de borboletas.

— Ele já evoluiu disso há muito tempo — murmurou John baixinho.

— Do que você está falando? — Link tentou não entrar em pânico.

— Aparentemente, Silas está injetando novos poderes em Conjuradoras e mudando a natureza de suas habilidades. Entre outras coisas.

Os olhos de Liv se arregalaram

— Isso não é possível.

Uma mulher que não parecia muito mais velha que Louise, a prima de Link (que engravidou, aos 25 anos, pouco antes do casamento ano passado), saiu de trás de uma estante de livros.

O primeiro pensamento de Link foi *queimaduras de terceiro grau*, mas um segundo depois, sentiu-se um pouco culpado por isso. A mulher misteriosa não era tão gostosa quanto Rid, mas definitivamente já tinha perturbado alguns caras. Das ondas vermelhas emoldurando sua pele caramelo até as calças de couro que enfiara dentro das botas até o joelho, os colares enrolados sobre a camiseta rasgada, tudo na mulher gritava *encrenca* — isso e os olhos dourados de Conjuradora das Trevas que os encaravam.

Necro e Floyd a analisaram da cabeça aos pés, e Liv a olhou desconfiada.

— Acho difícil acreditar que Silas tenha encontrado uma maneira de injetar um poder Conjurador estranho — disse Liv. — A não ser que a pessoa queira.

A ruiva descartou Liv com um aceno.

— Não ligo para o que você acredita, Mortal. O que posso dizer é que está sobre o que já foi um cemitério da Guerra Civil. — A mulher rodou em um círculo lento, assimilando o local ao redor. — Um que os Confederados jamais se incomodaram em mover. A construção virou uma casa de péssima reputação depois disso... e, aparentemente, a julgar pela aparência, popular.

Link franziu o rosto, os olhos mirando o recinto. Até onde conseguia perceber, o local continuava como um cruzamento entre uma biblioteca e um boticário assustador.

Floyd cruzou os braços.

— Então você é uma Palimpsesta? Isso não prova nada.

— Eu era. Agora sou isso e muito mais. —A ruiva sorriu para Floyd, Liv e Necro, que pareciam igualmente incrédulas. — Sinto que vocês, meninas, querem provas. Se insistem.

A Conjuradora misteriosa soprou um beijo para Link, e a frente da camiseta do Led Zeppelin que ele vestia pegou fogo.

O fogo queimou a camisa, e ele franziu o rosto, apagando as chamas com a mão. Puxou um buraco queimado no tecido.

— Pô. Essa era uma camiseta *vintage* do Zeppelin, dos anos 1970.

Mas Link estava preocupado com mais que a camisa, mesmo que não quisesse que a ruiva incendiária soubesse disso. Só tinha visto uma Conjuradora fazer isso antes.

Sarafine Duchannes — a tia Cataclista das Trevas de Ridley.

A Cataclista flexionou os dedos da mesma maneira que Link já tinha visto Sarafine Duchannes fazer dezenas de vezes.

— Não pude resistir.

— Então Silas Ravenwood está de algum jeito combinando poderes Conjuradores. Interessante. — Liv pegou o caderno sem parar para respirar. — Sabe como ele está fazendo isso? E extraindo os outros poderes, enquanto os mantém estáveis? Ele já tentou em mais alguém?

— Devagar. — John apoiou uma mão no braço de Liv. — Dê um minuto a ela. — Voltou-se para a Cataclista ou meia-Cataclista; Link não sabia ao certo qual seria a terminologia em uma situação como essa. — Por que não começamos com seu nome? Eu sou John, e esta é Liv, Link, Floyd, Necro e Sampson. — E apontou para cada um deles.

A ruiva flexionou os dedos, como se ela ainda estivesse se acostumando ao que conseguiam fazer.

— Angelique St. Vincent. Meus amigos me chamam de Gigi. Mas podem me chamar de Angelique.

Link suspirou.

Outra Cataclista cheia de marra. Justamente o que precisamos.

Angelique se voltou para Liv.

— E para responder suas perguntas: não faço ideia de como Silas esteja extraindo os poderes, mas *sei* que não sou a primeira Conjuradora que ele injetou.

— Como você pode ter tanta certeza? — perguntou Necro.

Angelique estendeu o antebraço em direção a eles, para que pudessem ver a tatuagem na sua pele: PACIENTE 12.

— Depois da ressaca que tive, detestaria precisar encontrar as 11 primeiras.

Liv balançou a cabeça.

— Sinto muito. Não posso imaginar como deve ter sido isso.

Angelique deu de ombros e deixou o braço cair, assim como a atitude.

— Ele me fez passar coisas piores. Pelo menos, estava sedada durante as injeções.

— O que mais ele fez com você? — Sampson examinou a Cataclista, analisando-a de um jeito que Link não entendeu completamente.

Angelique brincou com as correntes no pescoço.

— Ele me deixou trancada em uma cela com o restante das mulheres da Menagerie; era assim que o babaca doentio nos chamava. Ele nos deixava presas como cachorros até um Conjurador das Trevas ou um *Nascido das Trevas* — falou, encarando Sampson ao dizer o último termo — nos alugar por uma noite para fazer o trabalho sujo dele. Tive vida mais fácil que a da maioria das meninas. Não tem tanta gente assim querendo pagar pelos poderes de uma Palimpsesta. Minha amiga, Lucia, era uma Empática. Os homens de Silas viviam arrastando-a no meio da noite para algum serviço. — Seu rosto anuviou por um instante.

Então Angelique flexionou as mãos, esticando seus longos dedos, como se a memória tivesse passado. Continuou:

— Uma vez que me tornei Cataclista, o jogo mudou, e virei a garota popular do bairro. Todo mundo quer a própria incendiária.

Link foi para a frente de Sampson.

— Silas tinha alguma Sirena nessa ménage-à-sei lá o quê? Cabelo louro comprido com mechas rosas, teimosa como uma mula? Ela teria chegado há alguns dias.

Diga que sim. Por favor, diga que viu Rid e que ela está bem.

A Cataclista balançou a cabeça.

— Escapei há uma semana, e as outras meninas lá eram a menor de minhas preocupações. Cada uma por si. Eu tinha problemas suficientes.

Magnolia Blue voltou-se para Link e os amigos.

— Agora você entende por que eu disse que procurar a casa de Silas Ravenwood não é uma boa ideia?

— Não tenho escolha. — Link entrou um pânico e se aproximou de Magnolia Blue. — A Sirena sobre quem perguntei é minha namorada, e nós achamos que ela foi sequestrada por Silas Ravenwood. E se ele a estiver alugando, como Angelique disse? Precisa me dizer onde fica a fazenda, senhora. Temos de encontrá-la. Por favor.

A Arquivista balançou a cabeça tristemente.

— Sinto muito, filho. Mas não sei.

Angelique zombou.

— Para sua sorte, tem alguém aqui que sabe.

Link olhou para ela. Estava prestes a se ajoelhar no chão e implorar se isso o deixasse mais perto de encontrar Ridley.

— Pode nos dizer onde é?

— Claro. — Angelique examinou as unhas vermelhas. — A Porta Externa é no porão da Casa Gardette-LePretre, não muito longe daqui.

Isso foi fácil.

Link quase não conseguia acreditar na rapidez com que ela revelou a única coisa que ninguém tinha conseguido dizer a eles desde o acidente: onde encontrar Silas Ravenwood.

— A Gardette-LePretre não é a casa que as pessoas chamam de Palácio do Sultão? — perguntou Liv. — Já li a respeito.

— Claro que leu — murmurou Floyd baixinho.

Liv lançou um olhar a ela e voltou-se novamente para a Cataclista.

— Dizem que é mal-assombrada. De acordo com a maioria das histórias, um turco rico alugou a casa e morava lá com um harém de mulheres roubadas. Isto é, até todas serem assassinadas. Foi o palco de um dos piores assassinatos em massa de toda a história de Nova Orleans.

— Imagine se as pessoas soubessem que todas as mulheres do harém eram Conjuradoras — disse Magnolia Blue.

— Um harém de Conjuradoras? — perguntou Liv. — Nunca ouvi nada parecido. Os Guardiões certamente não têm nenhum registro da existência. Deve ter sido o único.

— Não foi o único — retrucou Magnolia Blue. — Abraham Ravenwood teve o próprio harém de Conjuradoras, com garotas para dar e vender. Como você acha que o sultão conseguiu as próprias garotas?

Fazia todo sentido.

Link foi até a porta.

— Precisamos ir.

— Mesmo que encontre a Porta Externa, ainda vai ter de atravessar a casa principal da fazenda e passar pelos Incubus de Sangue de Silas e pelos guardas Nascidos das Trevas para entrar nos laboratórios — disse Angelique atrás dele. — Só achei o caminho porque uma senhora carregando uma bandeja de comida me levou até a Porta Externa. E se vocês se perderem? Quem vai salvar sua Sirena?

Link parou, então se virou e voltou em direção a eles.

— O que você *precisa* é de alguém que já tenha estado lá — provocou a Cataclista.

— Está se oferecendo para ir conosco? — perguntou ele.

Floyd o pegou pelo braço.

— Por que ela voltaria lá depois de tudo que Silas fez com ela? Pense nisso. Ela deve ter algum objetivo.

— Claro que tenho. — Angelique jogou os cabelos flamejantes sobre os ombros. — Ninguém faz nada por bondade. Não sou diferente. Só estou disposta a admitir.

— O que poderia ser pior que arriscar sua liberdade, e talvez sua vida?

— Alguém que ela ama — concluiu Necro, pensativamente.

— Talvez uma pessoa da família ou a amiga Empática? — perguntou Floyd.

Um flash de tristeza passou pelo rosto da Cataclista.

— Eu a teria trazido comigo, mas não tinha como... — Angelique afastou a emoção e forçou uma risada dura. — Meus motivos não são sentimentais. Pelo contrário. — Ela esticou os dedos e os flexionou novamente. — Quero vingança. Silas Ravenwood me trancou como um animal e me tratou como uma escrava. Depois me usou como uma cobaia. Quero matá-lo e incendiar cada cantinho de seus preciosos laboratórios.

— Se nos colocar para dentro, Silas é todo seu — disse Link.

Um sorriso maléfico se esticou nos lábios de Angelique.

— Temos um acordo?

John se colocou entre Link e a Cataclista.

— Espere. Como sabemos que podemos confiar nela?

— Isso tudo pode ser uma armação — acrescentou Necro.

— Não importa — disse Link. — Não podemos recuar agora — olhou para Magnolia Blue. — O Sr. Johnson disse que podíamos confiar em você. Então, se você confia nela, acredito na sua palavra. Ela está falando a verdade, senhora?

— Link... — começou Floyd, mas Link levantou a mão.

A senhora olhou para Angelique, que parecia entretida pelo dilema.

Magnolia Blue balançou a cabeça tristemente.

— Gostaria de saber. Mas não posso prever o que vai acontecer. Só posso mudar as aparências das coisas aqui e agora. Se quer quem lhe diga mais que isso, precisa de um Adivinho ou...

Link pegou uma carta de tarô dobrada em cima do balcão.

— Ou Vidente.

CAPÍTULO 15: NOX

*No One Like You**

Nox se afastou da grade.

Ridley o encarou de volta do canto da cela onde estava sentada, abraçando os joelhos e cantando "Mockingbird" para si mesma.

— O que foi que Silas fez com você? — sussurrou ele.

— Eles a levaram ontem à noite. — Uma menina com sotaque alemão disse de algum lugar atrás dele.

Nox se virou.

Uma Conjuradora da Luz de olhos cor de esmeralda e uma trança de cabelos castanhos se encontrava em uma cela diante da de Ridley. Nox teve calafrios na nuca ao ver outra menina atrás de grades.

Aproximou-se um passo.

— Quem?

Ele ouviu ruídos na cela ao lado, e uma loura de olhos dourados e tatuagens de Conjuradora das Trevas nos nós dos dedos olhou para ele.

— Silas e os capangas. Quem mais?

— Para onde a levaram? — perguntou ele.

A Conjuradora das Trevas balançou a cabeça quase tristemente.

— Para os laboratórios. É a única explicação para ela estar agindo tão loucamente.

A alemã acenou com a cabeça na direção de Ridley.

— Está assim desde que a trouxeram de volta. Uma hora está falando sozinha, depois começa a gritar.

---

* Ninguém como você.

— Ou canta essa música idiota — disse a outra. — Ela se deu mal. Pior até que Angelique.

— Cale a boca, Drew. — A alemã se irritou. — Ela não consegue se conter.

Nox olhou para a alemã.

— Qual é seu nome?

— Katarina.

— Katarina — repetiu Nox. — Eles já levaram alguma de vocês duas para o laboratório?

Ela balançou a cabeça, parecendo aterrorizada.

— Não. Silas só me leva para realizar trabalhos. Depois me trancam aqui de volta.

Nox examinou a menina mais de perto. Ela devia ter 17, no máximo, 18 anos. Era difícil dizer, pois tinha a expressão cansada de uma pessoa mais velha.

— Que tipo de trabalhos?

— Ele nos aluga pelos poderes. — Ela puxou a ponta da trança nervosamente. — Poderia ser pior. Ele vende as garotas que não fazem parte da Menagerie.

Drew balançou a cabeça e se apoiou contra a parede dentro da cela.

— Sim, nós somos as *sortudas*. Somos parte da coleção de Silas e torcemos para que ele não nos arraste para os laboratórios e nos lobotomize em seguida. — Ela olhou novamente para Ridley. — Não estava falando de você. Desculpe.

Nox se virou novamente para a cela de Ridley. A Sirena parou de cantar e levantou o olhar, e, por um instante, ele achou que o estivesse olhando. Mas seu olhar parou na beira da cela, perto de onde ele estava.

Os olhos de Ridley se arregalaram, e ela cambaleou para trás até bater na parede.

— Não deixe que saiam da jaula! — gritou ela.

— Rid, olhe para mim — disse Nox. — Você está bem. Só está vendo coisas.

Ela o encarou sem qualquer senso de reconhecimento, com os olhos cheios de terror. Então franziu o rosto e pressionou as mãos contra as têmporas como se estivesse com dor.

— Ridley!

Ela piscou repetidamente como se não conseguisse focar os olhos; ou talvez os pensamentos.

— Shhh. Quieto, Homem-Rato. Eles vão ouvir — sussurrou ela.

Nox olhou em volta.

Nada.

Ele agarrou as barras e se abaixou de modo que ficasse mais ao alcance dos olhos dela.

— Quem vai me ouvir, Rid?

Ela estava com os olhos fixos em um ponto aleatório na frente dele outra vez e se encostou-se à parede.

— Os outros ratos.

Nox sentiu um aperto no coração.

Ela continua tendo alucinações.

Ele se lembrou do Químico e ficou imaginando se Silas a teria drogado. Mas Nox já tinha visto muitas Conjuradoras drogadas e nenhuma agia assim.

O que quer que Silas tivesse feito com ela, era de outro nível, e ele não fazia ideia de como reverter.

E se eu não conseguir ajudá-la? E se ela ficar assim?

De repente, Ridley gritou, apertando as mãos contra as têmporas outra vez. Em poucos segundos, arranhava a parede como um animal encurralado.

— Ridley, vá para a cama! — gritou Katarina. — Os ratos não a conseguem alcançar se estiver na cama.

Os olhos de Ridley miraram freneticamente o corredor, e ela subiu aos tropeços para a cama. Foi até o canto e se encolheu como uma bola, os olhos ainda grudados no chão.

— Eles estão vindo! — gritou ela, cobrindo a cabeça.

— Está tudo bem, Rid. — Nox a acalmou. — Não vou deixar que eles a machuquem.

— Você precisa se preocupar mais com você mesmo, menino. — Uma voz familiar disse de trás dele.

Silas.

Nox sequer precisou olhar para saber que era ele.

Ele não virou. Não conseguia desgrudar os olhos de Ridley.

— Vai ficar tudo bem — repetiu ele. Era mentira, e Nox sabia, mas não conseguia pensar em outra forma de protegê-la dos ratos invisíveis ou de quaisquer outros truques que sua mente pregava.

Ele sentiu as mãos do Nascido das Trevas em seus braços antes de vê--las. Nox se lembrou do amigo de Silas de sua visão. Sua garra parecia um torno, no mínimo duas vezes mais forte que a de qualquer Incubus. O Nascido das Trevas o puxou para longe da grade e virou Nox até que estivesse de frente para Silas Ravenwood.

Acho que sou sortudo por ele me deixar permanecer de pé, Nox pensou. No entanto, mais uma vez, não estava se sentindo particularmente sortudo. *A não ser que eu compare minha situação à de Rid.*

— O que você fez com ela? — perguntou.

Silas levantou as mangas da camisa italiana feita sob medida e acendeu um charuto. Nox manteve os olhos longe da chama. O fedor do charuto fez seu estômago revirar. Silas sorriu.

— Fiz algumas melhorias. O que você acha?

Nox tentou se manter calmo, apesar de querer arrancar a cabeça de Silas. Mas Nox sabia que precisava de mais informações se fosse ajudar Ridley.

— Que diabos isso significa? Você injetou alguma coisa nela?

O Incubus riu.

— Isso foi há alguns dias. *Isto* — falou ele e apontou na direção da cela de Ridley com o charuto — é algo mais permanente.

Ridley soltou um grito horroroso.

Nox tentou virar, debatendo-se contra o Nascido das Trevas, mas ele era forte demais.

— Tirem-nos! Tirem-nos! Tirem-nos! — berrou Ridley.

Silas se aproximou da cela, com uma expressão que misturava diversão e fascínio.

— E pense que ainda nem acabei. Meu bisavô ficaria orgulhoso. — Ele inclinou a cabeça para o lado, considerando a ideia. — Ou com inveja. O velho nunca foi bom em deixar que outros se destacassem.

A mandíbula de Nox se cerrou ao ouvir o som dos gritos de Ridley.

— Juro! Arrancarei seu coração por isso, Silas.

O Incubus virou lentamente, a expressão entretida tinha desaparecido. Ele deu um passo em direção a Nox, segurando o charuto entre os dois.

— Quando eu acabar com você, Lennox Gates, vai desejar que eu tivesse arrancado *seu* coração. Também vai desejar que tivesse morrido naquele foguinho na Sirena. Você já me causou problemas em número suficiente. Ao menos sua Sirena está pagando a própria dívida.

— Isso é entre mim e você, Silas — argumentou Nox. — Faça o que quiser comigo. Não vou nem lutar. Só a deixe em paz.

— Não diga isso. É mais divertido se lutar. — Silas deu mais um passo para perto, o brilho ardente do charuto a poucos centímetros do rosto de Nox. — E sua namorada não vai escapar tão fácil, menino. Ela ajudou aqueles híbridos a matar meu bisavô, e agora tem uma dívida a ser paga.

Nox se encolheu para longe do charuto.

— Eu pago. O que quer que ela deva, o que você quiser, eu pago.

Silas deu uma longa tragada no charuto, girando-o entre os dedos.

— Não se preocupe. Tenha muitas camas nos laboratórios e dívidas suficientes para cobrar. — A expressão dele escureceu. — Acha que me esqueci do que você me custou? Vou descontar cada gota do sangue *dela*.

É minha culpa. Ele machucou Ridley por minha culpa.

— Ao menos me diga o que fez com ela — pediu Nox, olhando para Silas.

— Melhorias científicas. O corpo dela está tendo dificuldades para se ajustar ao influxo do novo poder. Dê um tempo, e talvez ela melhore. — Silas riu. — Ou não.

Os pensamentos de Nox estavam girando.

Influxo do novo poder? Que tipo de poder? E de onde Silas o tirou? Ele está blefando. Tem de estar...

— Ah — disse Silas, como se tivesse se lembrado de alguma coisa importante. — E acho que você se refere ao que eu estou *fazendo* com ela. Porque ainda não acabei, menino.

— Ouça, Homem-Rato — disse Nox, mais furioso do que jamais havia estado em toda a vida. — Você acabou. Só não sabe disso ainda.

Sem qualquer aviso, Silas enfiou a brasa do charuto no pescoço de Nox, como uma faca.

Nox pôde sentir o cheiro da pele queimando, mas mal sentiu a dor.

Estava ocupado demais ouvindo os gritos da garota que amava.

CAPÍTULO 16: RIDLEY

*Silent Lucidity**

Alguém falava com ela do outro lado da cela.

Ridley fingiu escutar, o que era mais ou menos como jogar um jogo, apesar de não ser um jogo muito divertido. Mesmo assim, era o único jogo que se podia jogar naquela caixa que era o quarto.

Era o Homem-Rato. Falando. Ele parecia preocupado. A voz aumentava e diminuía, como se tocasse um instrumento. Alguns dos sons eram mais altos e urgentes, outros, mais suaves e reconfortantes. Era engraçado porque sua boca não parava de mexer, e, quando ela esquecia que ele estava falando, ele parecia um peixe triste.

Não um rato.

Mas isso é que era traiçoeiro nos ratos. Quase nunca querem que você enxergue o que são.

Ela tentou ouvir. Levou um bom tempo para perceber que ele falava com ela, mas continuava sendo impossível se importar.

— Nox — repetiu ela. — Esse é seu nome.

— Isso mesmo — disse o Homem-Rato.

— E você não quer arrancar minha garganta? — Ela se inclinou para perto dele, puxando um pedaço do pelo longo e escuro.

Ele a encarou, abrindo e fechando a boca como se estivesse falando.

— Link?

Ele abriu e fechou a boca de novo, e ela tentou identificar as palavras. Mas sua mente não parava de vagar, e ela só captou alguns pedacinhos.

---

* Lucidez silenciosa.

Ele disse Lincoln?

Lincoln era o nome de um presidente americano. Por que o Homem--Rato estava falando sobre um presidente? Ela se inclinou mais para perto, apoiando a testa no aço.

O Homem-Rato tinha um cheiro bom. Couro, suor e doce. Ela resistiu ao impulso de lamber seu rosto. Não queria permitir que ele chegasse perto, por causa dos dentes afiados.

Ridley esticou a mão.

— Você se importa se eu fizer carinho em você?

A boca do Homem-Rato abriu outra vez. Ela interpretou como um sim e passou a mão nos longos pelos marrons de sua cabeça. Ele parecia um filhote de foca. Ela deixou a mão descer pelo rosto, onde a bochecha era quente e macia.

Foi quando ela sentiu... uma explosão de calor.

Mas foi o calor mais estranho que já sentira. Não sabia dizer se era quente ou frio, mas, de qualquer forma, o calor arrepiou os pelos da sua mão — ardendo e congelando ao mesmo toque.

Uma mistura caótica de sensações se embaralhou por ela, esticando-se do topo da cabeça à base dos dedos dos pés. Sentiu-se como se estivesse desdobrando, dobrando em tamanho. Finalmente habitando todo o espaço do próprio corpo.

— O que foi isso? — Ela respirou.

Ridley esticou o braço outra vez e, no instante em que tocou a pele dele, sentiu o choque elétrico de seu poder encontrando o dela. Ela desejou. Estava faminta por mais.

O Homem-Rato era a única coisa de que precisava. Mais fogo. Mais daquela queimadura fria, fria. Teria dito isso a ele se tivesse conseguido formar as palavras.

Em vez disso, foi na direção dele, até que suas mãos estivessem envolvendo a cabeça dele, e seus lábios tocassem sua mandíbula. Queria absorvê-lo.

Levou os lábios ao pescoço dele.

Quem era o osso de rato agora?

O Homem-Rato apenas encarou.

Não.

Não é o Homem-Rato.

Ela tinha de prestar atenção agora.

Dava para perceber que aquilo era importante.

Dava para perceber que tudo estava prestes a mudar.

Ela fechou os olhos e contou.

Três.

Dois.

Um.

Quando abrir os olhos, vencerei o torpor. Me forçarei a ouvir as palavras. Chega de cantigas.

Hora de crescer.

Hora de escutar tia Sarafine.

Largue os ossos de ratos.

Assuma seu lugar.

Você é muito poderosa, Ridley Duchannes.

Hora de usar seus poderes.

Então ela o fez.

E com toda a força do poder que explodia por ela, Ridley atraiu este Nox para seus lábios e o bebeu, até o universo girar ao seu redor e todas as vozes em sua mente finalmente pararem de falar, e ela *ouviu.*

CAPÍTULO 17: LINK

*Wanted Dead or Alive**

Link só precisava dizer uma palavra — *um nome*, na verdade — para resumir seu plano para John e Liv. Era um pouco mais difícil explicar para Floyd, Necro, Sam, Magnolia Blue e a Cataclista em questão.

Liv o encarou por um momento, sem fala.

— Você enlouqueceu completamente?

John esfregou as têmporas.

— Acho que está claro que sim.

— Onde vamos encontrar um melhor leitor de cartas? — perguntou Link. — Pense bem. Ela vai saber se podemos confiar ou não em Angelique.

— Alguém quer nos contar quem é essa tal Amma? — Quis saber Necro.

Liv, John e Link trocaram olhares. Toda vez que ouviam o nome, a dor de perdê-la voltava.

Liv suspirou.

— Ela era uma grande Vidente, nascida de uma linhagem de Videntes de longa geração. Seus poderes eram lendários.

— Quase tão lendários quanto sua torta — acrescentou Link.

— Então qual é o problema? — perguntou Necro. — Ela parece perfeita. Posso canalizá-la e podemos pedir que ela leia as cartas da Cataclista.

É, certo, Link pensou. *Não será tão fácil.*

Ele tentou novamente.

---

* Procurado vivo ou morto.

— Ela não é como outras pessoas. Você não pode simplesmente pegar o telefone e esperar encontrá-la na linha.

— Por que não? Sou Necromante. Minha vida inteira é uma ligação gigante para o Outro Mundo.

Estava muito claro para ele que Necro, Floyd e Sampson não entendiam exatamente com o que estavam lidando aqui. A ideia de trazer da tumba a senhora mais teimosa que ele já havia conhecido — e colocá-la no corpo de uma Conjuradora das Trevas de cabelo azul — era mais assustadora que caminhar por um pântano cheio de crocodilos, carregando frango cru. Não que Amma fosse deixá-lo fazer alguma coisa assim tão louca.

Ela criara Ethan, e Link a conhecia desde que ele e Ethan se tornaram amigos, no jardim de infância. Apesar de ela não poder pesar mais de 45 quilos encharcada, era a única mulher que assustava Link mais que a própria mãe.

Agora só tenho de explicar isso sem parecer um idiota.

— A gente ficava fora de seu caminho se ela estivesse fazendo as palavras cruzadas — falou ele. — Ela não é o tipo de pessoa que vai gostar de ser incomodada no Outro Mundo.

Necro revirou os olhos.

— A maioria das pessoas não gosta.

— Ela vai superar — disse Angelique. — Realmente ainda estamos conversando sobre isso?

Liv andou de um lado para o outro, algo que Link não conseguia se lembrar de já tê-la visto fazer.

Mau sinal.

— Não tenho certeza se Link está se fazendo entender bem — disse Liv. — Amma Treadeau é muito particular e não é a maior fã de...

— O quê? — perguntou Sampson.

— Conjuradores das Trevas — concluiu John. — Na verdade, ela não é muito fã do mundo Conjurador em geral.

Angelique soltou uma gargalhada.

— Agora *nós* somos o problema?

— Claro que não. Pelo menos, não o único problema. — Liv a encarou friamente. — Só estou tentando pensar direito.

— Ethan vai me matar. Ele vai matar a todos nós — disse Link a Liv.

— Sua namorada tem tempo para isso? — perguntou Magnolia Blue.

Link olhou para John, que deu de ombros.

— Foi sua ideia, cara. É só você falar e a gente desiste.

Link pensou bem nas opções... que eram exatamente nenhuma.

Ele enfiou as mãos nos bolsos e balançou a cabeça.

— Se formos fazer isso, vamos precisar de uma torta.

Todos se sentaram no chão e formaram um círculo enquanto Liv acendia quatro velas de novena no centro e colocava uma torta de nozes perto deles.

— Não está nem perto de ser boa como uma das suas, Amma — disse ela. — Mas vai ter de servir.

Magnolia Blue tinha usado seus poderes de Mutadora para transformar um boneco de vudu na torta.

— Acha que vai ficar com o mesmo gosto? — Link tinha certeza de que não.

— É só uma oferenda — disse Magnolia Blue. — Ela não vai comê-la de fato.

Ótimo, Link pensou. *Ou vai espancar minha bunda.*

Necro respirou fundo. Mesmo à luz de velas, parecia pálida.

Sampson tocou-lhe o braço.

— Tem certeza de que está bem para fazer isso?

Ela assentiu.

— Não estou encarnando Abraham Ravenwood. Se Amma é o tipo de mulher que vocês dizem que é, ela não vai me machucar.

O Nascido das Trevas encarou Link.

O Incubus deu de ombros.

— Amma jamais machucaria alguém, a não ser que você mexesse com alguém que ela ama. Então está tudo bem.

Necro fechou os olhos e falou suavemente.

No meu ar e corpo,
Carne e osso,
Invoco o espírito de Amma Treadeau.

Deixe minha voz guiá-la de volta
Do desconhecido.

In spiritum et corpum meum
Carnem et ossam
Voco animum Amma Treadeau.
Vox mea te reducat
Ab incognota.

Link prendeu a respiração, mas após cerca de um minuto sentiu como se fosse desmaiar.

Não vai dar certo. Que diabos eu estava pensando?

Ele deveria saber que ninguém era forte o suficiente para invocar Amma. Ela nunca fez nada que não quisesse fazer quando era viva.

Por favor, Amma. Estou ferrado.

Necro inspirou com força, e seu peito expandiu como se o corpo estivesse se enchendo com alguma coisa... ou *alguém*.

A baixista de cabelo azul ainda parecia ela mesma, até se sentar mais ereta que as amigas metidas do grupo de sua mãe e se levantar com as duas mãos nos quadris.

Ela lançou a Link o Olhar.

Ele já tinha visto aquele olhar nos olhos de Amma centenas de vezes, principalmente quando fazia besteira, e não havia como confundir a forma como ela o olhava agora.

— Wesley Jefferson Lincoln. É melhor esperar que o Próprio Divino Altíssimo tenha lhe dito para me chamar de volta do outro mundo. — Os olhos de Amma pousaram em Liv e John. — Estou surpresa em vê-la aqui, Olivia. E John. Vocês dois deveriam ser mais espertos. — Amma olhou em volta para os outros e cruzou os braços, nada impressionada, antes de se voltar novamente para Link. — Conjuradores das Trevas? Foi para isso que me chamou, Wesley Lincoln? Acho bom que estejam ameaçando sua vida ou eu o farei.

— A-Amma, posso explicar — gaguejou Link. — Sinto muito, mas isso é uma situação de vida ou morte, e você é a única pessoa que pode me ajudar.

Os olhos dela cerraram.

— Ajudar a fazer *o quê*, exatamente?

Esta era a parte que ele temia; a parte em que tinha de explicar exatamente o que queria que Amma fizesse, sabendo que ela não ia querer fazer de jeito algum.

— Silas Ravenwood está vivo e está com Ridley. Vai matá-la ou usá-la como escrava, ou coisa ainda pior se não a salvarmos, e não posso fazer isso sem você. — Link engoliu em seco. — Senhora.

Ele jurou poder ver os olhos escuros de Amma o encarando por trás dos dourados de Necro.

— Ridley Duchannes? Foi por isso que me chamou da melhor rodada de biriba que tive em 20 anos? — Ela olhou a torta de nozes no chão. — E é isso que me traz? Essa é a torta de aparência mais lamentável que já vi, Wesley Lincoln. Você deveria saber que não como a torta de ninguém. Por que não aproveita e joga um daqueles Oreos para mim e cospe em minha cara?

— Bem, pior para você. Estou *morrendo de fome*. — Angelique tentou alcançar a torta, e Amma lançou a ela mais que o Olhar. Ela franziu o rosto e recolheu a mão de volta para o colo. Até a Cataclista sentiu que não deveria mexer com Amma.

— Desculpe, Amma — disse Link, o estômago dando nós.

Amma estendeu a mão, calando-o.

— Explique por que eu deveria me importar com isso. Estes são problemas de Conjuradores das Trevas, e não quero fazer parte de nada disso. Se Silas Ravenwood está envolvido, é melhor ficar longe dele. Tenho certeza de que Ridley consegue se livrar de qualquer problema em que tenha se metido dessa vez.

Sampson se levantou, hesitante, como se sentisse que Amma não era o tipo de mulher com quem você queria se meter.

— Com licença, senhora. — Ele tentou fazer seu sotaque nova-iorquino soar um pouco mais sulista. — Meu nome é Sampson, e sou amigo de Link e Ridley. Posso perceber que a senhora não é muito fã de Conjuradores das Trevas, mas meus amigos não são como aqueles que a senhora provavelmente conheceu, e definitivamente não machucam as pessoas, do jeito que um Incubus de Sangue como Silas Ravenwood faz.

O Nascido das Trevas se encolheu, mas continuava uns bons 60 centímetros mais alto que Amma.

— E pelo que ouvi de Ridley e Link, me parece que Ridley também fez algumas coisas ruins. Se houvesse alguma maneira de considerar nos ajudar, eu ficaria em dívida com a senhora.

Amma riu.

— Passo meus dias no Outro Mundo sentada na varanda, tomando chá e jogando cartas com meu tio Abner, minha tia Delilah, a tia de Ridley, Twyla e uma senhora Mortal teimosa. O que o faz pensar que quero alguma coisa de você?

Link tinha quase certeza de que a Mortal que Amma mencionou era a tia de Ethan, Prue. Não conseguia imaginar uma Mortal mais teimosa no Outro Mundo.

Amma deu um passo em direção a Sampson.

— E sei que você não é Conjurador nem Incubus, então por que não me diz o que é?

— Sou um Nascido das Trevas. Não tenho certeza se já existiam quando a senhora fez a passagem, mas nascemos do Fogo das Trevas depois que a Ordem das Coisas se quebrou.

— Então seu coração é tão negro quanto os deles — disse ela, sem perder tempo. — Não estou interessada em um menino como você me devendo nada, e já parei com Conjuradores das Trevas e todos os seus assuntos.

Link sabia que a situação estava indo de mal a pior, e rápido. Implorar nunca ajudou quando Amma era viva — aliás, implorar e se gabar eram os dois filhos gêmeos do demônio, segundo ela —, mas era tudo que restava.

— Sei como se sente em relação a Rid, Amma, e sei que ela fez muitas coisas ruins. Mas ela ajudou a salvar Lena e salvou a vida de Ethan na floresta quando o Bando de Caçadores de Sangue de Ravenwood nos atacou. Ela também ajudou a recuperar Ethan depois que ele... a senhora sabe.

Morreu.

Link continuava sem conseguir dizer; nem em um bom dia e, definitivamente, não para a mulher que mais amava Ethan.

— Ridley não é tão ruim assim, e boa ou ruim, Luz ou Trevas, sou apaixonado por ela. Então, se não quiser fazer por ela ou Lena e Ethan, eu me ajoelho e imploro que faça por mim.

Amma ergueu uma sobrancelha.

— Não estou vendo nada disso.

Link se ajoelhou.

Ela fungou.

— Assim é melhor.

A Vidente apalpou as laterais onde ficariam os bolsos de seu avental se ela estivesse viva e com ele, o que significava que ou estava procurando a Ameaça de Um Olho — a colher de pau que ela brandia como uma arma — ou um lenço. Com Amma, era difícil saber até ser tarde demais.

Ela balançou a cabeça.

— Considerarei ajudá-lo, Wesley Lincoln. Com uma condição, e apenas uma condição.

Link se levantou e cambaleou em direção a Amma, quase derrubando as velas, e parou pouco antes de abraçá-la.

— Qualquer coisa. É só falar.

Necro apontou para ele, e Link quase conseguiu ver o dedo ossudo de Amma.

— Não envolva meu menino Ethan em qualquer que seja a confusão em que você se meteu. Você vai resolver *sem* ele. Ele já sofreu o suficiente no último ano por duas vidas. Não precisa que o arraste para o lado sujo do ralo. Essa é minha condição.

— Você tem minha palavra — disse Link. — Não direi nada a Ethan. Também não quero que ele se machuque. Foi por isso que não liguei para contar nada disso.

Ela cruzou os braços.

— Então o que quer de mim?

Liv se manifestou.

— Achamos que Silas está com Ridley em algum lugar nos laboratórios atrás da velha casa de Abraham Ravenwood. Mas não fazemos ideia de como chegar lá.

— Mas eu sei. — Angelique acenou os dedos para Amma de onde estava apoiada, esticando-se em seu lugar no círculo.

Amma a encarou por um longo instante.

— Você me lembra alguém.

— Ah? — Angelique pareceu entediada.

— Alguém de quem eu não gostava — acrescentou Amma.

— Angelique diz que vai nos mostrar o caminho até os laboratórios — disse Link. — Mas não sabemos se podemos confiar nela.

Amma lançou o Olhar a ele novamente.

— Estou esperando pela parte que me diz respeito.

— Link quer que você leia as cartas dela. — John apontou para o baralho de tarô no chão.

— Claro que quer. — Amma olhou para o baralho em reprovação e voltou-se novamente para Link. — Não gosto de ler com o baralho dos outros. É quase tão ruim quanto preparar a receita alheia.

— Vai ler minhas cartas ou não? — perguntou Angelique. — Tenho lugares para incendiar.

Amma apontou para as velas.

— Tire essas coisas do caminho para eu poder abrir as cartas — E observou enquanto Floyd e Sampson se apressavam em movê-las; em seguida, olhou para Magnolia Blue. — Presumo que eu vá precisar desse baralho.

Magnolia Blue empurrou as cartas pelo chão para a frente dela e acenou com a cabeça respeitosamente.

Link correu para a frente para abraçar a senhora que ele amava mais que a própria avó.

— Obrigado, Amma.

Amma o conteve logo antes de ele alcançá-la.

— Não me agradeça ainda. As cartas revelam o que querem nos contar, não necessariamente o que nós queremos que nos contem. — Ela se sentou com as pernas cruzadas no centro do círculo e acenou com o dedo para Angelique. — Venha aqui.

A Cataclista avançou até estar sentada na frente de Amma.

— Isso vai ser divertido. As ciganas sempre foram minha parte favorita da quermesse.

Liv respirou fundo, como se soubesse o que estava por vir. Chamar uma Vidente de cigana era um pouco como chamar um advogado de um advogado porta de cadeia.

— Eu. Não. Sou. Uma. Cigana. — Amma pronunciou cada palavra como se quisesse arrancar a cabeça de Angelique. — Agora embaralhe.

Angelique parecia distraída, mas em poucos segundos as cartas estavam voando entre suas mãos como se fosse uma crupiê de Las Vegas. Todos assistiram em silêncio enquanto Amma abria o baralho e a Cataclista escolhia as cartas. Então Amma virou, uma a uma, os olhos arregalando.

— A Torre, o Diabo, o Eremita, a Lua...

A Vidente olhou para Magnolia Blue, que parecia igualmente chocada, e continuou. Quando virou a última carta, Link a reconheceu — a carta da Morte.

— Isso quer dizer que ela vai morrer ou que vai nos matar? — perguntou Link.

Amma fungou.

— Nenhum dos dois. A carta da Morte é sobre transformação. Um novo ciclo.

— Isso é bom, certo? — perguntou Sampson.

— Depende da posição na sequência. — Amma balançou a cabeça. — Mas essa sequência não faz o menor sentido.

— Diga-me. — Angelique se esticou, repentinamente interessada. — Adoro um bom mistério.

Amma estudou as imagens que a encaravam do chão — uma fera chifruda, uma torre cinza, um cavaleiro em um cavalo branco — em seguida, voltou o olhar para a Cataclista.

— Existe alguma coisa de familiar em você e em sua sequência.

— Ah? — perguntou Angelique, o sorriso deixando os lábios.

— O que é? — perguntou Magnolia Blue.

Por um instante, Amma ficou em silêncio. Em seguida, esticou o braço e espalhou as cartas.

— O que houve? — Quis saber Link, pois conhecia Amma havia tempo bastante para reconhecer quando alguma coisa a perturbava.

— O que você viu? — perguntou Liv, parecendo tão preocupada quanto a Vidente.

Amma apontou para Angelique.

— Essa aí é encrenca, tão certo quanto o dia é longo e quanto estou vivendo no Outro Mundo.

John colocou o braço em volta de Liv.

— Então não podemos confiar nela?

— Ela vai levá-los aos laboratórios Ravenwood como disse — revelou Amma. — Mas não consigo enxergar o que vai acontecer depois disso.

— Você viu Rid? — Link não conseguiu deixar de perguntar.

— Pareço sua bola de cristal particular, Wesley Lincoln?

Ele engoliu em seco.

— Desculpe, senhora. Eu tinha de perguntar.

Liv puxou as cordinhas amarradas em seu pulso como pulseiras.

— E não havia mais nada?

Amma suspirou.

— Como eu disse antes, as cartas nem sempre revelam o que você quer saber. O resto cabe a vocês descobrir. — Ela ajeitou a barra da saia de couro de Necro como se fosse um de seus bons vestidos de igreja. — Agora tenho um copo de chá doce e uma partida de biriba me esperando. Se cuide, Wesley. E não se esqueça do que me prometeu.

Link balançou a cabeça.

— Não me esquecerei, senhora.

— Então até um dia. E, se me decepcionar, farei uma ou duas visitas a vocês. Portanto, não me decepcione. — Amma fechou os olhos, e, um segundo depois, Necro respirou fundo outra vez e teve um dos piores ataques de tosse que Link já vira, embora isso não o surpreendesse. Encarnar alguém como Amma não poderia ser fácil.

Sampson correu para o lado de Necro e esfregou as costas dela.

— Estou bem. — Ela engasgou.

— Não parece — observou Sampson.

Floyd ofereceu uma garrafa de água para a amiga, e Necro tomou um grande gole.

— Melhorou?

— Sim, obrigada. — Necro se apoiou na parede, parecendo exausta. — Tem certeza de que a velha não era uma Conjuradora? — perguntou a Link.

— Cem por cento — disse Link. — Talvez duzentos. Amma era mais Mortal que eu. — Ele não conseguia parar de encarar Necro. Agora que Amma tinha se retirado, sentiu de novo a tristeza de perdê-la.

Ethan vai me matar se descobrir sobre isso.

— O que ela disse? — Quis saber Necro, fechando os olhos.

Angelique se levantou e foi até uma mesa talhada que provavelmente era a mesa de trabalho de Magnolia Blue. A Cataclista pulou e sentou na madeira velha, como se fosse o capô de um carro.

— Principal questão: a Vidente disse que podem confiar que vou levá-los aos laboratórios.

Necro pareceu sentir que havia mais que isso na história e olhou para Sampson.

— E depois?

O Nascido das Trevas franziu o rosto.

— Ela não sabe ao certo.

— Ah, por favor — disse Angelique. — Não vamos nos prender a detalhes aqui.

Para Link não importava. Se Angelique soubesse como chegar aos laboratórios, ele ia com ela. Ele se aproximou lentamente da Cataclista, tentando interpretá-la... como se ele tivesse alguma chance de enxergar alguma coisa que Amma não enxergou.

— Diga a verdade, Angelique. Podemos confiar em você *depois* de entrarmos nos laboratórios?

Um sorriso traiçoeiro se formou nos cantos de sua boca, como se ela estivesse pensando em alguma coisa engraçada.

— Claro que não pode. Mas é por isso que serei quem fará o que precisa ser feito quando chegarmos.

Link teve medo de fazer a próxima pergunta, mas alguém tinha de fazê-la.

— E o que exatamente é isso?

Angelique o olhou nos olhos fixamente, e um sorriso maléfico se espalhou em seus lábios.

— Matar todo mundo.

CAPÍTULO 18: NOX

*What Is and What Should Never Be**

Nox interrompeu o beijo e a afastou, sem fôlego.

Mas assim que pararam de se tocar, uma tristeza inexplicável o assolou. Ele ficou olhando através das grades para a menina por quem arriscara a vida para salvar.

A garota que amava.

Ridley.

A garota olhando para ele não era a Ridley Duchannes que conheceu no jogo de Pechincha de Mentirosos há alguns meses — e anos antes, quando crianças, em uma praia de Barbados. Essa menina era uma outra espécie de predadora. Seguia todos os movimentos dele... perseguindo-o como ele fez quando a viu pela primeira vez.

O que Silas fez com você, Rid?

Você sequer sabe?

Nox precisava encontrar uma maneira de alcançar a menina por quem se apaixonara, mesmo que isso significasse perdê-la.

— Rid, você está falando loucuras. Você namora Link — hesitou ele, morrendo de medo da próxima parte. — Você o ama.

Foi a terceira vez que ele tentou dizer, mas não parecia estar fazendo efeito. Parte dele queria se calar e beijá-la outra vez.

O resto dele sabia a verdade.

Assim não.

---

* O que é e o que nunca deve ser.

Não a quero desse jeito.

Ridley não disse nada. Ela se aproximou das grades outra vez, sem tirar os olhos dele. A forma como o olhava, mordendo o lábio, com aqueles olhos sonolentos o chamando.

Todas as células de seu corpo diziam que era real...

Ela não está pensando em Link, seu idiota. Ela quer você.

Ela fechou os olhos.

— Três.

Passou um braço por trás do pescoço de Nox.

— Dois.

E encontrou o caminho através das barras com a outra mão.

— Um.

Ela abriu os olhos, puxando-o para perto, até seus lábios pairarem perto dos dele...

Nox a afastou, apesar de ser a última coisa que ele queria fazer.

— Você não sabe o que está dizendo.

— Sei o que estou dizendo. Estou dizendo que meninos Mortais não podem me dar o que preciso. Eles não são assim. — Ela passou a mão por dentro do colarinho da camisa dele. — Não está sentindo?

— Sentindo o quê?

— Tudo — disse ela. — Tudo que importa. O frio que arde. A eletricidade. O caos quando a gente se toca. A onda de poder.

Enquanto ela falava, Nox percebeu que era verdade. Havia algo de diferente no toque dela agora. Ela sempre o enlouqueceu — até pensar nela, a única pessoa que ele não podia ter —, mas agora até roçar a pele na dela o fazia pirar.

— Isso não é verdade — retrucou Nox, apesar de não saber por que estava dizendo isso. Todas as células de seu corpo o mandavam calar a boca e beijá-la, e nunca soltar.

Ela riu na cara dele.

— Essa não é você. — Ele gaguejou, tentando outra vez.

Ela passou o braço em volta de seu pescoço enquanto uma cobra negra rastejava debaixo da cama. Ela se enrolou na perna de Ridley e foi subindo pelo tronco, enrolando-se no pescoço. A Sirena não pareceu notar.

— A cobra. — Nox apontou. — Em seu pescoço.

Ela olhou para baixo e passou os dedos pela pele delicada embaixo do queixo até alcançar a base do pescoço. Seus dedos atravessaram o corpo da serpente, como se ela tivesse tocado um holograma.

É uma ilusão, Nox pensou. *Claro.*

Ele já tinha visto Floyd manifestando ilusões muitas vezes. Devia ter reconhecido essa. Provavelmente também já ganhara muitos poderes ilusionistas em TFPs. Pechincha de Mentirosos parecia atrair Ilusionistas até as mesas de jogos.

Mas ela não havia acabado.

A cela escureceu ao seu redor, como se uma onda de nuvens negras estivesse chegando. Um raio cortou o espaço sobre sua cabeça, que, de repente, parecia um céu de verdade.

Nox olhou para a escuridão que costumava ser o teto.

— É você, Ridley? — Ele jamais a tinha visto fazendo nada assim antes. — Há quanto tempo está projetando Ilusões, Rid? Você se lembra do que Silas fez com você? — Ele detestava ter de perguntar, mas não saberia descobrir como desfazer se não soubesse.

Talvez eu não queira desfazer. Ela me quer.

Qual é o problema? Só preciso me calar.

Poderíamos finalmente ficar juntos se conseguíssemos sair daqui.

Rid lambeu os lábios e inclinou a cabeça para o lado.

— Ele me tornou mais poderosa. Mais do que eu era destinada a ser. — Ela fez uma pausa. — Mais de tudo, *Nox*.

A forma como ela disse seu nome o fez tremer. Seus poderes estavam mais fortes agora. Ele conseguia sentir a atração... puxando-o.

— Sinto mais ainda quando o toco. — Ridley ergueu os braços por cima da cabeça, expondo a tatuagem de Conjuradora das Trevas que cercava seu umbigo. — Não me entenda mal. Ainda vou matar Silas. Ninguém faz nada comigo sem minha permissão. Mesmo que pareça absolutamente decadente.

— Você pode não ter a chance de matá-lo — disse Nox, tentando enfatizar a gravidade da situação. — Não tem como sair daqui.

As nuvens negras ao redor dela desapareceram. Só a cobra ficou, rastejando pelos cabelos manchados de rosa.

— Há sempre uma maneira, Nox. — Ela ficou dizendo o nome dele, fazendo-o se esquecer de tudo, menos dela. — Se quiser o suficiente.

Ridley deslizou as mãos pelas barras, e Nox quase pôde senti-la tocando sua pele. Ela abaixou a voz.

— Você me quer o suficiente? Você quer *a gente*?

A intensidade nos olhos dela...

A necessidade na voz...

A cabeça de Nox boiou.

— Mais do que jamais quis qualquer outra coisa — respondeu ele.

Quero você, Rid. Mais do que você algum dia vai ser capaz de entender.

Ele tentou afastar os olhos da Sirena à frente.

Quero beijá-la, abraçá-la e passar meus dedos por esses cabelos selvagens.

Ele tentou não pensar nisso, nela, na maneira como ela dizia *a gente*.

Quero protegê-la e me certificar de que ninguém nunca mais vá machucá-la.

Ele sabia o que queria. Talvez sempre tivesse sabido.

Quero que você me deixe amá-la. Finalmente.

Mas primeiro ele precisava encontrar a menina que amava.

Ela continua sendo a mesma garota?

Esta garota *o* queria, então será que realmente podia ser ela?

Ele sabia que pertenciam um ao outro na noite em que a encontrou na mesa de carteado — talvez até antes, na praia em Barbados — e também sabia que, se Link não estivesse na equação, Ridley teria agido de acordo com seus sentimentos. Tinha certeza.

Seria tão errado se ele a deixasse amá-lo agora?

Você nem sabe se os sentimentos dela por você são reais.

Ela provavelmente também não sabe.

Mesmo assim...

O ruído de botas ecoou pela passagem, e Ridley virou para o barulho. A cobra em seu pescoço desapareceu, substituída pelo fedor de um charuto vagando pelo ar.

No instante seguinte, as pontas dos sapatos de Silas Ravenwood surgiram. Ele ignorou Nox e foi direto para a cela de Ridley.

— Como a Sirena mais poderosa da história está se sentindo hoje? — Ele sorriu para ela como um pai orgulhoso.

O estômago de Nox se revirou.

Ridley jogou os cabelos louros sobre o ombro.

— Estaria muito melhor se estivesse dormindo em lençóis de seda em meu quarto verdadeiro.

— Haverá tempo demais para isso se você se comportar.

— Sempre me comporto. — Ela ronronou.

Silas deu uma longa tragada no charuto, analisando-a.

— Mas você está com muito poder pulsando pelo corpo, minha querida.

— É assim que eu gosto. — Ela fez beicinho.

— Temos de nos certificar de que está estável.

— Por quê? Isso nunca me conteve antes, e tenho certeza de que também nunca o conteve. — Ela se inclinou para Silas. — Não somos estáveis. Somos das Trevas.

Nox não conseguia assistir a mais nada disso. Agora conseguia enxergar. Ridley tinha se tornado outra pessoa, por inteiro.

— Diga-me o que fez com ela, Silas. Ou farei com que sofra quando eu descobrir como sair dessa cela. E *vou* descobrir uma saída.

Silas virou-se para Nox e bateu as cinzas em sua cela.

— Desculpe, menino. Não terá essa oportunidade. Hoje é o dia em que você vai morrer.

⥶ CAPÍTULO 19: RIDLEY ⥷

*Eyes of a Stranger**

Nada daquilo era real: nem as cobras, nem os ratos.

Ridley entendia isso agora.

Depois que arrastaram dali o Homem-Rato, teve bastante tempo para pensar no assunto e a conclusão a que chegou foi lentamente assimilada. Percebeu que o teto não estava *de fato* revirando com nuvens tempestuosas. Seus braços não tinham serpentes deslizantes, e sua cela não estava cheia de ratos gigantes. A tempestade estava *dentro* dela; algo que Ridley sempre soube. Mas era reconfortante finalmente ter a confirmação.

Também significava que ela não ia mais se encolher no canto da cela.

Só preciso praticar o controle deste novo poder. Ninguém mais vai me ajudar.

Ridley não podia contar com ninguém, exceto ela mesma — algo que sempre soube

Foi assim desde que seus poderes foram Invocados pelas Trevas aos 16 anos.

Por que deveria ser diferente agora?

As lembranças também estavam voltando. Silas ameaçando-a. Aqueles médicos idiotas discutindo a infusão. A cara do Homem-Rato... de Nox.

Nox.

A ideia de que ele podia ter estado ali com ela, e não ser apenas uma ilusão, parecia ainda mais estranha. Como ele sobreviveu ao incêndio na

---

* Olhos de um estranho.

Sirena? Por que ele arriscaria a vida para vir até ali, depois que escapou de Silas?

Por mim... ele veio por mim.

Essa ideia (e a esperança que ela trazia consigo) era a âncora que a impedia de navegar de volta à loucura. O lugar em que Silas a deixou depois de encher suas veias com um poder que deveria tê-la matado.

Como Silas fez? Injetar uma Conjuradora com os poderes de outra não era como preparar um martini. Deve ter sido necessária muita pesquisa, talvez anos de pesquisa.

Quem se importa? Você é ainda mais forte que antes. Uma Sirena com poderes de Ilusionista — ninguém poderia pará-la. Só precisa descobrir como controlar os poderes. Não deixe que eles a controlem.

Era mais fácil falar que fazer.

As ilusões vinham e iam sem aviso, e sempre a pegavam desprevenida, com o calor queimando suas veias e a visão borrando até os flashes começarem.

A porta da cela se abrindo sozinha.

Cobras deslizando pelas grades.

Seus sentidos estavam em uma espécie de esgotamento sobrenatural, e ainda era difícil diferenciar realidade de ilusão.

Quando Ridley ouviu os Nascidos das Trevas de Silas no corredor, fingiu que estava dormindo. Se eles realmente estivessem ali, talvez a deixassem em paz. Se fossem mais uma ilusão, poderia treinar ignorá-los.

— Você retirou todas as garotas? — perguntou um dos Nascidos das Trevas. — Silas não quer ninguém aqui embaixo além dos dois.

— Retirei. Levei todas embora mais cedo — respondeu o outro cara. — O que você acha que Silas vai fazer com ele?

— Matá-lo. O que mais?

— Ou fazer experiências com ele, o que provavelmente é ainda pior.

Ridley ficou tensa enquanto a raiva ardia dentro dela outra vez.

Não sou sua vítima. Mas eventualmente, você será a minha. Logo depois que Silas tiver o que merece.

— Então me matem de uma vez — resmungou alguém.

Rid reconheceu a voz.

Nox.

Ele tinha sobrevivido ao que quer que Silas tivesse feito com ele. Ele realmente estava ali.

As imagens voltaram lentamente. Nox do lado de fora da cela, conversando com ela. O som de seus próprios gritos. Silas agarrando Nox e arrastando-o para longe.

Ela havia começado a achar que ele era só mais uma ilusão. Certamente algo que ela conjurou para se sentir melhor... algo para lhe dar esperança.

Será que era isso?

Os Nascidos das Trevas tinham arrastado o corpo surrado pelo corredor mal iluminado até a cela ao lado da dela; depois, bateram a porta. Nox estava caído no chão, a bochecha manchada de sangue, como se Silas quisesse ter certeza de que ela pudesse vê-lo.

O calor queimou o corpo de Ridley ao vê-lo... ao *senti-lo*. Dava para notar seu poder. Ele a atraía como um ímã, o calor frio voltando a ela.

Somos o mesmo.

Das Trevas. Irresistíveis. Fortes.

Poder encontrando poder.

Eletricidade.

Ridley foi até a porta da própria cela, os dedos se curvando ao redor das grades entre ela e Nox. Podia ouvir os batimentos cardíacos dele atravessando a cela -- batendo suavemente. Chamando por ela.

Somos o mesmo.

Nox gemeu e rolou, as pálpebras batendo

Abra os olhos. Olhe para mim.

Ele piscou como se não tivesse certeza de que ela estava ali, olhando fixamente para ele.

— Rid?

O som da voz de Nox fez o sangue dela arder. Alguma coisa em sua voz.

Alguma coisa nele.

Havia tanto poder dentro dela agora, e parecia atrair só uma coisa.

Mais poder.

— Parece que eles bateram um bocado em você — disse ela, o tom mais de flerte que de preocupação.

Nox se levantou.

— Você está bem. Antes... você estava...

— Eu estava com dificuldades em *me ajustar.* — Ela descartou o choque dele com um aceno. — Mas estou nova em folha agora. Melhor, na verdade. — Era verdade. Ela estava melhorando a cada instante. Agora se lembrava de sua antiga vida e de seus velhos amigos.

Apesar de parecer que aquela vida tinha sido de outra pessoa.

Nox apoiou a testa na grade.

— Pensei... — Ele se conteve.

Ridley mordeu o lábio inferior, os olhos voltados para o chão. Ela não queria olhar para ele, não com todos aqueles sentimentos girando dentro dela. Não quando o som da voz dele fazia seu pulso acelerar.

— O que você ia dizer? — perguntou ela. Parte dela só queria ouvir a voz dele.

— Achei que tivesse perdido você — respondeu ele, suavemente. — Não que você seja minha.

— Não sou de ninguém, Nox.

— Só quis dizer que sei como deixamos as coisas. Você está com Link, e eu tenho de conviver com isso.

Link.

Quase tinha se esquecido dele. Não dele, exatamente, mas da razão pela qual gostava de um ex-Mortal como ele. Tinha de haver alguma coisa.

Mas não isso. Nada que parecesse com isso.

Nós nunca nos sentimos assim. Nunca fomos o mesmo.

Sem poder, ela pensou. *O um quarto Incubus. Isso é tudo que ele* é, não é?

Por mais que a ideia de ficar com alguém tão limitado a desconcertasse agora, a possibilidade de estar com alguém poderoso a atraía ainda mais.

Nox irradiava — independentemente de ter roubado, ganhado ou emprestado, tinha acessos às habilidades de dezenas de outros Conjuradores.

Agora que ela conseguia sentir o poder nele, percebeu que ele era capaz de muito mais do que já tinha deixado transparecer.

— Você realmente está pronto para aceitar que eu fique com outra pessoa? — perguntou ela.

Ele não olhou para ela.

— E se eu não quiser que precise conviver com isso? — insistiu Ridley, sentindo os olhos de Nox nela. Calor e doçura dos quais ela quase conseguia sentir o gosto.

— Não faça joguinhos, Rid. Não com isso — suspirou Nox. — Não aguento.

Outra cobra surgiu das sombras, e ela a viu deslizar pelo chão.

É uma ilusão, disse a si mesma. *Tente controlar.*

Ridley se concentrou na serpente negra, desejando que ela desaparecesse. Em vez disso, a serpente se enrolou nas grades abaixo das mãos de Nox. Ela fechou os olhos, escutando a respiração dele — áspera e irregular, como alguém que estivesse correndo havia muito tempo.

Pare de correr, Nox.

— Existe alguma coisa entre nós, Nox. Sei que também pode sentir. — Ela suspirou as palavras, a cabeça flutuando com o som do coração de Nox no peito. — Somos o mesmo.

Nox ficou em silêncio por um instante.

— Você sabe o que sinto por você, Rid.

— Talvez eu queira ouvir de novo. — Não foi uma pergunta.

— Ridley, olhe para mim — sussurrou ele, e a distância entre eles pareceu sumir.

Ela finalmente levantou os olhos para encontrar os dele, e Nox respirou fundo.

— Seus olhos. Não são mais dourados, Rid.

— De que cor são?

Ele a encarou como se estivesse hipnotizado.

— Violeta.

Uma cor de olho que não existe no mundo Conjurador.

Até agora.

⇚ CAPÍTULO 20: LINK ⇛

*Tornado of Souls**

— Então realmente vamos invadir? — perguntou Necro, as botas azul-elétrico brilhando na escuridão.

— Achou que a agência de turismo fosse nos deixar uma chave? — perguntou Angelique, em tom condescendente.

Era o meio da noite, e Link, Sampson, John, Liv, Floyd, Necro e Angelique estavam na calçada, olhando para a Casa Gradette-LePrete, no French Quarter. As luzes da rua perto do número 716 da Dauphine Street banhavam a casa no estilo Renascimento Grego com brilho suave.

— Então esse é o Palácio do Sultão? — perguntou John. — É rosa.

Sampson fez que sim com a cabeça.

— E mais.

Link percebeu que ele e John provavelmente estavam pensando a mesma coisa. Com suas janelas de venezianas verdes e varandas de grades pretas delicadas envolvendo o terceiro andar e o telhado, era difícil imaginar a casa rosa como a cena de um assassinato em massa. Mesmo assim, saber que aquele lugar fazia parte da lista das dez "Casas Mais Mal-Assombradas dos Estados Unidos" (um fato que ele pesquisou ao telefone) e o local do que muitas pessoas consideravam os assassinatos mais medonhos da história de Nova Orleans (um fato que Liv sabia sem pesquisar) lhe dava calafrios.

Ele suspirou e dobrou o pedaço de papel em que estava rabiscando. As músicas continuavam vindo, enlouquecendo-o até escrevê-las.

---

* Tornado de almas.

Liv anotou alguma coisa no diário antes de guardá-lo de volta no bolso.

— Vamos esperar um instante e pensar nisso...

Floyd suspirou.

— Deixe-me adivinhar? Invasão de domicílio é baixo demais para sua sensatez oxfordiana.

John ergueu uma sobrancelha e desviou o olhar, como se não quisesse testemunhar a surra verbal que Floyd ia receber, enquanto Liv colocava o lápis atrás da orelha.

— O que eu ia dizer, antes de ser interrompida com tanta grosseria — disse Liv, aproximando-se de Floyd —, era que, se vamos invadir uma das casas mais infames de uma cidade que nunca dorme, é melhor entrar pelos fundos. E não precisa se preocupar com minha sensatez oxfordiana. No último ano, encarei Tormentos; um bando de Incubus de Sangue; Sarafine Duchannes, a Cataclista mais poderosa da história; o Fim dos Tempos; um Conselho corrompido dos Registros Distantes e a ira de Abraham Ravenwood. Se você acha que estou preocupada com encrencas, pense novamente.

Angelique acenou com a cabeça para Liv.

— Sarafine Duchannes? Estou impressionada.

— Nós a matamos duas vezes — disse Link orgulhosamente. — Uma vez aqui e uma vez no Outro Mundo.

— Nós? — John olhou afiadamente para Link.

— Bem, nosso amigo Ethan cuidou disso na segunda vez. Mas é uma longa história, considerando que ele também tinha morrido.

— Acabou? — Floyd estava puxando a bainha da camiseta do Dark Side of the Moon, mexendo-se desconfortavelmente. — Sabemos que você já viveu muita ação e é totalmente fodona, Oxford. Mas o Palácio do Sultão não é uma casa qualquer. É mal-assombrada, e todos nós sabemos como vocês, Mortais, são corajosos em relação a Espectros.

Calafrios percorreram os braços de Link ao ouvir o termo Conjurador para o que considerava serem bons e velhos fantasmas. Mas ele não iria agir como um frangote na frente dos amigos.

— Não vamos sair por aí dizendo nomes. Ainda sou meio Mortal. Ou serão três quartos? — Tentou fazer as contas na cabeça. — Se John era metade, e eu recebi metade da metade dele...

John sorriu.

— Tem dias em que você me deixa muito orgulhoso de tê-lo mordido.

— Eu tento. — Link ergueu o punho na frente de John. — Toque aqui.

Sampson ainda estava olhando a casa. Mesmo com suas calças de couro de vocalista de banda, camiseta rasgada e um colar de corrente de bicicleta, parecia um lobo observando uma floresta aos olhos de Link. Era quase como se Sampson soubesse que havia alguma coisa ali. Link não teria se importado tanto se Lucille não estivesse logo ao lado dele, as orelhas levantadas e o rabo batendo de um lado para o outro, como uma cobra prestes a atacar.

— O que houve, Sammy boy? Esses seus olhos de Nascido das Trevas estão vendo alguma coisa que os nossos não veem? — perguntou Link. — Alguma coisa que provavelmente não queremos saber?

Sam manteve os olhos fixos na casa.

— Não é o que consigo ver. É o que consigo *sentir*.

Link deveria ter entendido a dica e parado de fazer perguntas, mas a vida de Rid estava em risco. Se havia alguma coisa dentro do Palácio do Sultão que poderia impedi-los de chegar à porta no porão que levava aos laboratórios, precisava saber. Além disso, todo aquele papo sobre Sarafine o fez lembrar que não importava o que estivesse acontecendo naquela Cabana de Espectro, já tinha visto coisa pior.

— O que seu radar de Nascido das Trevas está captando? Diga-nos. — Ele respirou fundo, pronto para qualquer coisa.

— Alguma coisa ruim aconteceu aqui, isso é certo — comentou Sampson.

Necro apareceu ao lado de Sampson.

— Eu também sinto. É como se fosse um grande pós-festa para os mortos aqui.

— Uma *rave* no cemitério? Ótimo. — Floyd balançou a cabeça.

— É. Nunca quis ir a uma festa no cemitério. — Link estava bem menos animado.

Angelique passou por eles.

— Só os espíritos de mais de uma dúzia de meninas assassinadas e um turco que foi enterrado vivo. Já passei por aqui uma vez quando fugi dos laboratórios.

— Então definitivamente existem fantasmas aí? — perguntou Link, desejando que ela não tivesse contado para ele. Por experiência própria, não saber nada era cem vezes melhor que saber a coisa errada.

Necro se encolheu, como se algo a tivesse assustado.

— Isso é um eufemismo.

Eu sabia que isso ia ser péssimo.

Link respirou fundo.

— Com ou sem fantasmas, eu vou entrar.

— Claro que vai. Todos nós vamos. — Liv checou o selenômetro, em seguida olhou para Floyd. — A não ser que algum de *nós* esteja em dúvida.

Floyd saltou do meio-fio.

— Bela tentativa. Jamais encontrei uma garota Mortal que não tenha tido um ataque ao ver um Espectro.

Liv foi em direção aos fundos da casa.

— Bem, acabou de encontrar. Já bati cabeça com Tormentos. — Ela esperou John alcançá-la enquanto Sampson e Necro seguiam Angelique até o portão à frente deles.

Lucille trotava ao lado de Sampson, como se fosse sua Gata Guia pessoal.

Quando chegaram ao fundo da propriedade, viram que o portão de ferro estava fechado com um cadeado. Provavelmente não eram os primeiros a tentar entrar. Fazer festas em casas mal-assombradas era quase um rito de passagem em uma cidade como Nova Orleans.

Link espiou pelo portão o pátio com vegetação grande demais. Magnólias ladeavam a passagem, com um grande chafariz de pedra no meio. Emaranhados de jasmins e buganvílias se esticavam pelo jardim e pela varanda dos fundos. *Exatamente como quase todos os jardins de Nova Orleans*, pensou Link. *Inclusive os fantasmas.*

Necro puxou o cadeado e olhou para Link e John.

— Vocês dois vão Viajar com a gente lá para dentro?

John riu e foi até o portão.

— Seria um desperdício de viagem. — Ele fechou a mão sobre o cadeado e puxou, quebrando-o sem muito esforço.

— Boa, cara. — Link levantou o punho, e John deu um soquinho.

Necro pareceu impressionada. Sem querer ficar por baixo, Sampson segurou um dos portões e puxou. As dobradiças pesadas cederam e caíram na calçada. Ele ficou ali parado por um instante, segurando o portão no ar.

— Shhh — sussurrou Necro. — Quer acordar cada Espectro daqui?

— Sério, Sampson — disse Floyd. — Abaixe isso aí.

Angelique afagou o braço dele ao passar.

— A gente podia simplesmente pular o portão como fiz da última vez.

Sam pareceu constrangido e apoiou o portão contra a lateral da casa.

— Só estava tentando ajudar — comentou ele, timidamente.

— Exibido. — John deu uma piscadela ao passar por Sampson.

Liv e Floyd trocaram um daqueles olhares estranhos de garotas que Link nunca entendia.

Garotas. São como aliens.

Quando atravessaram a entrada e chegaram ao pátio pavimentado, Necro parou e respirou fundo.

— O que foi? — Sampson pareceu preocupado.

— Exatamente o que eu disse antes. Coisas horríveis aconteceram aqui.

Link engoliu em seco.

— Horrível, tipo como? Filme sanguinário?

— Os mostradores de meu selenômetro estão enlouquecendo — disse Liv, examinando aquele estranho relógio.

— Se eu posso passar pela casa uma segunda vez, o resto de vocês vai sobreviver — comentou Angelique, impacientemente.

— Os fantasmas vão nos causar algum problema? — perguntou Link, enfiando as mãos nos bolsos.

Angelique acenou com a mão, descartando-o.

— Não vão incomodar se você não os incomodar.

— Isso é um pouco difícil de fazer quando não conseguimos *enxergá-los* — comentou Link.

Necro olhou para Angelique.

— Os Espectros não *a* incomodaram porque você não é Necromante. Eles sentem quando um de nós está por perto. Isso os desperta, por falta de um termo melhor.

Sampson se pôs na frente dela.

— Então é melhor você não entrar.

Necro pareceu confusa por um instante.

— Está tentando se livrar de mim?

— Ou salvar sua vida — respondeu Sampson. — Depende de como quiser encarar.

— Ele só está cuidando de você, Nec. — Floyd colocou a mão no braço de Nec gentilmente.

A expressão de Necro suavizou.

— Desculpe, Sam.

Sampson ofereceu a ela um raro sorriso.

— Tudo bem.

— Mas vou entrar assim mesmo — assegurou Necro, dando mais um passo em direção ao pátio. — Fiquem juntos e não toquem em nada. — Ela pausou na frente de Link. — Entendeu?

— Sim, senhora. Não vou tocar em nada. — Link levantou as mãos e as colocou atrás da cabeça.

A última coisa que quero é irritar um bando de fantasmas.

Enquanto seguiam Angelique, indo até o centro do pátio, Sampson farejou o ar.

— Está sentindo o cheiro?

Necro assentiu.

— Estou. É forte.

Link inalou profundamente e expirou algumas vezes só para garantir

— O quê? Não estou sentindo cheiro de nada.

— Então você tem sorte. — Sampson deu mais um passo e fez uma careta, como se não conseguisse suportar o fedor. — Este lugar inteiro fede a sangue.

John se abaixou perto de onde Necro se encontrava e inspecionou o chão.

De repente, Link se sentiu como o imperador do conto da roupa nova.

— Cara, você também consegue sentir?

John balançou a cabeça.

— Não. Só queria ver se conseguia captar alguma coisa. Os poderes de Sampson e Necro são muito maiores que os meus em relação a esse tipo de coisa.

Necro parou a alguns metros da varanda dos fundos. Os olhos traçaram um caminho até a porta dos fundos.

— O sangue está vindo de baixo das portas.

Link esticou o pescoço para observar melhor. Nunca tinha visto sangue de fantasma antes — não que estivesse agora. Mas, mesmo assim, não gostava da ideia.

— Não quero ser mórbida, mas o sangue é turvo ou opaco? — perguntou Liv, abrindo o diário.

Floyd lançou a ela um olhar enojado.

— Você não está realmente perguntando isso a ela.

— Isto aqui não é um diário. — Liv batucou com a caneta em uma página em branco. — Sou Guardiã em Treinamento, e é minha responsabilidade registrar qualquer coisa digna de anotação. Até onde sei, isso é dado científico. Uma Necromante comum não consegue enxergar resíduo espectral.

Angelique se apoiou contra a porta que ia até a casa.

— Vocês são sempre assim tão divertidos ou eu os peguei num dia ruim?

Floyd a ignorou e agarrou o braço de Necro, puxando-a para longe de Liv e do sangue que mais ninguém conseguia ver. Mas, no espaço de alguns centímetros, Necro congelou, e seu rosto perdeu a cor.

Lucille pulou na borda do chafariz com as orelhas encolhidas e sibilou como se estivesse prestes a fazer alguém — ou *alguma coisa* — em pedaços.

Link alcançou as garotas.

— Por que estão parando?

Os olhos de Necro se arregalaram, e ela cambaleou alguns passos para trás, tentando alcançar alguma coisa para agarrar.

— Os corpos — sussurrou ela. — Consigo vê-los.

Um calafrio percorreu a nuca de Link enquanto ele olhava em volta, mas não viu nada.

Sampson, John, Liv e Floyd olharam em volta do pátio também.

— De quantos corpos estamos falando? — perguntou Link, sentindo-se inquieto.

— Dezenas — disse Necro, empalidecendo ainda mais.

A atmosfera de repente mudou, como ondas de calor irradiando do asfalto. Primeiramente, Link achou que os olhos estavam lhe pregando peças no escuro.

Até os corpos começarem a se materializar.

Um por um — pés descalços saindo de calças odalisca de seda; braços finos cobertos por pulseiras douradas do pulso ao cotovelo; cabelos longos e escuros. Eram turvos, mas Link e os outros ainda conseguiam ver o sangue sobre eles. Aquelas eram as moças de quem Liv falou, as que foram abatidas com o turco que as manteve presas. Apesar de os Espectros das meninas mortas ainda estarem turvos, pareciam aterrorizados.

Liv engasgou e botou a mão sobre a boca.

John a empurrou para trás dele, e o lápis atrás da orelha de Liv caiu em uma poça de sangue aos pés deles.

Não se descontrole. São apenas fantasmas, Link lembrou a si mesmo.

O que parecia apenas meia-verdade quando os corpos fantasmagóricos começaram a se levantar.

Floyd empurrou Necro para a varanda.

— Continue andando. Não olhe para eles.

Link tentou seguir o conselho de Floyd, apesar de saber que não era para ele. Pulou os degraus, dois de cada vez.

Sampson pegou o cotovelo de Necro e a guiou pelos degraus.

— Vamos, vamos sair daqui.

Link tentou a porta, mas estava trancada.

— Tranquei na saída — disse Angelique. — Caso alguém estivesse me seguindo.

— Ao menos sabemos que Nox não passou por aqui — disse Floyd, aproximando-se dele.

— Como assim? — perguntou Link.

Ela gesticulou para a porta.

— Ainda está trancada. Nox não é um Incubus. Ele não teria invadido.

Link sabia que era burrice, mas, secretamente, estava feliz por Nox não ter chegado ali antes. Aquele cara tinha causado problemas suficientes entre ele e Ridley. Link não precisava de Nox atrapalhando seu grande resgate.

Dessa vez, foi Link que arrancou as portas das dobradiças. Apesar de ele ter precisado de um pouco mais de esforço do que Sampson precisou com o portão.

Que seja. Só sou um quarto Incubus, não uma versão Conjuradora de 2,10 metros do Hellboy.

Ao entrarem na reluzente antessala, Necro tossiu e enterrou o nariz na dobra do cotovelo, como se o fedor tivesse piorado. Ela atravessou o recinto, dando uma volta larga para evitar alguma coisa que ninguém conseguia enxergar no chão.

— Mais sangue? — perguntou John.

Necro desviou os olhos.

— Está em todo lugar. Tinha uma poça enorme logo na entrada.

Link verificou as solas dos sapatos. Mesmo que fosse sangue invisível de fantasma, não queria que o sujasse.

Liv seguiu Angelique, mantendo-se próxima ao papel de parede descascando ao longo do cômodo que desembocava em um enorme salão. Um grande lustre de cristal se pendurava sobre puídos sofás de veludo e almofadas de chão espalhadas pelo quarto.

Link foi andando até o que parecia um comprido vaso de vidro com um estranho cachimbo na ponta.

— Que diabo é isso?

— Um narguilé — respondeu Liv. — As pessoas enchem com folhas chamadas shisha, como um cachimbo. Mas, há 150 anos, provavelmente não fumavam nada tão suave.

— Hein? — Como sempre, Link se sentia como se estivesse repetindo em um teste que ele sequer sabia que estava fazendo até um segundo antes.

— Ópio — explicou ela. — Pelo menos, isso é o que as pessoas normalmente fumavam em narguilés naquele tempo.

Sampson e Lucille se apressaram na frente, seguindo Angelique e desviando de cordas que dividiam a casa, como uma exposição do Museu dos Soldados Abatidos de sua cidade.

Angelique gesticulou para o corredor.

— A Porta Externa é no porão.

— Vamos abrir — disse Sam.

— John, veja os marcadores. — Liv cutucou o selenômetro. — Isso não é bom.

Link correu a tempo de ver as mãos nos marcadores girando em direções opostas.

— O que significa isso? — perguntou ele. Liv estava sempre preocupada com o *porquê*, mas a única coisa que interessava a Link era o *o quê*. Se alguma espécie de furacão sobrenatural estivesse prestes a assolar o lugar, Link não queria ser o último a saber.

Liv balançou a cabeça.

— Sinceramente, não faço ideia.

— Acho que eu faço — disse Floyd.

A atmosfera mudou outra vez, exatamente como aconteceu no pátio.

Em segundos, os corpos começaram a aparecer — meninas, mais ou menos da idade dele se Link fosse adivinhar. A maioria tinha cabelos escuros e pele dourada, e todas vestiam seda esvoaçante e joias de ouro, como as do pátio. Mas seus belos rostos estavam cobertos de sangue. Alguns deles tinham ferimentos de faca ou cortes irregulares que fizeram o estômago de Link embrulhar.

— Aqui embaixo. — Sampson falou de algum lugar ao longe, provavelmente o porão.

— Vamos sair daqui. — John foi para a frente de Necro e Floyd.

Necro não respondeu. Floyd a empurrou gentilmente, e Necro balançou, quase como se estivesse em transe.

Link chegou à frente do salão e viu o longo corredor que levava até a porta aberta do porão. Lucille estava sentada na entrada, como se estivesse esperando por eles. Link agarrou a mão de Necro, praticamente arrastando-a. Uma das garotas do harém correu em sua direção e Link puxou com mais força o braço da Necromante, mas era tarde demais.

A odalisca entrou no corpo dela.

O corpo de Necro sacudiu com tanta força que levou Link consigo.

Pareceu que alguém tinha apertado o botão de avançar...

O corpo de Necro bateu contra a parede...

A mão dela escorregou da de Link...

Floyd a chamou pelo nome...

A boca de Necro se abriu em um grito que nunca saiu...

Ela se afastou de Link, com uma postura mais formal do que ele jamais havia visto. Enquanto os olhos de Necro desviavam entre os amigos dela, ficou claro que ela não reconhecia nenhum deles.

— Precisa me ajudar — pediu Necro, a voz agitada, mais suave e mais inocente que a dela. Ela correu em direção a Liv, agarrando-a pelo braço. — Tem homens lá em cima, e eles estão cortando todo mundo em pedaços.

Antes que Liv tivesse a chance de responder — ou que qualquer pessoa pudesse explicar que os homens não estavam mais ali e que ela só estava se lembrando do crime —, a odalisca virou para a porta como se tivesse ouvido um barulho. Link sabia que o som tinha de estar na cabeça dela, porque não escutou nada.

Os olhos de Necro se arregalaram, e ela soltou o braço de Liv e correu para a porta dos fundos — e para longe de quem quer que tivesse visto na entrada.

Mas outra pessoa apareceu sob a arcada.

Sampson.

— O que houve? — gritou ele, parecendo apavorado.

Necro se virou ao ouvir a voz dele e soltou um grito estridente.

O fantasma da odalisca deixou seu corpo e saiu correndo outra vez. A forma da moça desbotou logo antes de ela atravessar a entrada para o pátio.

Necro balançou, parecendo tonta e confusa.

Floyd pegou o braço dela por apenas um segundo antes de o Espectro de outra odalisca aparecer. Esta correu para Necro, olhando para trás para ver se estava sendo seguida, e o corpo da Necromante sacudiu para trás no instante em que a garota ferida entrou nele. Exatamente como na primeira vez, Necro pareceu confusa por um instante, depois, apavorada, ao assumir a expressão e até mesmo a postura torta da garota morta.

Ela virou e tentou correr para a porta dos fundos, exatamente como fez a primeira garota, mas a perna machucada desacelerou seu progresso o suficiente para que Sampson a alcançasse. Ele agarrou Necro pelos ombros e a sacudiu — não muito forte, mas o suficiente.

— Saia de dentro dela!

— Não! Por favor! — Necro cobriu os olhos, berrando.

Sampson a levantou, passando um braço por baixo das pernas dela. Necro se encolheu, os gritos intensificando.

— Temos de tirá-la daqui — disse o Nascido das Trevas.

— A Porta Externa é na base da escadaria — falou Angelique, apontando.

Sam voltou-se para Link.

— Viaje com ela daqui. Nós os encontramos do outro lado.

John correu para a frente e pegou o corpo trêmulo de Necro das mãos de Sampson.

— Deixe comigo. Eu Viajo há muito mais tempo que Link. — John virou para Liv. — Fique com Link. A gente se encontra lá.

Ela fez que sim com a cabeça, e Link esperou John se desmaterializar.

Mas, um instante mais tarde, ele continuava no mesmo ponto com Necro gritando em seus braços. John pareceu confuso e fechou os olhos como se estivesse se concentrando. A atmosfera ao seu redor mudou, e luz começou a atravessá-lo como se estivesse começando a desaparecer... mas ele continuava ali.

— Não está funcionando — disse John. — Deve ter alguma coisa a ver com o Espectro. Não posso Viajar com ele dentro de Necro.

— Como tiramos de dentro dela? — perguntou Floyd.

John olhou para Necro, que a essa altura estava histérica, e balançou a cabeça.

— Não sei.

A cabeça da Necromante se mexeu em sinal de atenção, com os olhos vagando desgovernadamente pelo recinto, como se ela tivesse escutado outro ruído que mais ninguém ouviu.

John virou para a entrada arqueada, seguindo seu olhar, e Necro saltou do colo dele.

— Não! — gritou Sampson.

Necro correu para a porta dos fundos, arrastando a perna ferida. O Nascido das Trevas correu atrás dela, mas mesmo que ela conseguisse ser mais rápida que ele, não teria feito diferença. Assim que alcançou a porta, o Espectro deixou o corpo de Necro e continuou correndo pelos degraus da varanda para o pátio.

Outro Espectro — um homem brandindo uma espada curva — correu dos arbustos. Ele balançou a arma e a pegou nas costas, cortando seu corpo. O Espectro soltou um grito áspero enquanto desaparecia no ar.

O Espectro assassino apoiou a faca ensanguentada contra o ombro, já examinando a área em busca de uma nova vítima.

Sampson pegou Necro, exatamente quando ela sucumbiu, carregando-a, correndo do recinto e em direção ao porão. Link estava logo atrás dele. Apesar de o Incubus em Link ser rápido, o Nascido das Trevas foi mais veloz, sem falar no fato de que Link precisava de três passos para acompanhar um de Sampson.

— Sigam Link! — gritou John.

A porta do porão estava aberta, e Lucille parou na luminosidade da entrada. Quando ela viu Sampson se aproximando dela, encolheu as orelhas e sibilou.

Link só precisou de um instante para se dar conta de que não era para Sampson que estava sibilando.

Outra odalisca dobrou a esquina e deu um encontrão em Sam. Ele girou como um zagueiro de futebol, tentando confundi-la, mas o Espectro o atravessou e foi direto para Necro.

A Necromante inspirou profundamente, como uma pessoa se afogando que finalmente emergia para tomar ar. Ela ficou olhando por cima do ombro de Sampson e apontou um dedo trêmulo.

— Eles estão vindo.

Sampson a ignorou e desceu.

Link escorregou e desceu os primeiros degraus de bunda. Mas, pela primeira vez na vida, ninguém teve tempo de rir dele. Ao chegar à base da escadaria, viu Angelique na frente da Porta Externa — e já estava aberta.

— Sem pressa — disse Angelique. — Nem tenho lugares para ir ou pessoas para matar.

Sampson a ignorou e parou ao chegar à porta. O Nascido das Trevas hesitou, como se estivesse tentando decidir se daria o próximo passo ou não. Virou para encarar os outros.

— O que eu faço? Posso tirá-la da casa?

Link olhou automaticamente para Liv, percebendo que todos também estavam olhando para ela.

Necro levantou o queixo, erguendo os olhos para o alto da escada.

— Não! — gritou ela, tentando sair dos braços de Sampson.

Liv passou freneticamente as páginas do caderno.

— Não dá tempo. — Sampson parecia em pânico.

John apertou o braço de Liv.

— Confie em seus instintos.

Ela assentiu e se voltou para Sampson.

— Atravesse com ela.

— Mas o Espectro ainda está dentro dela. E se ela se machucar?

Liv engoliu em seco.

— Os Espectros estão presos a esta casa. Quando você atravessar a passagem, acho que isso forçará o Espectro a sair do corpo de Necro.

— Você *acha*? — perguntou Floyd, soando apavorada.

Liv ajeitou os ombros.

— Isso é ciência. Espíritos são feitos de energia. Esta casa funciona como um buraco negro prendendo em si essa energia. Pode levá-la.

Lucille correu para o Túnel e esperou.

Sampson olhou para Necro, incerto.

Vamos, Roda da Fortuna. Alivie essa para a gente, só desta vez, Link pensou.

Link não conseguia se lembrar de Liv já tendo se enganado alguma vez, mas enquanto Sampson levantava o pé para cruzar a porta, o pavor correu por suas entranhas.

Para tudo existe uma primeira vez. Principalmente para coisas ruins

Necro soltou um grito estridente, mas Sampson continuou.

No instante em que o corpo de Necro chegou ao limite entre o porão do Palácio do Sultão e o Túnel Conjurador, seus ombros se sacudiram e o Espectro da odalisca pulou para a frente — para fora do corpo de Necro —, como se alguém a tivesse jogado. Foi como se o Espectro tivesse atingido um campo de força de um filme de ficção científica. Os pés descalços do Espectro atingiram o chão, e ela se agachou, como se estivesse tão chocada quanto Link. Em seguida, correu novamente para as escadas.

Quando Link olhou novamente para o Túnel, Sampson já estava do outro lado, com Lucille. Continuava carregando Necro, seu corpo flácido apoiado no tórax imenso.

Floyd correu para eles.

— Tudo bem com ela? Por que não está se mexendo?

Link engoliu em seco.

Vamos, Nec. Você precisa estar bem.

— Ela está respirando, e o pulso bate forte. — Sampson olhou para ela. — Fora isso, não sei.

Necro se mexeu e se aproximou de Sampson, como uma pessoa tendo um pesadelo.

Liv tocou o pulso de Necro e contou suavemente, checando a pulsação.

— Sam tem razão. A pulsação está um pouco rápida, mas está forte. Ela provavelmente só está enfraquecida. Não posso imaginar que seja fácil ter espíritos entrando e saindo de seu corpo desse jeito.

Sampson respirou fundo, parecendo aliviado.

— Certamente foi dramático e um pouco anticlimático — disse Angelique, olhando para Necro antes de seguir pelo Túnel.

— Você deveria calar a boca — falou Sam atrás dela. — Antes que alguém cale para você.

A Cataclista deu uma piscadela para ele.

— Ah. Fale como se fosse verdade.

— Vamos — disse John. — Não podemos nos dar ao luxo de perdê-la até que nos leve aos laboratórios.

Sampson fez que sim com a cabeça e puxou Necro mais para perto de si, seguindo Angelique, enquanto Lucille trotava ao lado do Nascido das Trevas.

O Túnel parecia uma adega de um velho bar. Caixas cheias de maços de cigarros de diferentes marcas encontravam-se empilhadas, a palavra CAFÉ estampada do lado de fora.

John alcançou dentro de um dos engradados e pegou uma garrafa de uísque.

— Estas garrafas provavelmente estão aqui desde a Lei Seca — falou, e checou a validade. — Os contrabandistas traziam bebidas em engradados de café e tabaco o tempo todo.

Liv acelerou e espirou dentro de outro engradado. Puxou uma garrafa não marcada de um líquido claro.

— Gin, talvez. Estou surpresa por Abraham ter deixado isso aqui embaixo.

— Talvez seja parte da decoração — disse Floyd, seguindo Sampson mais para dentro do Túnel. — Quando se tem tanto dinheiro quanto os Ravenwood, aposto que caixas de cigarros velhos e bebidas não são grandes preocupações.

— Não se você estiver vendendo haréns de mulheres e meninas Conjuradoras — disse Liv.

— Vou matar o desgraçado quando encontrá-lo — falou Sampson ao acelerar atrás de Angelique.

— Pode entrar na fila — avisou Link. — Se esse filho da mãe tiver feito alguma coisa com Rid... — Ele não conseguiu concluir. A possibilidade de que Silas já pudesse ter feito alguma coisa terrível com Ridley era demais. No fundo, no fundo, Link sabia que as coisas poderiam ser ainda piores, que ele podia chegar aos laboratórios e descobrir que Ridley estava morta.

Ela está bem.

Ele precisava acreditar. Era a única coisa que ainda tinha para se agarrar.

Angelique desacelerou.

— Calma, meninos, não vamos nos empolgar. Silas é *meu*.

— O que aconteceu? — resmungou Necro, a mão deslizando pela nuca de Sampson.

Sampson congelou, como se não soubesse ao certo se Necro realmente estava falando ou se ele estava imaginando — ao menos, foi isso que ficou parecendo para Link.

Se alguém sabe como é isso, esse alguém sou eu.

Quantas vezes encontrou Ridley ou um de seus amigos machucados e ficou imaginando se ficariam bem.

Ao menos, eu sabia se estavam vivos ou não.

— Você está acordada. — Floyd correu para o lado da amiga e a abraçou.

Liv e John também se apressaram.

Necro esfregou os olhos e se espreguiçou lentamente.

— Parece que fui atropelada por um ônibus.

— Você se lembra de alguma coisa? — perguntou Liv, hesitante.

Necro assentiu, fazendo uma careta.

— Um pouco. Vi o Espectro de uma das odaliscas correndo em minha direção e senti quando ela entrou em mim. Mas, depois disso, é tudo muito turvo. Mas acho que pela cara de vocês foi pior que isso.

Angelique acenou a mão no ar.

— Muito sangue, alguns membros amputados, um homem brandindo um facão. Esse tipo de coisa.

Floyd ficou olhando para a Cataclista antes de se voltar novamente para Necro.

— Foi mais de um Espectro. Parecia que você era um ímã. Eles não paravam de vir para cima de você, e não havia nada que pudéssemos fazer.

Necro fechou os olhos e fez que sim com a cabeça.

— Entendo. Não é minha primeira vez.

Quando ela abriu os olhos novamente, olhou para os braços de Sampson, que a envolviam. Levantou a cabeça e olhou para ele. Link não podia jurar, mas parecia que Sampson estava ruborizando um pouco.

— Acho que você é meu cavaleiro de corrente de bicicleta brilhante — falou ela, sorrindo. — Apareceu para me salvar ou coisa do tipo?

Sampson deu de ombros.

— Foi Liv quem descobriu que os Espectros não poderiam cruzar a fronteira do Túnel.

Necro olhou para Liv com uma expressão de gratidão.

Liv descartou o elogio de Sampson.

— Não foi nada, na verdade. Só os princípios da física e um palpite de sorte. Sampson é o verdadeiro herói da situação. — Liv lançou a Sampson um daqueles olhares que pareciam conter uma mensagem secreta.

— Acho que consigo andar, Sam — disse Necro, tirando o braço de trás do pescoço dele, como se, de repente, tivesse se dado conta de que estava ali.

— Sim, quero dizer, claro. — Sampson abaixou-a com cuidado até o chão, mantendo uma das mãos em suas costas como apoio. Necro balançou, e ele a puxou para perto. — Se não estiver se sentindo bem, posso carregá-la. Não é como se você fosse pesada nem nada — acrescentou.

— Bom saber. — Ela sorriu. — Mas acho que preciso andar para melhorar.

Sampson ficou colado a Necro, mas foi uma caminhada curta. Em poucos minutos, chegaram ao fim do Túnel.

— Então qual é o plano? — perguntou Link. — Vamos simplesmente invadir e salvar Rid?

Floyd deu uma cotovelada nele.

— Isso parece o oposto de um plano.

— Um de vocês, gênios, deveria avaliar a situação para sabermos exatamente quantos homens Silas têm por lá — aconselhou Angelique. — Tenho certeza de que ele acrescentou guardas depois que escapei.

Floyd assentiu, os cabelos louros caindo sobre o ombro.

— Sou a Ilusionista; eu vou.

Link estendeu o braço na frente dela.

— Calma. Eu sou o Incubus. Posso Viajar até lá e ver o que está acontecendo.

— É uma ótima ideia. — O sarcasmo no tom de Liv deixou claro que ela achava que a ideia de Link era tudo menos ótima. — Por que não aproveita e leva John com você? Tenho certeza de que os capangas de Silas vão adorar pegar os Incubus que mataram Abraham.

Link coçou a cabeça.

— Acha que eles têm nossas fotos ou coisa do tipo?

Liv suspirou.

— Você definitivamente *não* deve ser o encarregado de ir.

Floyd empurrou e passou à frente de Link.

— Não sei por que ainda estamos conversando sobre isso. Eu já disse que ia.

— Por que é mais seguro para você? — perguntou Link. — De repente, você consegue ficar invisível ou coisa parecida?

Floyd revirou os olhos.

— Agora que você é Sobrenatural, realmente deveria aprender mais sobre os poderes Conjuradores. Tenho certeza de que deve haver alguma página na Wikipédia.

— Não se deve acreditar em tudo que está escrito na internet — disse Link, sentindo-se inteligente. — Certo, Liv?

Angelique os encarou incrédula.

— Isso é realmente uma conversa ou vocês estão fingindo só por minha causa?

— Já acabei de falar. — Floyd tirou o casaco e o entregou a Link. — E respondendo a sua pergunta, não tenho o poder da invisibilidade. Mas posso me fazer parecer com todo tipo de coisa, temporariamente.

Link sabia que era verdade. O irmão de Ridley, Larkin, era um Ilusionista, e Link já tinha testemunhado seus poderes em ação.

Mesmo que ele fosse um imbecil quando estava vivo.

Sampson fechou os olhos.

— Não estou captando nada. — Quando os abriu novamente, pareceu convencido de que ninguém estava esperando para pegar Floyd do outro lado, e se afastou da porta. — Parece tudo limpo, mas eu não iria muito longe. Se esse caminho realmente levar aos laboratórios ou a algum lugar perto deles, Silas terá capangas por perto em algum lugar.

— Deixe comigo! — Angelique passou por ele e apoiou a mão na porta, sussurrando as palavras para abri-la. O selo se rompeu na porta Conjuradora, e abriu apenas o suficiente para Floyd espremer seu corpinho magro.

Sampson a fechou atrás dela o bastante para enganar um observador casual, mas Link manteve a mão no topo do batente da porta por via das dúvidas.

Parecia que uma hora havia se passado antes de Floyd finalmente retornar, apesar de Liv ter acompanhado o tempo e, na verdade, só terem passado sete minutos.

Com sua audição supersônica, que superava até a de um Incubus, Sampson foi quem escutou Floyd do outro lado da porta. Quando o Nascido das Trevas a abriu, Link pegou o braço de Floyd e a puxou para dentro.

— Ai! — falou. — Calma.

— Você demorou muito — disse Link, franzindo o rosto.

— O que houve? — Floyd deu de ombros. — Sentiu minha falta?

Liv limpou a garganta ruidosamente.

— Viu alguma coisa?

— Vi. Muita coisa. — Floyd cruzou os braços, de repente, toda séria. — Tem um monte de árvores e uma construção do outro lado. Suponho que sejam os laboratórios, porque está cheio de Incubus e Nascidos das Trevas.

— Quantos? — perguntou Sampson.

— Não tenho certeza — disse Floyd. — Vi pelo menos três Incubus e mais dois ou três Nascidos das Trevas. Ah, e uma das Nascidas das Trevas parecia no comando.

— Espere. *Ela*? — Sampson passou as mãos no cabelo. — Tinha cabelos louros?

Floyd lançou a ele um olhar estranho.

— Sim. Platinados. Praticamente brancos. Como sabe?

— Estamos ferrados — avisou ele. — É Chloe Boucher. Ela é a Nascida das Trevas mais perigosa do Submundo. É uma assassina.

Link ergueu uma sobrancelha.

— Mas você consegue dar um jeito nela, certo?

— Chloe Boucher circula há mais tempo que eu, o que a faz mais forte. Ninguém nem sabe de onde ela veio. Simplesmente entrou em cena com uma faca e um nome para matar.

— *Chloe Boucher* não me parece tão intimidante — disse Liv.

— É o sobrenome. Ela começou a usar porque achava que soava engraçado — disse Sampson, pálido. — *Boucher* é francês. Significa "carniceiro".

CAPÍTULO 21: NOX

*Witching Hour**

Enquanto Nox encarava as barras de metal diante dele, parecia estar em uma encruzilhada. Até agora, suas interações com mulheres sempre tinham sido simples. Garotas Conjuradoras se atiravam para cima dele em uma de suas boates, querendo alguma coisa — um TFP de suas vitórias, um favor sobrenatural, outra chance depois que a sorte acabasse em uma de suas mesas de jogos.

A resposta de Nox era sempre negativa, exceto nas raras ocasiões em que encontrava uma garota que quisesse apenas ficar com *ele*. Às vezes, se estivesse suficientemente entediado e ela fosse suficientemente atraente, daria o que ela quisesse.

Mas até então isso nunca tinha incluído seu coração.

Dessa vez, era diferente.

Dessa vez, Ridley era a garota e isso mudava tudo.

Ele finalmente entendia todas aquelas músicas tolas de amor e os trágicos filmes de romance, porque a garota que ele queria mais que tudo nos universos Mortal ou Sobrenatural também o queria. Desesperada, inteira, completamente o *queria*.

Agora Rid olhava para Nox do jeito que costumava olhar para Link. E Nox a queria. Sempre quis. Isso nunca mudou.

Mas isso também não era a questão.

Se ele deixasse aquilo acontecer, se baixasse a guarda e sucumbisse aos sentimentos e impulsos que vinham se construindo dentro dele desde o

---

* Hora de bruxaria.

dia em que a conheceu — se ele tirasse qualquer coisa de Ridley, sabendo que ela não era ela mesma —, então não era homem suficiente para ser digno dela.

Por isso, ficou sentado ali, encarando as barras de metal entre eles.

Temos de sair daqui.

Nox olhou para a cela seguinte, onde ela estava deitada, descansando alguns centímetros acima da cama, sobre o que parecia ser uma infinita lufada de vento que não parecia se aquietar em lugar algum. Os cabelos louros manchados de rosa se espalhavam abaixo dela, dando a ilusão de que ela estava flutuando na superfície de um corpo trêmulo de água.

Rid captou o olhar dele, e, antes que dissesse uma palavra, ele a viu deitada ao seu lado, do lado dela da cela. Ela não estava mais com roupa hospitalar.

Agora ela estava com sua roupa vermelha de couro, justa e que não deixava qualquer espaço para a imaginação. *Como a versão do próprio Diabo da Mulher Gato,* Nox pensou.

— Bem? — Ela alcançou através das grades, girando a borda do casaco de Nox. — Está melhor?

Ele deixou que ela o puxasse para a beira da grade. Ao mover o rosto em direção ao dele, ele não conseguiu resistir. De certa forma, era apenas humano, afinal.

Você vive tempo o bastante entre eles e é inevitável que aconteça.

De novo.

E de novo.

⇶ CAPÍTULO 22: RIDLEY ⇶

*Revolution Calling**

No instante em que beijou Nox, Ridley percebeu uma coisa. Uma descoberta importante, na verdade. Dava até para chamar de epifania.

Pela primeira vez na vida, não estava com desejo de ingerir açúcar. Não se sentia doce e, também, não queria ser doce.

Não que a segunda coisa já tivesse sido uma questão na vida dela.

Estava com fome de algo com mais sustância que açúcar. Era hora de descartar os pirulitos de cereja. O poder dos jogos de sua infância não bastava mais.

Esse beijo só prova isso.

Nox não tinha gosto de doce. Tinha gosto de força.

Como aço e fogo.

Fogo elétrico.

Esse era o gosto do poder.

É isso que quero agora.

Não é?

Pensou brevemente em Link — no calor parcialmente Mortal, o rosto franco, a forma desajeitada como pegava na mão dela com sua mão enorme, seu braço comprido no dela. Em seguida, pôs de lado esses pensamentos.

Link era apenas mais um brinquedo de sua infância. Ela não conseguia se imaginar sentindo nada por ele agora. E se lembrava de sentir alguma coisa — momentos difusos, um olhar rebelde no olho dele, uma risada

---

* Revolução chamando.

súbita, bem característica de Link —, mas mesmo isso desbotava em um borrão distante e entorpecido.

Nox era o único que a entendia, que lhe daria o que ela precisava.

Além disso, como posso me impor a um Mortal neste estado? O que foi que Silas fez comigo? Que tipo de Conjuradora eu sou?

Sou algo que nunca existiu.

Silas se certificou disso.

Nox também conseguia enxergar isso, e não estava assustado. Ao menos, não eram esses os sinais que estava enviando agora.

Ela o puxou mais para perto, sentindo o calor em seus lábios — quando ela ouviu um ruído no corredor e abriu os olhos.

— Mas o quê...? — Nox afastou-se dela enquanto Silas acenava para seus Nascidos das Trevas entrarem na masmorra que continha suas celas. Um deles rapidamente destrancou a porta da de Nox.

Os capangas de Silas o jogaram contra a parede da cela, antes que ele pudesse dizer uma palavra. Silas entrou logo atrás deles.

— Silas, pare. — Ridley ficou em pânico, agarrando as barras entre eles.

— É exatamente por isso que estou aqui. Para que ele pare — falou e olhou para Nox — de viver.

— Não seja ridículo. Não pode matá-lo — disse ela, tentando esconder o medo que crescia dentro ela. — Ele está do nosso lado agora. Prometo. — Ela não fazia ideia do que estava dizendo. Nox jamais esteve do lado de Silas (e jamais estaria), mas estava desesperada para mantê-lo seguro.

— Ridículo? Ouça suas baboseiras. — Silas olhou na direção dela e riu. — Não ligo para em que lado esse menino está. Ele me ferrou e agora vai pagar por isso.

— Silas. Ouça o que você mesmo diz. Parece uma criança irritada. — Era Ridley quem estava irritada agora.

Os olhos de Silas se cerraram.

— É? Você também me ferrou, então eu tomaria cuidado com o modo como fala comigo.

Nox se levantou cambaleando, movendo-se entre eles. Mesmo após uma surra, seu primeiro instinto era protegê-la. Ridley apreciava, mas também sabia que não era ela que precisava de proteção no momento.

— Tudo bem, Rid. Não se preocupe comigo. — Nox sorriu um sorriso fraco para ela. — Sabia que isso ia acontecer. — Ele olhou para Silas. — Homens fracos não têm compaixão. Principalmente os Ravenwood.

Um dos guardas agarrou a nuca de Nox e bateu o rosto dele nas grades.

— Não! — gritou Ridley, o calor queimando em suas veias.

Sangue espirrou do nariz de Nox.

Silas balançou a cabeça.

— Você tem um verdadeiro dom de dizer a coisa errada na hora errada, menino.

— Pare! Você está machucando ele! — Ridley correu para a porta da cela, agarrando as grades. Ela as sacudiu, mas estas não se mexeram.

Não vou permitir que o machuquem. Mato cada um de vocês antes.

Assim que o pensamento se formou na mente de Ridley, ela percebeu algo novo sobre ela. Sobre a *nova* ela. Não era apenas uma ameaça. Ela podia de fato *fazer*.

O delicioso coquetel de poderes nadando dentro dela a chamava, dizendo: *não deixe que machuquem o rapaz que você ama.*

As palavras se formaram antes que ela pudesse contê-las.

Eu o amo?

É isso?

É isso que quero?

Mas não fazia diferença. Ridley agarrou as grades com mais força, concentrando sua raiva — e seu poder — nos Nascidos das Trevas que arrastavam Nox da cela.

Vão soltá-lo. De um jeito ou de outro.

As paredes da masmorra começaram a se mexer — ao menos, pareciam se mexer. Ridley sabia que era apenas uma ilusão, mas mesmo ela jamais tinha visto uma tão real.

Silas olhou em volta, como se não tivesse certeza de que podia confiar nos próprios olhos.

As quatro paredes que formavam o bloco de celas estavam se aproximando do centro do recinto.

— O que está havendo? — gritou a Nascida das Trevas que segurava Nox pelo pescoço, os olhos correndo pelo pequeno espaço.

Silas sorriu.

— Pode ignorar. A Sirena está criando uma ilusão. É só uma reação à droga que injetei nela. Para uma Ilusionista é perfeitamente normal, nada muito diferente de um ataque histérico. — Ele se voltou para Ridley. — Apesar de que talvez tenhamos de procurar um novo termo para você depois dessa pequena exibição. Você não é mais exatamente uma Sirena ou uma Ilusionista, é?

Ridley não respondeu.

A mente estava em outro lugar.

Ela imaginou as paredes esmagando os Nascidos das Trevas, e, ao fazer isso, a parte de trás da cela de Nox explodiu pelas portas gradeadas. Os Nascidos das Trevas se jogaram — com Nox — para a cela de Ridley, escapando por pouco das barras de metal que caíam. Mas a parede não parou de se mover. E as de ambas as extremidades da masmorra também se aproximavam agora.

Ridley fixou os olhos violeta em Silas.

— Mais uma chance, homenzinho.

— Como? — Silas olhou para ela, furioso.

— Eu disse... solte-o.

Você quer soltá-lo, pensou Ridley, concentrando cada gota do Poder de Persuasão em Silas. *Diga a seus capangas agora, antes que eu mate todo mundo.*

Silas esfregou o rosto com a mão, parecendo confuso. Era um dos Incubus de Sangue mais fortes que existiam. Ridley sabia que não seria fácil derrubá-lo, mas não se importava.

— Silas, faça com que ela pare! — gritou um dos Nascidos das Trevas, enquanto a parede de trás o empurrava mais para perto da cela de Ridley... e para o esmagamento.

— Não é uma ilusão! — berrou outro. — Não consigo respirar.

— Faça essa vadia parar — implorou o primeiro.

Mas Silas não o fez. Estava confuso demais para fazer qualquer coisa. Abriu a boca para falar alguma coisa, e depois a fechou novamente sem dizer uma palavra.

Era verdade.

Ela não era mais uma coisa só. Não desde que Silas a encheu com transfusões.

Idiota.

Foi ele mesmo que a libertou sem saber.

Não existia limite para o que ela podia fazer; ao menos não parecia existir.

Aqui estavam, presos nessas gaiolas de ratos, quando tudo que ela precisava fazer era abri-las à força em seus pensamentos.

Ridley sentiu um impulso de calor e uma onda de vertigem ao invocar os poderes que lhe restavam.

Solte Nox, ela pensou, os olhos perfurando Silas, como se estivesse alcançando a mente dele. *E, aproveitando o embalo, destranque minha cela.*

Os Nascidos das Trevas que não carregavam Nox estavam com as palmas das mãos nas paredes movediças, pressionando-as.

Gritando.

— Soltem o menino — disse Silas.

Os Nascidos das Trevas foram em direção a Nox, e as expressões de choque só alimentavam o poder de Ridley... e a incrível onda que ele dava a ela.

Não é o suficiente, pensou ela.

Ela fechou os olhos novamente, e as paredes tremeram. Gesso caiu do teto.

— Eu disse para soltá-lo! — gritou Silas, soando ainda mais confuso. Ele parecia mais surpreso pelas palavras que saíam de sua boca do que os capangas.

Os Nascidos das Trevas soltaram Nox, e ele caiu de joelhos, no centro de uma sala que rapidamente se tornava uma caixa de sapatos.

As paredes no recinto pararam de se mover de uma só vez.

— Ridley, pode parar — falou Nox, aos engasgos. — Estou bem.

Ainda não acabei. Quero que Silas Ravenwood saiba que ninguém me controla.

Seus olhos voltaram novamente para Silas. *Você quer abrir minha cela, Silas. Mais do que jamais quis qualquer outra coisa em sua existência patética.*

Silas marchou para a cela de Ridley, como se fosse uma marionete presa a uma corda.

Minha marionete. Minha corda.

Quando chegaram à porta, ele estendeu a mão para um dos guardas.

— Chave.

O Nascido das Trevas largou as chaves na mão dele.

Silas olhou para Ridley.

Abra, pensou ela. *Abra agora.*

O Incubus levantou um braço trêmulo.

— Tem certeza?

— Ah, se tenho. — Ridley sorriu. — Já é hora da princesa se resgatar da masmorra. E talvez incendiar o castelo, para aproveitar o embalo. Sabe como essas coisas são. Não é nada pessoal.

Ridley olhou para Nox.

— O príncipe pode vir junto. — Em seguida, olhou novamente para Silas. — Já o dragão não. — Ela acenou com a cabeça, e Silas moveu a chave, lentamente, como se estivesse lutando para controlar o próprio corpo.

— Isto é um erro — falou ele, enquanto a chave deslizava para a tranca.

— Prefiro pensar que é uma atualização — argumentou Ridley ao abrir a porta e cruzar a saída. — Ridley 3.0.

⇶ CAPÍTULO 23: LINK ⇶

*Queen of the Reich**

Angelique sorriu quando Sampson mencionou o significado do sobrenome de Chloe Boucher, mas Link teve uma reação completamente diferente.

A Carniceira? Isso não pode ser bom. No sentido filme-sanguinário-do--Stephen-King da coisa.

— Então qual é o plano? — perguntou Link. — Vocês sabem, além de ter de matar todo mundo.

Ninguém riu, nem mesmo ele.

— Alguma ideia, meninas? — pediu Angelique, referindo-se a Necro e Floyd, as outras Conjuradoras das Trevas.

— Eu talvez consiga lidar com os Incubus — disse Floyd. — Mas os Nascidos das Trevas são muita areia para meu caminhãozinho.

— Eles devem ter alguma fraqueza — ponderou Liv, voltando-se para Sam. — Só precisamos descobrir qual.

Ele levantou as mãos.

— Não olhem para mim. Se temos alguma, não sei qual é.

— Humildade? — perguntou Necro inocentemente.

— Quantos Nascidos das Trevas você disse que tinham lá? — Angelique perguntou a Floyd.

— Não tenho certeza. Pelo menos dois, além da Chloe Carniceira.

Angelique levantou as mangas e foi para a Porta Externa.

---

* Rainha do Reich.

— Adoro um desafio. Sem falar em uma carniceira.

Link se meteu na frente dela.

— Espere um minuto.

Angelique o encarou com uma expressão que dizia *saia da frente ou passo por cima.*

Ele captou a dica e deu um passo para o lado.

— Desculpe. Mas perdi a parte que explica o que o resto de nós vai fazer.

Angelique apontou para a porta, e, sem uma palavra, esta se abriu.

— Tentem ficar fora do caminho. — Ela deixou a proteção do Túnel e foi para o mar de grama e árvores atrás da casa principal da fazenda. — Não gostaria de matá-los acidentalmente.

Link a seguiu aos tropeços com os amigos enquanto a Cataclista sacudia os cabelos ruivos e estalava os dedos, como uma bandida se preparando para a briga. A sede de sangue que a impulsionava fazia Link se lembrar da única outra Cataclista que já conhecera; e Sarafine era uma psicopata completa.

Sampson entrou no ritmo ao lado de Link.

— Ela é louca — falou, mantendo a voz baixa. — E vai se matar antes de conseguir entrar na casa.

— Não tenho certeza — disse John.

— Vocês terão de fofocar mais tarde, crianças — avisou Angelique. — Temos companhia.

Dois Incubus surgiram das árvores. Nenhum dos dois prestava atenção, até verem Angelique marchando em sua direção. Os olhos negros dos Incubus se cerraram enquanto eles miravam quem provavelmente consideravam a próxima vítima.

Isso vai acabar muito bem ou muito mal, dependendo do lado em que você esteja, pensou Link.

Angelique levantou a mão, mas Floyd correu para seu lado e a empurrou do caminho.

— Não seja uma vítima. Eu cuido desses dois.

Angelique recuou, intrigada.

As árvores ao redor dos Incubus começaram a se transformar, os enormes carvalhos se transformando em torres espelhadas. Em segundos, formaram um labirinto, como a Casa dos Espelhos da Feira de Gatlin. Os Incubus foram acenando os braços à frente de si para evitar colisão com os troncos.

— Muito bem. — Angelique olhou para Floyd. — Já não era sem tempo. Eu estava começando a achar que você não tinha um osso das Trevas nesse seu corpinho minúsculo.

Floyd franziu o rosto, concentrando-se na ilusão.

— Nunca subestime uma garota com uma guitarra.

Sampson examinou os espelhos enquanto todos passavam pelos Incubus que tentavam sair do labirinto de espelhos.

— Com sorte, passar pelos homens de Silas será fácil assim — disse Necro, ainda parecendo exausta depois do que aconteceu no Palácio do Sultão.

— Não contabilize os mortos enquanto eu não matá-los — aconselhou Angelique. — Tenho certeza de que vai ter o bastante para todo mundo. Apenas lembrem-se de que Silas é meu. — A Cataclista soou vil quando disse o nome dele, como se estivesse se tornando mais das Trevas a cada passo.

À frente, Link viu o primeiro vislumbre do que só podia ser o lugar dos laboratórios. O retangular complexo cinza de cimento parecia uma escola primária — sem as janelas — e parecia deslocado no terreno de fazenda da Louisiana. Mas ele não tinha tempo para pensar muito no assunto, porque três caras vinham em sua direção e, a julgar pelo tamanho, Link tinha certeza de que eram Nascidos das Trevas.

— Isto não é bom. — John acelerou o passo.

— Nascidos das Trevas? — perguntou Link a Sam.

O amigo assentiu.

— Sim. Enormes.

Angelique não perdeu o ritmo. Aliás, parecia um pouco entediada.

— Minha vez — falou com a voz entoada, sem tirar os olhos dos alvos. Ela parou, e uma leve brisa começou a soprar ao seu redor.

John agarrou Liv e Floyd, puxando-as para trás. Sampson ficou ao lado de John, mas Link não pôde resistir a olhar um pouco mais de perto. A forma como Angelique controlava o ar lembrava aqueles mágicos na TV

— os que desapareciam com aviões, fazendo coisas que pareciam impossíveis diante de seus olhos.

O ar chicoteou em torno dos Nascidos das Trevas, mas não desacelerou o progresso deles.

Angelique aumentou um pouco o nível, enviando uma ventania forte.

Mas os Nascidos das Trevas continuaram andando — direto para o túnel de vento. Protegeram os olhos das folhas e da sujeira que voavam, e o vento era tão forte que arrancou o casaco de um deles.

— Hum... Angelique, acho que você precisa de uma jogada um pouco mais Cataclista para eles — disse Link. — Não se segure.

A Conjuradora das Trevas estalou os dedos para ele sem olhar para trás, e uma onda de vento fez Link voar. Ele aterrissou de bunda na areia.

— Quando eu quiser a sua opinião, pode deixar que eu peço — gritou ela ao vento. — O que acontecerá exatamente dez minutos após o inferno congelar.

John agarrou Link pela camiseta e o colocou de volta em pé.

— Estou maluco ou ela é uma verdadeira vaca? — perguntou Link.

— Ela definitivamente está cada vez pior — opinou Liv. — Talvez seja o fato de estar aqui de volta. Silas fez experiências nela, afinal.

— Ou talvez seja apenas uma verdadeira vaca — argumentou Floyd.

Antes que John tivesse a chance de responder, dois Incubus se materializaram atrás deles.

— Eu cuido do grande — disse John, Viajando de onde estava e se materializando na frente deles.

— Por mim tudo bem — respondeu Link.

Só não me deixe cair de bunda na frente dos bandidos, rezou Link, Viajando logo depois de John.

Dessa vez Link não aterrissou de bumbum. Aterrissou no Incubus e envolveu os braços no pescoço do cara, prendendo-o em um mata-leão.

O Incubus grandão estava rolando pelo chão com John.

— É melhor me matar, garoto. Ou vou morder o pescoço de sua namorada, e talvez mais alguns lugares — prometeu o Incubus, prendendo John. — Não jantei hoje.

Link apertou o pescoço do sujeito com mais força, cortando o ar.

— Vamos, desmaie logo, Menino-Cão.

O corpo do Incubus finalmente amoleceu, e Link o deixou cair. Exatamente quando Link começou a Viajar até John, viu Sampson com o canto do olho.

Cacete.

Sam estava mais assustador do que Link jamais havia visto — como os cães furiosos que moravam atrás da casa de Edgar Nubuck em Gatlin.

Quando Link se materializou de novo no instante seguinte, Sampson estava socando o Incubus enorme na terra com o punho gigantesco. Um terceiro membro do bando surgiu do bosque e atacou Sam pelo lado, mas o Nascido das Trevas o jogou uns bons 2 metros para longe com um dos braços.

Link puxou John do chão.

— Tudo bem, cara? Alguma coisa estragou?

— Só meu orgulho. — John esfregou a calça, franzindo o rosto. — E talvez aquela costela ali.

Sampson se levantou, as calças pretas de couro cobertas por uma camada fina de sujeira, e olhou para John.

— Da próxima vez, *eu* cuido do grandão.

— Combinado.

Angelique também não parecia estar com muita sorte para lidar com os Nascidos das Trevas.

— O vento não está desacelerando o avanço deles — gritou Liv, checando o selenômetro de onde estava, atrás de Angelique.

— Então vamos ver como eles lidam com algo um pouco mais *destruidor.* — A Cataclista esticou os braços a frente do corpo, as palmas para o chão. Em seguida, virou-as e lançou os braços para o alto.

O chão à frente se abriu — uma rachadura partindo da ponta das botas de Angelique até os Nascidos das Trevas que avançavam. Pedaços de terra e pedra eram arrancados do chão e voavam pelo ar, como que guiados por suas mãos.

Os olhos de Angelique arderam, e ela sorriu.

— Se Silas tivesse mencionado que eu conseguiria fazer isso tudo depois, talvez até tivesse sido voluntária.

Link estremeceu, torcendo para que ela não estivesse falando sério. Uma Cataclista com fome de poder era como uma bomba-relógio, algo que ele tinha aprendido ao ver Sarafine Duchannes destruindo metade de sua cidade, quando ainda era viva.

Os Nascidos das Trevas não paravam de vir, até chegarem à enorme fissura e mais chão sucumbir sob seus pés. Quando caíram, Angelique virou as palmas novamente, e a terra que foi arrancada do chão choveu de volta para baixo, socando os Nascidos das Trevas e os enterrando. Ela abaixou as mãos juntas e limpou as palmas.

— Dois Sobrenaturais indestrutíveis destruídos.

Liv apontou para cinco figuras que vinham em direção a elas.

— E agora faltam cinco.

Os Nascidos das Trevas se espalharam, avançando em formação militar.

Então o ar em torno de Angelique fez mais que estourar. Com um giro de punho, um tornado desceu em frente aos Nascidos das Trevas. O vento girava em espiral, arrancando árvores e arbustos pelo caminho.

— Puta merda — disse Link, observando.

Os Nascidos das Trevas protegeram os olhos, mas fora isso, foram direto para o tornado.

John voltou-se para Sampson.

— Todos vocês são fortes assim?

Sam fez que sim com a cabeça.

— Basicamente.

— Hum — falou Angelique, nada impressionada. — Vento não é meu elemento favorito. Falta drama. — Ela sussurrou alguma coisa em latim, e o tornado girou uma última vez antes de se transformar em redemoinho de fogo. As chamas giraram para baixo e atingiram o chão, em seguida se espalharam como se estivessem seguindo trilhas de gasolina. — Assim é melhor.

— Saia de cima de mim! — gritou Floyd.

Link, John e Sampson viraram. Dois Nascidos das Trevas tinham surgido sorrateiramente pela lateral — e um deles estava com a mão no pescoço de Floyd.

— Solte-a — rosnou Sampson, correndo em direção ao sujeito que segurava Floyd pela garganta. — Agora.

— Não se aproxime — avisou o Nascido das Trevas, apertando a garra em Floyd. — Ou quebro o pescoço dela.

Sam congelou, e Link se voltou para Angelique.

— Precisamos de uma ajudinha, Mulher-Fogo.

Ela olhou para Floyd, em seguida continuou mirando os fluidos de Cataclista aos Nascidos das Trevas.

— Estou um pouco ocupada no momento, mas cremo o corpo com prazer se a matarem.

— Fogo não pode machucá-los — disse Liv, indo para perto de Angelique.

— Isso porque nunca foram tocados pelo meu fogo — retrucou Angelique, soando mais psicótica a cada minuto. Lembrava a arrogância que Sarafine sempre demonstrava em face de alguma ameaça em potencial. Link ficou imaginando se os poderes deixavam todas as Cataclistas loucas daquele modo.

Os Nascidos das Trevas caminharam pelas chamas, como se tivessem um campo de força em volta deles, do mesmo modo que Sampson repeliu as chamas na noite em que salvou Link e Rid na Sirena. Outra Nascida das Trevas estava no centro das chamas; fumaça ondeava ao seu redor. Daquela distância, Link não enxergava muito, exceto pelo cabelo louro platinado. Mas a mulher só podia ser uma pessoa.

Chloe Carniceira.

Angelique inclinou a cabeça para o lado, examinando a Nascida das Trevas loura que vinha em sua direção.

— Já era hora. Estava ficando entediada.

— Pensei que Cataclistas fossem perigosos! — gritou Chloe ao marchar pelo fogo com botas de salto alto. Ela estava puxando alguém consigo, a mão em volta do pescoço de uma garota. — Estou decepcionada. Isso é muito ordinário, em termos de poder.

O coração de Link saltou até uma cortina de cabelos negros cair sobre o ombro dela.

Calma. Não é Rid.

Chloe sacudiu o corpo flácido da menina para cima, ainda a segurando pela nuca. A garota parecia ter mais ou menos a idade de Link, mais nova que Angelique.

— Talvez Silas devesse ter escolhido sua amiga Empática em seu lugar.

Os olhos da garota se abriram, os cabelos negros pareciam emaranhados e chamuscados, em volta do rosto sujo de cinzas.

— Gigi? — chamou, com a voz áspera, olhando para Angelique. — Me ajude.

— Lucia. — Angelique deu um passo para trás, claramente abalada pela visão da amiga. Recuperou a compostura, desgrudando os olhos da menina e voltando-os novamente para Chloe. — Deixe-a em paz. Ou tem medo de mexer com alguém que pode rebater?

— De jeito algum. — Chloe sorriu, deslizando a mão livre por baixo do queixo de Lucia, enquanto a outra mão permanecia na nuca da Empática. Em um rápido movimento, Chloe mexeu as mãos em direções opostas, quebrando o pescoço da menina.

Liv e Necro se engasgaram enquanto o corpo de Lucia caía no chão, os olhos escuros e sem vida abertos, como se estivessem encarando Angelique.

Chloe limpou as mãos casualmente.

— Jamais tive planos de mexer com ela, *Gigi*. Só queria que você a visse morrer. Considere este um último presente antes da sua morte.

Os olhos de Angelique passaram de dourados a amarelo vibrante como o sol de uma revista em quadrinhos.

— Vou queimar a pele de seus ossos.

— Você errou em voltar aqui, Cataclista. Mas vou gostar de acrescentar seu crânio a minha coleção. Pode ficar com sua pele. — Chloe estava a poucos metros agora.

Angelique ergueu os braços para o céu e começou a entoar um cântico:

— Da boca do Fogo das Trevas, traga-me o calor das chamas, o poder de uma nova, e o calor de mil queimaduras. Dê a sua filha mais sombria o poder de controlar qualquer fogo.

Soava como uma grande bobagem Conjuradora para Link, mas *alguma coisa* estava acontecendo, mesmo que ele não conseguisse descobrir exatamente o quê.

Os Nascidos das Trevas pararam de se mexer. Todos eles — exatamente no mesmo instante.

Trocaram olhares uns para os outros, confusos e sem saber o que estava acontecendo. E não eram os únicos.

— O que vocês estão fazendo? — gritou Chloe com eles. — Não mandei pararem!

Nenhum deles se moveu ou respondeu de nenhuma maneira, o que fez com que Link pensasse que tinha entrado em *Além da Imaginação*. Chloe abriu a boca para gritar com eles novamente, mas a expressão mudou de raiva para confusão antes que qualquer palavra deixasse seus lábios. Ela continuava vindo, o que era mais que os outros Nascidos das Trevas, mas seus movimentos eram lentos como se estivesse atravessando um pântano de lama. Os outros Nascidos das Trevas continuavam parados no lugar, observando Chloe avançar.

Os olhos de Chloe encontraram os de Angelique.

— O que está fazendo, Conjuradora? É um de seus feitiços? — sibilou Chloe.

— E você não adoraria saber? Infelizmente, não estou a fim de compartilhar — falou Angelique, mas a julgar pela expressão em seu rosto, ela também não fazia ideia de como os estava controlando.

— Levantem-se! — gritou Chloe com seus lacaios. Alguns dos Nascidos das Trevas mais determinados lutaram para se sentar ou levantar, mas nenhum deles conseguia se mexer. — Somos os Sobrenaturais mais poderosos que já andaram por esta terra, nascidos do próprio Fogo das Trevas. Não deixem que *ela* os controle.

O comentário deve ter irritado Angelique, porque ela fechou as mãos; em seguida, abriu os dedos novamente. Os corpos dos Nascidos das Trevas voaram para trás, alguns caindo nas chamas, enquanto outros rolavam pela grama coberta de cinzas.

Angelique levantou as mãos e balançou os dedos, como se continuasse não acreditando que estava causando tudo aquilo.

— Bem, isso é novidade.

Sampson ficou olhando em choque.

— Ninguém pode controlar um Nascido das Trevas.

— Exceto eu — disse a Cataclista.

Os Nascidos das Trevas que cercavam Floyd também pareciam em choque. Sussurravam uns para os outros e recuavam — levando-a junto.

— Angelique! — Link apontou.

A Cataclista fechou a mão como se fosse ela que estivesse enforcando Floyd. Em seguida, abriu lentamente, e a mão em volta do pescoço de Floyd se abriu junto à dela.

Sampson jogou o corpo para a frente a fim de pegar Floyd, mas ele também estava mais lento. John, porém, ainda tinha sua velocidade e segurou o braço de Floyd, puxando-a dos Nascidos das Trevas, que não pareciam capazes de se mover quando Angelique mirou os dedos — e qualquer que fosse o poder que utilizava — para eles.

Sampson fez uma careta.

— Será que se importaria de mirar seu farol para *longe* de mim?

Angelique girou o pulso o suficiente para permitir que Sam saísse do caminho.

— Ela está controlando os corpos deles — disse Necro. — Como se fossem marionetes.

— São todos minhas marionetes — ronronou Angelique. — Não se sintam excluídos. São igualmente inúteis para mim.

— Bem, uma de suas marionetes está vindo para cá. — Link acenou com a cabeça na direção de Chloe.

Chloe Carniceira continuava marchando para cima deles, apesar de não estar se movendo com mais velocidade que a tia-avó de Ethan, Mercy, já com uns cem anos, pelas contas de Link.

— O Fogo das Trevas — sussurrou Liv para si mesma. — Tem de ser isso.

— O que está se passando nesta sua cabecinha? — perguntou Necro, inclinando-se para o caderno de Liv.

— Acho que sei por que ela consegue controlá-los.

Angelique ergueu uma sobrancelha e olhou para Liv.

— Conte.

Sampson esperou ansiosamente pela resposta de Liv. Ele parecia o Super-Homem depois de abrir uma caixa e descobrir que estava cheia de kriptonita.

— Ela não está controlando os Nascidos das Trevas — explicou Liv. — Está controlando o fogo, o Fogo das Trevas que é parte deles.

Angelique sorriu.

— Garota esperta. Pode ser que valha a pena ser mantida.

— Está dizendo que pode controlar nossos corpos porque fomos criados pelo Fogo das Trevas? — perguntou Sam.

Necro levantou os olhos do caderno.

— Exatamente.

Era toda a informação de que Angelique precisava. Ela concentrou o olhar e os dedos em Chloe, abrindo e fechando a mão como se estivesse amassando uma latinha de cerveja.

Os joelhos de Chloe cederam, e ela gritou de dor. A Nascida das Trevas se contorceu no chão, as chamas se erguendo por trás dela.

— Não tenho medo de você, Cataclista. — Ela engasgou com as palavras. — Silas a *fez* e ele pode destruí-la.

— Exatamente como *eu* posso destruí-la. — Os olhos da Conjuradora das Trevas cerraram. — Não devia ter matado Lucia.

— Chega de ameaças. Se fosse me matar, já o teria feito — disse Chloe, quando o rosto bateu na terra.

Angelique riu.

— Não seja boba. Nunca é muito tarde para assassinar.

⇸ CAPÍTULO 24: NOX ⇷

*Pull Me Under**

Silas recuou lentamente para longe de Ridley, a expressão confusa substituída por um sorriso sádico.

Vê-la do lado de fora de sua cela *deveria* tê-lo preocupado, mas Silas estava extraindo outra coisa de tudo isso — algo que Nox ainda não descobrira.

Os Nascidos das Trevas praticamente tropeçaram uns nos outros tentando escapar, e Nox não podia culpá-los. Ele jamais havia visto uma ilusão tão realista, uma que fez com que, de fato, *sentisse* como se as paredes estivessem fechando sobre ele.

Ou uma que, de fato, *fez* as paredes se fecharem em volta.

Rid não era mais apenas uma Ilusionista.

Parte Sirena. Parte Mutadora. Parte Ilusionista.

Ele não sabia ao certo o que mais, mas Silas não apostou baixo, e isso mudava o jogo. Um novo jogo para uma Nova Ordem, com um novo Ravenwood dando as cartas.

O que quer que Silas fizera com Rid, ampliou o nível normal de poderes Conjuradores.

Silas tirou um chapéu imaginário para Ridley, que continuava do lado de fora da cela.

— Imagine o que poderá fazer depois da próxima infusão, minha perigosa menina. — Ele recuou pelo corredor, como que ainda sob influência

---

* Puxe-me para baixo.

de Rid. — Tantas Conjuradoras diferentes para escolher... Palimpsesta, Taumaturga, Evo, Empática. As possibilidades são infinitas.

A ideia de Silas injetando mais algum poder em Ridley fez Nox estremecer, mas a expressão no rosto de Ridley deixou claro que ela não compartilhava de seu asco.

Com os olhos violeta brilhando e a boca aberta, parecia quase eufórica.

Já teremos sumido há muito tempo antes de Silas colocar as mãos em você outra vez. E eu encontrarei uma forma de consertar isso tudo.

Nox se levantou do chão e cambaleou até Ridley.

Ela o segurou quando ele caiu em cima dela. Os guardas de Silas tinham quebrado, no mínimo, uma costela dele, com certeza.

Ridley tocou seu rosto.

— Eles te machucaram, amor?

A forma como ela disse *amor*, como se ele fosse a única pessoa de quem podia estar falando, fez o coração de Nox acelerar.

Ele fez que sim com a cabeça, fazendo uma careta.

— Estou bem. Mas precisamos sair daqui enquanto podemos. O que quer que tenha feito com Silas vai passar, e aí ele vai voltar.

Ela examinou o rosto de Nox como se estivesse tentando memorizar cada detalhe.

— Se ele voltar, eu lhe darei mais uma prova de meus poderes. Confie em mim, Silas Ravenwood não pode nos machucar. Ninguém pode.

— Talvez seja verdade, mas não precisamos ficar trancados aqui como animais para provar um argumento. — Nox se virou para o corredor que levava para longe das celas, com a mão de Ridley na sua.

Os dedos dela deslizaram entre os dele. Nox tentou pegá-los, mas, quando se virou, percebeu que não foi um acidente.

Ela estava na cela outra vez.

— Rid, não! — Ele foi em direção a ela, movendo-se o mais rápido que podia, as costelas espetando-o.

Nox fechou a mão sobre uma das barras exatamente quando ela fechou a porta de sua cela, encerrando-se ali dentro.

Ele deixou a cabeça cair sobre as barras.

— Por quê, Rid? Poderíamos estar a caminho de um lugar seguro. Juntos.

Ela esticou as mãos entre as barras e pegou o rosto dele.

— Shh. Você se preocupa demais, Nox. Vai ficar tudo bem. Vamos sair assim que eu receber minha próxima infusão. Prometo. É só que... acho que posso extrair mais de Silas. Coisas que posso precisar se eu for acabar com a organização dele. — Ela parecia mais determinada que nunca. — Toda a Casa Ravenwood vai cair.

O sangue de Nox ficou gelado.

— Do que está falando? Não pode deixar que ele faça isso com você outra vez.

Ridley passou os polegares pelo contorno de sua mandíbula.

— Não estou deixando ninguém *fazer* nada comigo. Eu quero, amor. Você não entende?

— Você não está pensando direito. Não importa o que Silas tenha te dado, está mexendo com sua cabeça.

Os lábios de Ridley roçaram os dele, e todos os nervos do corpo de Nox arderam por ela. A Sirena deixou a boca pairar logo à frente da sua, em seguida, pressionou-a contra as grandes, puxando-o ainda mais para perto. Desta vez ela o beijou do jeito que ele sempre quis beijá-la. Como se ela pertencesse a ele — e ele a ela.

— Parece que não estou pensando direito? — murmurou ela em sua boca. — Preciso disso, Nox. O poder... faz parte de mim agora, e preciso dele tanto quanto preciso de você.

— Rid, eu não...

Ela encontrou a boca de Nox outra vez, passando a mão em seu cabelo.

— Não precisa de mim?

Ele fez que sim com a cabeça, sem disposição para desviar os lábios.

— Tentamos ser bonzinhos, Nox. Sei que você tentou por mim — sussurrou ela. — Mas não fomos feitos para isso. Não estou dizendo que somos maus... só somos diferentes. Posso fazer coisas que nenhuma outra Sirena jamais pôde. E você consegue enxergar o futuro. Finalmente temos uma chance de sermos quem somos e de ficarmos *juntos*.

Rid parecia sincera, mas não havia como saber se ela estava em perfeito juízo.

Faz diferença?

Nox tentou dizer a si mesmo que não, mas não tinha certeza.

— Tem certeza de que é o que realmente quer? — Nox não podia acreditar que estava perguntando isso.

Mas preciso saber se isto é real. Se ela me quer tanto quanto a quero.

Ela arrastou os lábios para a orelha dele.

— Claro que tenho certeza.

Ele engoliu em seco.

Precisa perguntar a ela.

Nox alcançou pelas barras e segurou Ridley pelos ombros, empurrando-a para trás, a fim de encará-la.

— E Link?

Os olhos violeta de Ridley encontraram os dele sem hesitar.

— Que Link?

CAPÍTULO 25: LINK

*Diary of a Madman**

— Isto não acabou, Conjuradora — avisou Chloe, o corpo ainda sob o controle de Angelique.

A Cataclista a olhou friamente.

— Certamente parece acabado para mim, e você é terrivelmente cansativa. — Ela abriu os dedos, e os corpos dos Nascidos das Trevas foram lançados novamente. Angelique mirou estrategicamente, e eles se chocaram contra as árvores logo atrás.

A cabeça de Chloe bateu em um tronco espesso, e ela caiu no chão. Os outros Nascidos das Trevas sofreram o mesmo destino.

— Estão mortos? — perguntou Link, sem saber ao certo qual resposta seria mais preocupante.

Angelique marchou ao redor das formas encolhidas.

— Espero que sim. No mínimo, estão radicalmente incapacitados.

Talvez ela não soubesse como matar um Nascido das Trevas mais que ele. Esta era a primeira vez que ele via alguém derrubar um — quanto mais um bando inteiro.

— Acha que Silas sabe que estamos aqui? — perguntou Sampson, enquanto seguiam Angelique para a construção de cimento que os Nascidos das Trevas estavam protegendo.

— Não ficaria surpreso se aquele doente estivesse nos assistindo agora — disse John, os olhos ardendo de raiva.

---

* Diário de um louco.

Link sabia que vir até o lugar onde Abraham fez experiências nele tinha de ser difícil. Mas John não era do tipo que reclamava. Ele aguentava as surras que a vida dava, exatamente como Link.

Mesmo assim, isso não facilitava a volta ao local do crime.

Sampson chegou à porta antes de Angelique.

— Quer que eu entre primeiro? — perguntou.

Ela riu e o empurrou de lado.

— Depois da demonstração que acabei de dar, acho que nós dois sabemos que não preciso de proteção. — Ela o afagou na bochecha ao passar. — Mas não se sinta mal, Golias. Se eu tivesse uma bolsa, deixaria que carregasse para mim.

— É Sampson — murmurou Sam, parecendo envergonhado.

Link deu um tapinha nas costas dele.

— Não leve tão a sério, Sammy Boy. Não é nada pessoal. Ela é só uma...

— Egocêntrica narcisista? — concluiu Sampson.

— Basicamente — respondeu Liv, seguindo Angelique pelas pesadas portas de metal na lateral.

— Se a carapuça serve... — Link deu de ombros.

— Estão falando, mas tudo que ouço é blá-blá-blá — disse Angelique.

Link queria correr para dentro e encontrar Rid, mas esperou até que todo mundo entrasse, inclusive Lucille, que foi trotando atrás de Sampson.

Ali dentro, as paredes brancas lembravam um hospital sem os médicos e enfermeiras correndo de um lado para o outro. O lugar estava absolutamente silencioso. Ao fim de um pequeno corredor havia uma porta com algumas listras estranhas na frente, de um lado, e outro corredor longo no outro.

Link apontou para a cortina de plástico.

— Parece um lava-jato.

John olhou para a placa sobre a porta: ACESSO RESTRITO. EXPERIÊNCIAS EM PROGRESSO.

— Suponho que não seja aqui — falou, virando-se para Angelique. — Para que lado?

A Cataclista apontou com a cabeça para o corredor longo.

— Eu não estava em meu melhor momento quando segui a senhora para fora deste lixo. Mas não me lembro de ter visto uma porta como essa.

— Acho que devemos ir por aqui — disse Liv, abrindo as tiras do lava-jato.

Angelique notou a placa ao passar pela porta.

— Mal posso esperar para incendiar este lugar.

— Não até encontrarmos Rid — lembrou Link.

John apoiou a testa na parede e fechou os olhos.

— Tudo bem, cara? — perguntou Link.

— Claro que não — disse Liv. — Ele não devia estar aqui. Não posso imaginar o quanto isso seja difícil para ele.

— Estou bem. Só preciso de um minuto. — John respirou fundo. — Foi há muito tempo, e sou outra pessoa agora.

Link sabia que era verdade, mas ver John cara a cara com o passado não era fácil. Principalmente para Liv, que parecia sentir tudo que John sentia.

Floyd pegou a mão de Link.

— Vamos. Siga Angelique. Eles alcançam depois. — Foi um gesto casual, e Floyd o estava arrastando mais que segurando sua mão de um jeito romântico. Mas ainda parecia errado agora que ele estava tão perto de encontrar Ridley. Link puxou as tiras plásticas de lado, utilizando isso como desculpa para soltar a mão de Floyd.

Quando entrou na sala mal iluminada, levou um instante para processar o que via.

Era uma espécie de estranho quarto hospitalar, cheio de máquinas brilhantes e equipamentos médicos de última geração — além de fileiras de macas. Mas não foi isso que fez o estômago de Link revirar.

Cada maca tinha uma pessoa dormindo — ao menos, Link torceu para que estivessem dormindo.

As pessoas estavam deitadas com soro na veia e monitores cardíacos, imóveis.

— São Mortais? — perguntou Floyd, passando por uma mulher com uma máscara de oxigênio sobre o nariz e a boca.

Angelique examinou uma das bolsas de soro.

— Improvável. Pelo que ouvi, Silas só usou Mortais nas primeiras experiências. Ele os detesta demais para perder tempo experimentando neles neste estágio do processo. Diz que dilui os resultados.

Liv inspecionou outra bolsa.

— Ela tem razão. As bolsas estão rotuladas com o tipo de Conjurador a que estão ligadas. — E apontou para uma linha com algo escrito em preto. — Está aqui é uma Sibila.

Sampson leu o rótulo em outra.

— Cifra.

— Adivinha — disse Floyd, lendo a mais próxima. — É como uma Arca de Noé de Conjuradoras aqui.

John ficou perto da parede, evitando os corpos dispostos como carne nas camas. Ele estava praticamente arfando. Liv olhou para ele, e ele acenou com a cabeça para ela, incentivando-a a continuar olhando em volta.

Necro também parecia assustada e se manteve próxima a Liv, que estava abrindo gavetas e lendo etiquetas em cada frasco e recipiente que encontrava.

Liv abriu uma gaveta e retirou uma pilha de cadernos.

— Ótimo.

— O que achou aí? — perguntou Link.

Ela folheou as páginas com caligrafia miúda e o que para Link pareciam equações matemáticas.

— Cadernos e registros científicos. Devem ser de quem está conduzindo os experimentos.

Link estava olhando para um dos monitores piscantes, a linha em zigue-zague dos batimentos da menina se esticando pela tela.

— Ei, Liv. O que é essa coisa azul?

Um fluxo de líquido azul brilhante saía do soro, no braço da menina, enchendo uma bolsa plástica transparente, pendurada ao lado da cama. Parecia o brilho de vaga-lumes em noites escuras de verão.

Angelique fez uma careta e cambaleou para trás, como se quisesse se afastar o máximo possível da coisa azul.

— Não achei que Silas pudesse ser tão doente quanto Abraham — observou John, suavemente. — Mas ele é pior.

Angelique recobrou a compostura, mas não se aproximou nem um pouco do soro.

— Coisa que sei em primeira mão.

Floyd foi até o tubo do soro.

— O líquido azul que Silas está retirando é...

— O poder dela. — Liv concluiu, levantando o caderno. — Está tudo nas anotações do laboratório. Silas não está mais perdendo tempo com genética. Agora está brincando de Deus.

Angelique balançou os dedos.

— Então isso faz de mim a mulher que vai destruir o Céu. Queimá-lo, tecnicamente. — Ela pausou. — E, por mim, tudo bem.

— Vamos parar de falar sobre incendiar o local até encontrarmos minha namorada, tudo bem? — pediu Link.

Liv foi até as prateleiras de latas metálicas rotuladas com poderes Conjuradores, como NECROMANCIA, ADIVINHAÇÃO, ILUSÃO, PALIMPSESTIA.

— Dá para guardar poder em latas assim? Acho que ele está estocando.

John balançou a cabeça.

— Cresci ouvindo suficientes teorias loucas de Abraham e Silas para saber disso. Poder é uma entidade viva e só sobrevive em um organismo vivo. É uma relação simbiótica.

Angelique olhou friamente para Liv e Link.

— Tenho certeza de que vocês dois estão familiarizados com os termos. Mortais têm todo o tipo de relações simbióticas. Não é como se vocês conseguissem sobreviver sozinhos.

— Nós? Você está começando a ficar um pouco pessoal, não está? — Liv soou ofendida. — Todos nós queremos a mesma coisa. Conter Silas e consertar os grandes erros que foram perpetrados aqui.

John andou de um lado para o outro na frente da porta.

— Se Silas está desviando poderes para suas experiências Frankenstein Conjuradora, onde estão as Conjuradoras nas quais ele está *injetando* os poderes? — *Como fez com Angelique*, essa foi a parte que ele não quis dizer.

A Cataclista deu de ombros.

— Eu já fazia parte da Menagerie, então ele me pegou de minha cela. Não sei sobre as anteriores. E, sinceramente, não me importo.

Liv levantou os olhos das anotações de laboratórios.

— Aqui diz alguma coisa sobre "incubação" e "armazenamento de longo prazo para Amostra de Desvio-Padrão".

— Menciona que tipos de métodos ele está usando? — perguntou Necro.

John espiou pela abertura da janela no recinto. Quando virou novamente, parecia nauseado.

— Não tenho certeza de que vocês querem saber. — Ele olhou diretamente para Link. — Mas você precisa ver isso, cara. — E fez uma pausa, franzindo o rosto. — Todos vocês precisam ver.

Link temeu que o retorno ao laboratório estivesse mexendo com a cabeça de John mais do que ele deixava transparecer. Claro, aquele local era assustador, mas estavam no território de Silas Ravenwood, e ele era ainda mais perturbado que Abraham.

— Que espécie de show de aberrações Silas tem aqui? — perguntou Link, indo até a porta. — Vampiros e Lobisomens?

— Pior. — John abriu a porta, e um rastro de luz luminescente se esticou pelo chão.

Link deu uma batida leve no ombro de John enquanto passava.

— Vai ficar tudo bem, cara.

John engoliu em seco.

—Não tem nada de bem nisso. Nunca teve. — Liv pegou a mão dele e a apertou.

Link viu de relance a sala, com o canto do olho.

Que diabos?

Estava escuro lá dentro, iluminado por centenas de finos filamentos, pendurados no teto como linhas de pesca. As linhas eram conectadas ao que pareciam casulos mágicos presos ao mesmo filamento luminescente.

Link ouviu passos atrás de si, e alguém engasgou. Ele provavelmente teria tido a mesma reação, exceto que estava prendendo a respiração, convencido de que o menor dos ruídos poderia romper as cordas mágicas e fazer os casulos e seus frágeis conteúdos caírem no chão.

Seus conteúdos.

Link não conseguia assimilar o que estava vendo — dezenas de homens, mulheres, e meninos e meninas de sua idade pendurados do teto.

Angelique passou por ele e foi até o centro da sala, a face inclinada em direção aos casulos humanos acima dela.

— Andou ocupado desde que saí, não foi, Silas? Isso aqui virou uma fábrica.

— Uma fábrica de poder. — Liv estremeceu.

Floyd cambaleou em direção a Angelique e Necro, que já estava andando na direção da Cataclista.

— O que ele está fazendo com eles? Parecem mortos.

— Provavelmente prefeririam estar se soubessem o que Silas está fazendo com eles — concluiu Liv.

— Que é? — perguntou Sampson, aparecendo atrás de Floyd.

Liv ficou olhando para os Conjuradores aprisionados.

— Animação suspensa.

Link seguiu John e Liv enquanto estes se juntavam aos outros no centro do recinto, abaixo do mar de corpos. Ele tentou não imaginá-los caindo sobre ele, mas era difícil.

— Está tudo aqui nas anotações. — Liv bateu com o dedo na página. — Estão sendo usados como incubadores até que ele esteja pronto para drenar os poderes. Aí ele os leva para a sala de onde acabamos de sair para fazer a *extração.*

— E ele tem outros recintos para as infusões — disse Angelique.

— Precisamos soltá-los — disse Sampson, enquanto Lucille andava entre seus calcanhares.

— Só se quisermos matá-los. — Liv continuava lendo. — De acordo com essas anotações, é um Feitiço, o Sono sem Sonho. Se tocá-los sem antes romper o Feitiço, eles vão morrer.

— Não podemos deixá-los aqui assim — disse Floyd.

— Tem razão. — Sampson foi até as gavetas de metal que cobriam um dos lados da sala e começou a abri-las e revirar os conteúdos, um por um. — Tem de haver um jeito de ajudá-los.

— Esse é o problema dos Mortais — começou Angelique. — Nenhum senso de autopreservação. Sempre se preocupam demais com os outros. São como escoteiros, e tão patetas quanto. Não é à toa que vivem morrendo. — Ela passou a mão na parte de trás da cabeça de Liv ao passar. — É sempre assim que os pegamos. Damos uma bolinha brilhante para mantê-los ocupados enquanto matamos seus amigos... destruímos o mundo... tenho certeza de que sabem preencher a lacuna. — Ela apontou para os corpos. — Estas são bolinhas brilhantes. Preferem ficar aqui e tentar romper um Feitiço sobre o qual nada sabemos ou encontrar sua amiga?

— Cale a boca — disse Link.

— Estou colocando a situação para vocês, e ela não é favorável. O que vão fazer, salvar o mundo? Isso só acontece em filmes Mortais.

Sam fechou uma gaveta de metal com um pouco de força demais, e Link olhou para ele. O Nascido das Trevas trazia uma expressão estranha no rosto.

— Achei — falou ao mesmo tempo que levantava um frasco de vidro — *uma coisa.*

Necro se aproximou e o cutucou.

— Que tipo de coisa, exatamente?

Ele entregou a ela o frasco.

— Isso não é...?

Ela assentiu.

— O que é? — perguntou Liv, com o tom de Guardiã-cientista que Link reconhecia bem. Ela pegou a garrafinha da mão de Necro e leu o rótulo. — Infusão: Paciente 12. — Liv se voltou para Angelique. — Esta deve ter sido sua injeção.

Angelique descartou com um aceno de mão.

— Me poupem da viagem pelas lembranças do passado. Não me importo de onde veio. Sei onde está agora.

— Vire, Liv — pediu Necro em voz baixa.

A Guardiã franziu o rosto, girando o frasco entre os dedos.

— Por quê? Tem... — Ela engasgou, empalidecendo. — Meu Deus.

— Liv? Tudo bem? — perguntou Link, já sabendo que não estava, e imaginando o quão ruim seria.

— A infusão de poder que Angelique recebeu... o código de amostra e o nome da Conjuradora de quem foi extraído estão impressos na parte de trás. Diz "Amostra de Desvio-Padrão"...

A mão de Liv estava tremendo.

— "Sarafine Duchannes".

CAPÍTULO 26: NOX

*Rainbow in the Dark**

Nox deu uma longa olhada na menina que amava.

Estava pensando que ela precisava de um programa de 12 passos.

Estava viciada no que quer que Silas estivesse injetando nela, o que significava que não iria sair daqui sem a próxima dose. E isso lhe deixava com apenas duas opções: continuar tentando convencê-la a sair, ou ficar ali até ela estar pronta para ir.

Porque sair sem ela não era uma opção.

Deixaria Silas me matar primeiro.

Ele olhou fixamente nos olhos violeta de Ridley mais uma vez, apertando sua mão através da grade.

Estou oficialmente descontrolado.

E sei que isso é errado.

E sei que ela não é minha.

Mas não importa, contanto que eu possa olhar para ela e saber que ela está bem — e contanto que eu a tire daqui.

A quem estava querendo enganar?

Nox era viciado em tudo que dizia respeito a Ridley Duchannes, e os dois sabiam disso.

Ela era sua droga.

---

* Arco-íris no escuro.

CAPÍTULO 27: RIDLEY

*Powerslave**

Preciso dele.

Ao segurar a mão dele, Ridley conseguia sentir sua presença — a energia entre os dois pulsava nela, uma onda diferente. Da qual ela precisava quase tanto quanto das infusões.

Quase.

Quando estou com Nox, sou mais poderosa e mais ciente de meu poder.

Como ele precisa de mim.

Poder precisa de poder.

Talvez fossem os TFPs, ou alguma coisa da mãe Sirena dele — não sabia ao certo. Só sabia que estar com Nox a deixava mais afiada, mais consciente.

Fazia dela uma versão mais forte de sua nova versão, e era disso que precisava agora.

Ele era o que precisava.

Os olhos de Nox sondaram os dela.

— Rid, acho que temos de ir. Sei que você quer a próxima infusão, mas estou com um mau pressentimento sobre isso. E você já é suficientemente poderosa.

Ela o olhou com estranheza.

— Não se pode ter poder suficiente. É como dizer que alguém é rico demais, ou bonito demais. Nunca é demais.

---

* Escrava do poder.

Ele mordeu o lábio, o que fez Ridley querer mordê-lo e beijá-lo outra vez.

E mais, e mais.

O que há de errado comigo?

Quando fiquei assim por um garoto?

Por um menino Conjurador?

Que não fosse Link, pensou ela, meio sem querer.

Que não fosse meu?

Ela não sabia se era certo ou errado, e estava começando a duvidar de que sequer sabia o que era melhor para si.

Quero o que quero.

Mas o que isso significa agora?

E quem sou eu para descontar a pessoa que fui antes? Todos aqueles anos?

Mesmo que eu saiba que Nox é a coisa certa para mim agora?

Ela respirou fundo.

Não se passava um segundo em que ela não avaliasse suas opções. Mais cedo ou mais tarde, teria de tomar uma decisão. Mas esse momento ainda não chegara.

— Logo sairemos daqui — lembrou a ele. — Você vai ver.

Ridley ouviu passos no corredor.

— Shhh. Tem alguém vindo.

Um instante mais tarde, Ridley viu o bico dos sapatos de Silas.

Foi até a grade, e Silas recuou.

Ele tem medo de mim. Ela sorriu.

— Ela me assustou quando entrou — disse Ridley. — Não tive intenção de machucá-la.

Agora foi a vez de Silas sorrir.

— Claro que não teve. Ainda não se ajustou ao quão poderosa é. — Silas se levantou e foi até a cela de Ridley. — Vai se ajustar, e, se isso não acontecer, algumas pessoas se machucam de vez em quando.

— Mortais, sim. Mas Conjuradores? Você realmente está ficando frio depois de velho, Silas. — Ridley balançou a cabeça.

— Para mim tanto faz. Existem o que eu quero e o que se coloca em meu caminho. — Ele deu de ombros. — Contanto que trabalhe comigo, não tem problema. No instante em que não o fizer... — Deu de ombros novamente. — Quem precisa disso?

Ridley viu Nox de relance enquanto ele se aproximava da porta da própria cela.

— Você é um merda, sabe disso, Silas? Nós dois sabemos que você não se importa com Ridley, nem com mais ninguém. Se ela se machucar por causa de alguma coisa que você fez...

— Tudo bem, Nox — interrompeu Ridley. — Silas não está fazendo nada sem minha permissão.

Ridley cerrou os olhos, e os mirou em Silas. Cobras deslizaram pelas grades, as línguas saindo de suas bocas a poucos centímetros do pescoço do Incubus.

Ela estava começando a se divertir, e isso a preocupava.

— Lembre-se de quem está no controle aqui, Silas, ou terei de lembrá-lo novamente.

— Não sou eu na cela — disse Silas, estupidamente.

A porta da cela de Ridley se abriu com força. Silas voou de volta para o pequeno quadrado de espaço que era a prisão dela enquanto ela saía.

— Pense novamente.

Silas revirou os olhos, alcançando o bolso e pegando um charuto. Cortou a ponta e acendeu-o, dando uma tragada longa. Quando exalou uma linha fina de fumaça, as serpentes se encolheram.

— Claro que não, querida. Ninguém vai fazer nada sem seu consentimento. Então, tenho seu consentimento?

— Como? — Ridley tentou ignorar a onda que sentiu ao pensar no que quer que Silas estivesse oferecendo.

— É hora de mais uma infusão — interrompeu ele. — A não ser que você não *queira* outra. Neste caso, vou dá-la a outra paciente.

— Não — disse Ridley, mais alto do que pretendia. — Quero dizer, estou pronta. — Ela esticou o braço para ele e o afagou na bochecha. — Apenas se comporte. Isso é tudo que peço. Dê minha infusão, e encerramos nosso assunto antes que você se dê conta.

— Como uma parceria — observou ele, esboçando um sorriso.

— Exatamente — mentiu ela, sentindo o poder queimando nas veias.

Silas destrancou a cela e estendeu o braço.

— Podemos?

Deixe o homenzinho empinar o nariz.

Ou não.

Só consiga o que quer e vá embora.

Ridley olhou o braço dele e passou direto. Não estava interessada na teatralidade de Silas. Queria não importa o que quer que estivesse esperando por ela no laboratório... e nada mais.

— Rid, por favor, não faça isso! — implorou Nox, a mão esticada entre as barras. — Não precisa disso.

Mas preciso, pensou ela. *Mais que tudo.*

E você precisa que eu receba.

Sou mais poderosa assim, e a única coisa de que precisaremos é poder.

Mas ela não disse isso.

Apenas sorriu para ele.

— Vai ficar tudo bem, amor. Você vai ver. Volto rapidinho.

— Eu a amo exatamente como você é — confessou ele. Em segundos, o rosto dele ruborizou, e Ridley soube que as palavras tinham escapado, como as palavras costumam fazer.

Ela sorriu.

— Mas eu não.

Ridley ignorou o jeito como os ombros dele se encolheram, e seguiu Silas pelo corredor

— Que tipo de poder vou receber agora? — perguntou ela, o corpo tremendo de ansiedade.

Silas derrubou o charuto de 500 dólares no chão, fumado apenas pela metade.

— Pensei em surpreendê-la.

Ridley relaxou. Ela adorava surpresas.

Surpresas e poderes que não lhe pertenciam.

E, possivelmente, pela primeira vez, garotos Conjuradores.

⇷ CAPÍTULO 28: LINK ⇸

*At War with Satan**

Angelique marchou pelo recinto e arrancou o frasco da mão de Liv. Leu o rótulo — o que dizia que os poderes de Cataclista de Sarafine Duchannes corriam por suas veias.

Jogou a cabeça para trás, os cachos ruivos chicoteando o ar, e riu.

— Fazem alguma ideia do que isso significa?

— Sim. Estamos ferrados — murmurou Link para si mesmo.

Mas Angelique não tinha acabado.

— A maioria dos Conjuradores considera Sarafine Duchannes a Conjuradora mais Sombria que já existiu. Seus poderes eram lendários.

O último comentário pareceu arrancar Liv do estado de choque que todos pareciam compartilhar.

— Temos consciência disso, sua idiota.

John olhou para Liv.

— Como Silas pode ter guardado os poderes de Sarafine durante todo este tempo em que ela está morta? Pensei que ele estivesse mantendo aqueles Conjuradores nos casulos até estar pronto para extrair seus poderes e injetá-los em outra pessoa. Angelique só está com esse poder, o que, há...? Semanas?

Liv balançou a cabeça.

— Não faço ideia de como ele fez. Só sei que aqueles poderes deveriam ter morrido com Sarafine.

---

* Em guerra com satã.

Link ainda estava tentando assimilar o fato de que parte da tia assassina de Ridley estava na Cataclista à frente dele.

— Ethan a viu morrer — falou ele.

Floyd tocou o ombro dele.

— Ela está morta, certo, Liv?

— Está. — Liv soou afobada. — Bem morta. Ethan foi bem claro quanto a isso. — Ela respirou fundo e olhou para Link. — O que quer que Silas tenha feito, conseguiu fazer sem Sarafine, pelo menos, sem que ela estivesse viva.

Agora que Link sabia a verdade, percebeu que todos os sinais estavam ali.

A forma como Angelique flexionava os dedos quando estava prestes a utilizá-los...

E a forma como os balançava exatamente como Sarafine o fazia, logo antes de esticá-los...

A sede de sangue... até os comentários sarcásticos. Todas essas eram características de que Link se lembrava em Sarafine Duchannes.

Uma Conjuradora tão Sombria que queimou a própria casa, com o marido e a filha dentro.

Lena, a filha que Sarafine tentou matar quantas vezes?

Link perdera a conta havia tempos.

Meu Deus, o que Lena pensaria disso? Link não queria ter de contar a ela.

Angelique olhou para os casulos brilhantes.

— Bem, isto certamente foi esclarecedor, mas tenho lugares a visitar e pessoas a matar.

— Você pode ao menos nos contar onde estão mantendo nossos amigos, se eles estão aqui? — perguntou Sam. — Você nos deve isso.

— Na verdade, não devo nada. — Angelique acenou com a mão casualmente. — Mas não sou uma sem-coração. Sou apenas implacável.

Link foi até a porta do lado oposto de onde tinham entrado. Não podia se afastar dos casulos assustadores, nem de Angelique e seu sangue de Sarafine — ou o que quer que fosse —, rápido o bastante. A única pessoa que parecia querer sair mais que ele era John, que vinha logo atrás de Link, arrastando Liv consigo.

No instante em que entraram no corredor, Angelique passou por eles.

— Este lugar é maior do que parece. Silas tem salas de laboratórios privadas, e as celas ficam na masmorra.

— Tem uma masmorra? — Necro franziu o rosto.

— É assim que chamamos — explicou Angelique, antes de se voltar novamente para Link. — Se sua namorada está aqui, ele provavelmente a está mantendo ali. Mas só sei o caminho para as celas e para o laboratório onde deram minhas infusões.

Infusões. Celas. Link tinha dificuldade em pensar sobre qualquer outra coisa enquanto seguiam Angelique pelo corredor branco e por uma escadaria de pedra que levava para baixo da construção e para alguns túneis.

— Agora entendo por que chamam de masmorra — murmurou Necro.

— Shh — disse John. — Ouvi alguma coisa.

Sam assentiu.

— Eu também. Parece uma voz feminina.

Era tudo que Link precisava ouvir. Correu pelo túnel, os sapatos batendo no chão de pedra.

Estou indo, Rid.

Em segundo, viu as barras de ferro e as fileiras de celas.

Mas, quando chegou à primeira cela e olhou através das barras, seu coração ficou apertado.

Uma morena bonita se afastou da cela e se encolheu no canto.

— Ei, não vou machucá-la. — Ele tentou sorrir, mas não conseguiu. — Não sou um dos homens de Silas. Estou aqui procurando minha namorada. O nome dela é Ridley. Quem sabe você a tenha visto?

Necro o alcançou exatamente quando a garota em outra cela deu um passo à frente.

— Nós a conhecemos — disse a menina, com um sotaque russo. — A nova.

Link correu para a grade.

— Certo. Essa. Onde ela está? Ela está bem? — Ele correu pelo túnel, procurando em todas as celas. Estavam cheias de garotas, mas Ridley não era nenhuma delas.

— Vejo que encontrou a Menagerie — comentou Angelique ao alcançá-los. Liv, John, Floyd e Sam vinham mais atrás, sussurrando para as prisioneiras aterrorizadas. — Parece que Silas mudou todo mundo de lugar.

— Angelique? É você? — Outra garota se aproximou das grades, esticando o pescoço para enxergar melhor.

A Cataclista foi até a jaula da garota.

— Drew. É bom saber que ainda está viva.

Alívio se espalhou pelas feições de Drew.

— Não acredito que voltou por nós.

As outras meninas agora vinham para as portas das próprias celas.

Angelique levou os dedos aos lábios, como se estivesse tentando não rir.

— Não voltei por você, Drew, nem para nenhuma de vocês — falou, olhando em volta. — Voltei por *mim*. Mas foi bom botar o papo em dia.

Necro correu para Angelique, que a cada minuto fazia Link se lembrar mais e mais de Sarafine.

— Não podemos deixá-las aqui, como animais.

— Resgatar pessoas não fazia parte do acordo, Necromante. — Angelique continuou pelo túnel. — Não preciso acrescentar heroína ao meu currículo. Mais uma vez, essas são bolinhas brilhantes. Não são para mim.

Necro olhou para Link.

— Não vou sair sem elas.

Floyd foi passando por Link e se colocou ao lado da amiga.

— Nem eu.

— Vamos tirar vocês de algum jeito — disse Link, olhando para a russa atrás das grades. — Detesto ter de perguntar isso, mas vocês sabem onde Silas está mantendo Ridley? Preciso encontrá-la.

A menina balançou a cabeça.

— Nossas celas ficavam todas juntas por um tempo. Depois Silas nos tirou de lá.

— Mas fizeram isso à noite, quando estava um breu, então não deu para ver onde estavam nos levando — acrescentou a outra menina, Drew. — Acho que Silas não quer mais ninguém escapando.

Link olhou para o túnel enquanto Angelique se afastava ainda mais. Ele não queria deixar essas meninas aqui, mas precisava encontrar Rid. E a Cataclista sabia onde ficavam as coisas, pelo menos, um pouco.

— Vá! — Floyd o empurrou. — Encontre Ridley. Eu e Necro cuidamos disso.

— Posso ficar e Viajar com elas, uma por uma — ofereceu John.

Necro balançou a cabeça.

— Link pode precisar de você. Você e Liv vão com ele. Sam vai nos ajudar. Pode deixar.

Liv balançou a cabeça.

— Mas como...?

— Já abri algumas fechaduras na vida — falou Floyd, timidamente. — Sei me comportar em uma prisão.

Sam sorriu.

— E eu já arranquei algumas portas das dobradiças.

— Eu e Floyd somos Conjuradoras das Trevas, afinal — emendou Necro. — Então você provavelmente não deveria pedir detalhes. Agora vá. — Ela deu um empurrão em Link.

Naquele instante, Link a amou. Necro era uma amiga de verdade, talvez, a mais verdadeira que já tinha tido, além de Ethan. Ele não sabia como dizer isso, mas torceu para que ela soubesse.

— Obrigado — falou. Não era o suficiente, mas ele não sabia o que mais dizer. Em vez disso, foi atrás de Angelique.

Enquanto Link passava pela entrada atrás dela, percebeu que havia coisas piores que Conjuradores inconscientes pendurados do teto por cordas mágicas de marionetes e uma Menagerie de garotas trancadas em jaulas.

Pelo menos uma coisa pior.

Silas Ravenwood.

— Merda. — Escapou antes que Link começasse a prender a respiração. Ele não queria parar em uma espécie de casulo de Incubus híbrido.

— Pode dizer outra vez — murmurou John.

Os olhos de Silas cerraram, e os quatro Nascidos das Trevas que o cercavam — inclusive Chloe Carniceira — não pareciam felizes em vê-los.

Angelique foi até o Incubus de Sangue.

— Silas. — Ela ronronou. — Que surpresa desagradável.

Silas acendeu um charuto, tentando aparentar metade do relaxamento que Angelique parecia sentir de verdade.

— Não pode ser tanta surpresa assim se você invadiu meus laboratórios.

— Temos uma conta a acertar, e não tenho culpa se você contratou.. — A Cataclista encarou Chloe. — ...segurança *ineficaz*.

Chloe riu para Angelique, a mão fechando sobre a garganta da Conjuradora das Trevas. Com um gesto dos dedos de Angelique, a Nascida das Trevas congelou, fazendo uma careta enquanto seu braço retraía involuntariamente.

— Calma, calma — disse Angelique. — A não ser que queira que eu a faça dançar para nós, sugiro que se controle, Srta. Boucher.

Os olhos de Silas se arregalaram.

— Chloe me contou sobre sua habilidade incomum. Mas eu jamais teria acreditado.

— Parece que você não tem muita imaginação, Silas. — Angelique fechou a mão, soltando a Nascida das Trevas. — Apesar de seu trabalho em mim e sua coleção de lagartas no laboratório me deixarem em dúvida. É uma pena que não vá viver para concluir.

— Você não está minimamente curiosa? — perguntou Silas.

Liv levantou o caderno de anotações laboratoriais.

— Sabemos exatamente o que está tentando fazer. Drenar Conjuradores e extrair seus poderes, injetando-os em outros Conjuradores...

— Tentando? — Silas ergueu uma sobrancelha. — Estou fazendo bem mais que tentar, Mortal estúpida.

John foi para cima de Silas, mas Angelique levantou o braço para contê-lo.

— Tsc. Tsc. Silas é meu, lembra?

O Incubus de Sangue notou John pela primeira vez. Estava tão concentrado em Angelique que mal se deu conta do restante deles. Silas apontou um dedo com anel para John.

— *Você*. Como ousar colocar os pés na propriedade de minha família? Nós o criamos...

— Me criaram? — John se irritou. — Fizeram experiências em mim.

Silas cerrou a mandíbula com uma expressão assassina.

— Na verdade, nós o projetamos como o animal que você é. Criamos como um cachorro. E, antes do fim da noite, vou abatê-lo como um. Vai se arrepender de ter matado meu avô Abraham.

— Hum, alô? — Link levantou a mão como se estivesse em aulas de recuperação. — Tecnicamente *eu* o matei.

John pôs a mão no ombro de Link.

— Nós dois matamos. Foi um esforço de equipe.

— Isso é tudo muito interessante. — Angelique bocejou. — E por *interessante*, quero dizer chato. — O vento acelerou, soprando seus cabelos ruivos em volta da cabeça, como uma auréola em chamas. — Mas eu e Silas temos alguns assuntos em aberto. — Ela se voltou para ele. — O tipo de assunto que acaba com você caído morto no chão. Então, que tal um pouco de fogo e sangue? — Ela estalou os dedos, preparando-os. — Foi para isso que me fez, não foi?

— Angelique, estou ofendido. — O Incubus colocou a mão no peito. — Coletei a amostra de Sarafine Duchannes há um ano, e guardei por todo este tempo. Esperando a Conjuradora certa, uma digna deste presente.

— Não pedi nada a você — sibilou ela. — Não pedi para ser sequestrada e morar em uma cela. Nem para ser forçada a utilizar meus poderes quando você me alugava para seus amigos nojentos do Sindicato.

Silas derrubou o charuto e o apagou com o sapato.

— É aí que se engana. Os poderes de Sarafine *são* um presente. Originalmente, peguei a amostra para fins de pesquisa, mas, quando percebi o quanto eram fortes, o fato de que uma amostra dela era igual a uma extração completa dos outros Conjuradores das Trevas que usamos, não pude desperdiçá-la.

Angelique caminhou em direção a ele, parando apenas a alguns metros à frente.

— Considerarei pagamento pelos serviços já prestados. Chega.

— E se eu puder oferecer algo mais valioso que vingança? — Silas soava calmo demais para alguém prestes a morrer, o que deixou Link nervoso.

— O que ele está fazendo? — sussurrou Link.

Liv não desgrudou os olhos do Incubus.

— Um acordo.

Mas Angelique não parecia interessada.

— Nada é mais valioso que vingança.

— Que tal poder?

— Já tenho — rebateu ela. — Graças a você, tenho o poder da Cataclista mais perigosa da história em minhas veias. Consigo até controlar essa nova raça de Sobrenaturais supostamente imunes. O que mais uma mulher pode querer?

Silas deu mais um passo em direção à Conjuradora das Trevas, que provavelmente estava prestes a matá-lo.

— Consigo pensar em mais algumas coisas. Um império. Poderes tão fortes que ninguém poderá tocá-la, inclusive meus outros experimentos. Informações sobre os poderes de Sarafine Duchannes.

Angelique inclinou a cabeça para o lado, como se estivesse cogitando.

— Não dê ouvidos a ele — disse Link. — Ele só está tentando tirar o dele da reta.

Silas ignorou Link, os olhos negros fixos em Angelique.

— Ah, e mais uma coisa. — Parou por um instante. — O que você pensa sobre imortalidade?

CAPÍTULO 29: LINK

*Bringin' on the Heartbreak**

Link já se encrencara o suficiente, em ocasiões suficientes, para saber reconhecer quando acontecia.

Assim que Silas disse a palavra *imortalidade*, o jogo mudou.

A expressão de Angelique se transformou, raiva e sede de sangue sendo substituídas por outro tipo de sede — o tipo que envolvia enganar a morte.

Quem quer morrer?

Quem quer virar pó na terra para ser esquecido pelos vivos?

Até Link entendia o apelo.

Se Silas não estiver mentindo.

De qualquer maneira, uma vez que Silas plantou essa semente na cabeça de Angelique, Link e seus amigos se tornaram dispensáveis.

Link se inclinou para perto de Liv e John.

— Temos de sair daqui.

Liv assentiu e abriu a mão para que Link pudesse ler o que ela havia escrito na palma.

Estamos mortos.

— Me encontrem no lava-jato — sussurrou Link para John, que fez que sim com a cabeça.

---

* Trazendo a dor no coração.

Silas levantou as mangas.

— Temos um acordo, então?

Angelique jogou o cabelo por cima do ombro.

— Quero os detalhes. Não vi nenhum soro de imortalidade em seu laboratório. O que me faz acreditar que você só tem muita lábia.

— Este não é o único laboratório nem o maior. O que você pensa sobre palmeiras? Astros de cinema e a praia?

Ele está falando de Los Angeles.

Angelique apontou para Chloe Carniceira.

— Precisamos levar sua bichinha de estimação? Ela é irritante.

Chloe ficou vesga.

Liv colocou a mão na de John, e Link se inclinou mais para perto de Lucille.

Silas acenou com a cabeça para Link e os amigos.

— Não sei. Você está planejando levar os seus?

Angelique olhou por cima do ombro, como se tivesse se esquecido de que eles continuavam ali.

— Faça o que quiser com eles.

Ela se afastou.

Link ficou olhando, mas não havia nada que se pudesse fazer para detê-la.

Chloe sorriu, exatamente quando John acenou com a cabeça, agarrando a mão de Liv. Link pegou Lucille e Viajou mais rápido do que jamais havia feito na vida.

Link e Lucille romperam a escuridão e caíram no chão. Lucille aterrissou de pé, mas Link não teve a mesma sorte. Rolou para o lado, a bochecha contra o chão de concreto. Estavam de volta ao corredor, mas Link não viu a porta com as listras plásticas do lava-jato.

Merda.

Um instante mais tarde, John e Liv apareceram.

— Fiquei preocupado que você não fosse conseguir — disse John. — O lava-jato é por ali.

Lucille passou por ele sem sequer um olhar e correu, como se um Espectro a perseguisse.

— Aonde ela vai? — Link balançou a cabeça. Tudo que queria era encontrar Ridley e sair daquele lugar. Quando dobraram a esquina, Link notou outra escadaria de pedras que descia. — Esta tem de levar de volta à masmorra.

Quando chegaram embaixo, Link viu outra fileira de grades no fim da passagem.

Rid?

Ele correu para a cela sem considerar quem mais podia estar do outro lado — Nascidos das Trevas, Incubus ou Conjuradores de olhos dourados. A única pessoa que não esperava era a que estava olhando para ele.

Lennox Gates.

— O que está fazendo aqui, Link? — Nox de fato soava preocupado. Preocupado e muitas outras coisas que Link não tinha tempo para decodificar agora.

Mas Link perdeu a fala.

Realmente vim até aqui para resgatar esse riquinho metido?

Link olhou em volta. Só conseguia pensar em achar Ridley, o que significava que precisava falar com Nox. Foi até a cela de Nox.

— Onde está Rid? Você a viu?

Vamos. Diga que sim. Por favor, diga que sim.

Nox limpou a garganta.

— Sobre Ridley...

John e Liv se aproximaram, e John pôs a mão no ombro de Link.

— O que tem ela? — Link mal conseguia dizer as palavras. — Está viva?

— Sim, desculpe. Não quis que achasse que ela estava morta. — Nox esfregou as mãos no rosto. Ele parecia estar com dificuldades de dizer o que tentava dizer a Link.

— Ela está bem? — perguntou Liv afinal.

— Silas a levou há um tempo. Disse que ia para uma das salas de laboratório privativas. — Nox parecia a ponto de vomitar.

— Por que ele a levaria lá? — Link agarrou as grades, desejando que pudesse arrancar portas como Sampson. No fundo, ele já sabia o que Nox ia dizer.

Nox olhou fixamente para o chão.

— É um dos lugares em que ele conduz seus...

— Experimentos — concluiu Link.

Nox assentiu.

— Rid passou por muita coisa. Ela... mudou. Não sei como explicar melhor que isso. — Ele olhou para Link. — Não fiz isso, não pedi isso. Você precisa saber.

Por que ele está me contando isso?, imaginou Link. *Por que ele não cala a boca?*

Os olhos de John miraram a escadaria.

— Vem vindo alguém.

Link se preparou. Depois do que Nox tinha lhe contado, estava pronto para matar alguém.

Um instante mais tarde, Lucille trotou para o túnel, com Necro, Floyd e Sam em seu encalço.

— Nox! — Floyd correu para a cela assim que o viu. — Você está bem?

Liv olhou para Sam.

— Onde estão as meninas?

— Indo para longe daqui — disse Necro, sorrindo orgulhosamente para Sampson. — Sam ajudou um pouquinho.

— Como conseguiram tirá-las tão rápido? — perguntou Liv.

— Encontramos uma senhora que conhecia Nox — explicou Necro. — Ela disse que o ajudou a achar o caminho para cá. Sra. Blackwell...?

— Blackburn — corrigiu Nox.

— Acho que ela estava procurando alguma forma de ajudá-las, mas não conseguia abrir as celas. — Sam deu de ombros. — Como cuidamos dessa parte, ela nos disse para virmos ajudá-lo.

— É uma velha amiga — explicou Nox, com tristeza. — Devo tudo a ela.

Link não precisou perguntar como Necro, Floyd e Sam os encontraram, não quando vieram andando atrás de Lucille. Ele tinha notado que ela havia corrido depois que Viajaram.

Necro olhou em volta.

— Onde está Ridley?

Link olhou para Nox.

— Diga a eles.

— Silas injetou poderes de Ilusionista nela, e não sei o que mais. — Nox balançou a cabeça e olhou para Link. — E isso a mudou.

— Mudou *como*? — Link esperou para que o riquinho respondesse, mas outra pessoa o fez.

— Para melhor, se me permite dizer. Pense como se fosse uma transformação.

Link girou.

Ridley veio andando em direção a eles. Tudo nela parecia diferente, no entanto, igual. Do calor na voz à expressão calculada no rosto, era tudo ela, porém, mais acentuado. Como se Ridley estivesse mais... apenas mais, de algum jeito.

Mas uma coisa definitivamente estava diferente.

Os olhos dela.

Os olhos dourados de Conjuradora das Trevas que ele encarou tantas vezes agora eram um tom escuro de violeta.

Não importa. Continua sendo Rid, e ela está bem.

Link foi em sua direção, envolvendo-a nos braços. Era tão bom estar perto dela.

Ela estava quente, cheia de vida e amor...

Mas, quando ele recuou e olhou novamente para ela, ela parecia diferente.

Ela passou por muita coisa. É um milagre que esteja viva.

— Achei que estivesse morta, Rid. Não faz ideia do quanto estou feliz em vê-la. — Ele notou o jeito estranho como ela o olhava, como se estivesse assustada. Mas ignorou e colocou o braço em volta de seu pescoço assim mesmo. Ridley se encolheu, como se ele lhe tivesse jogado um balde de água fervente.

— Que cheiro é esse? — Ela cobriu o nariz e a boca, inclinando o corpo para longe dele. — Parece que arrastaram um corpo em decomposição para cá.

Link cheirou a axila.

Talvez ela esteja brincando comigo.

Mas a forma como ela estava esticando o braço para afastá-lo definitivamente não fazia com que parecesse ser isso.

— Não sei — disse Link. —Estivemos com vários Espectros numa casa em Nova Orleans onde foram assassinados. Você agora sente cheiro de mortos? Isso é legal, eu acho.

A ideia deu arrepios em Link, mas ele não queria fazer com que ela se sentisse mal.

Liv se aproximou deles lentamente, observando Ridley. Quando Liv estava a poucos centímetros de Link, Ridley ficou nauseada e cambaleou para longe deles.

— Você está fedendo mais que ele. Não se aproximem mais. Por favor. — Ridley se apoiou contra a parede com um braço e ficou arfando.

Liv congelou.

— Ai, meu Deus.

— O quê? — Link sabia que estava perdendo alguma coisa importante.

Liv recuou e puxou a manga de Link, dando espaço a Ridley.

— John — disse Liv, acenando para que ele se aproximasse. — Você e Sampson podem vir aqui?

Sampson e John foram até lá e ficaram perto de Liv e Link.

— O que está acontecendo? — perguntou John.

Liv acenou com a cabeça na direção de Ridley.

— Continuem andando.

Sampson e John trocaram um olhar confuso e fizeram o que Liv pediu. Ridley já tinha recuperado o fôlego e não reagiu de forma alguma quando o híbrido e o Nascido das Trevas se aproximaram.

— Estou presa? — provocou ela.

— Quer nos contar o que está fazendo? — John olhou novamente para Liv.

— Testando uma teoria — respondeu ela em voz baixa.

— Que tipo de teoria? — perguntou Link. — Que diabos está acontecendo, Liv? Por que não conseguimos chegar perto de Rid sem que ela queira vomitar?

Liv desviou o olhar.

— Acho que é porque nós dois somos Mortais, pelo menos, em parte.

O estômago de Link se contraiu em um nó, e, por um segundo, achou que *ele* fosse vomitar.

— Não pode ser — balançou a cabeça. — Diga que ela está errada, Rid.

Ridley manteve a distância e jogou os cabelos louros com mechas cor-de-rosa casualmente sobre o ombro.

— Faz sentido.

A forma como ela disse é quase como se não se importasse.

— Mas e a gente, Rid? Como vamos consertar isso? — Link engoliu em seco, com uma sensação horrível se formando dentro dele.

Ela parecia perturbada, evitando os olhos dele.

— Não vamos. Foi bom enquanto durou, gostosão. Mas as coisas são diferentes agora.

— Rid, podemos dar um jeito. Talvez tenha alguma espécie de antídoto ou alguma coisa. — Link sabia que estava implorando, mas não se importava.

Todos viraram o rosto, como se estivessem observando um acidente de carro.

— Você não entende, Shrinky Dink. Não sou a mesma pessoa.

— Então quem você é? — Link estava magoado e confuso, mas queria entender. Não tinha vindo tão longe por nada.

Ridley desviou o olhar.

— Para ser sincera, estou enjoada. Preciso de ar.

Link balançou a cabeça.

— Não sei o que Silas fez com você, mas, no fundo, você continua sendo a mesma garota.

— Duvido — falou ela. — Não sei o que sou. Não mais. — Ela nunca tinha sido tão sincera na vida.

Link passou a mão pelos cabelos arrepiados.

— Eu sei quem você é. Você é a menina que pega pesado comigo e não me deixa chamá-la de *amor*. A menina que vive para torturar minha mãe, mas que está sempre perto das pessoas de quem gosta.

Ridley deu de ombros.

— De que tipo de tortura estamos falando? Você sabe, para que eu possa visualizar.

Ela sorriu para ele, mas não estava com ele. Não de fato.

Link alcançou o bolso e pegou uma coisa que estava guardando.

Um pirulito de cereja.

Segurou-o entre os dois.

— A garota que ama pirulitos de cereja. — Ele respirou fundo. — E a mim.

Link percebeu que ela provavelmente não suportava chegar perto o suficiente para pegar dele, então deixou o doce no chão e recuou.

Ridley foi andando lentamente, com os olhos alternando entre ele e o pirulito. Quando finalmente alcançou o papel vermelho e branco, parou.

Ela vai pegar.

O coração de Link inchou.

Ridley o encarou — e depois Nox, que não dizia uma palavra. Aliás, parecia que ele preferia estar em qualquer lugar do mundo que não aquele.

Mas era hora.

— Rid. Só me diga. Você me ama? — perguntou Link.

Ridley não disse nada.

Ele engoliu em seco.

— Você me ama? Pelo menos um pouquinho? — Foi a mesma pergunta que ele fez na estrada, quando estavam tentando sair de Nova York.

Antes do acidente.

Ridley o olhou nos olhos e pisou no pirulito, destruindo-o com o sapato de plataforma.

— Não sei. Acho que não. Não mais. — Ela se inclinou para perto, reduzindo a voz quase a um sussurro. — Não existe mais nada de doce em mim, Shrinky Dink.

— O quê? — Ele não podia acreditar no que estava ouvindo.

— Não quero ser doce. Essa garota não existe mais. Ela morreu. Silas Ravenwood a matou.

Naquele momento, o mundo de Link implodiu. Todos os sonhos que ele já tinha sonhado, tudo com que já tinha se importado desde o dia em que conheceu Ridley Duchannes, morreram.

Enquanto John Viajava com o restante do grupo para fora dos laboratórios, e para longe de Silas e de Angelique e de Nova Orleans, Link sentiu como se parte dele também tivesse morrido.

A parte mais doce.

Mas Link se recusou a ir embora.

Ele Viajaria para fora dali quando estivesse pronto. Por enquanto, tudo que podia fazer era ficar sentado sozinho na cela onde Ridley Duchannes o destruiu.

Link ficou encarando as grades de prisão, o teto de gesso e a cama frágil.

Como posso culpá-la? Quem pode saber o que fizeram com ela aqui?

Então alguma coisa chamou sua atenção.

Letras, arranhadas na cabeceira.

LINK

Ela escreveu meu nome.

Foi quando ele percebeu que Ridley não o tinha esquecido.

Tinha sido roubada dele, e ele faria qualquer coisa para recuperá-la.

Porque Ridley Duchannes é minha *garota.*

Nada jamais poderia fazê-lo se esquecer dela, e ele jurou que um dia ela iria se lembrar dele do mesmo jeito. Não era uma promessa.

Era uma Ligação, mais forte até que o anel que usava.

Quando levantou a mão e olhou para ele, o anel brilhou em verde pela primeira vez desde que a vira.

Era seu voto.

Mesmo que ela fosse a última a saber.

CAPÍTULO 30: NOX

*Heaven and Hell**

Nox estava em frente a Ridley, olhando naqueles olhos hipnóticos cor de violeta — sem fala. Ainda estavam do lado de fora das celas.

Rid se recusou a ir embora com Link e, pelo que Nox percebeu, parecia fisicamente repelida pela parte Mortal dele.

Algo que ele não pode mudar.

Nunca.

— O que houve, amor? — Ela enganchou os dedos nas alças de cinto da calça de Nox.

— Que tipo de poder Silas te deu desta vez, Rid?

Seus olhos brilharam quando ele mencionou a infusão, e Nox se sentiu nauseado. O olhar nos olhos dela lembrava o do Químico e o Brilho.

Rid passou o nariz perto da orelha dele.

— É surpresa. — Ela tocou os lábios nos dele, e ele não conseguia pensar em nada além dela. —Você gosta de minhas surpresas, não gosta?

— Amo tudo a seu respeito, Rid.

Ele disse as palavras que ela esperava ouvir, apesar de se sentir péssimo ao dizê-las. Porque eram verdadeiras.

Mesmo agora. Sempre.

Nox aprofundou o beijo e se perdeu nela.

— Detesto interromper — falou uma voz atrás deles, e Nox quase morreu de susto.

---

* Céu e inferno.

Ele se virou.

— Sra. Blackburn? O que está fazendo aqui?

— A coisa certa — disse ela. — Algo que eu deveria ter feito por sua mãe há tantos anos.

— Nox, quem é essa senhora? — perguntou Rid.

— Ela trabalha para Silas. E trabalhava para Abraham antes dele. Eu a conheço desde pequeno.

Ridley apenas fez que sim com a cabeça.

— Não temos tempo para apresentações — disse a Sra. Blackburn. — Preciso tirar vocês dois daqui. Silas está indo para o laboratório de Los Angeles com uma das Conjuradoras em que experimentou. — Ela balançou a cabeça. — Ele disse que poderia torná-la imortal.

A cabeça de Ridley levantou ao ouvir a palavra.

— Tem certeza de que foi isso que ele disse?

A Sra. Blackburn franziu o rosto.

— Posso ser velha, mas não sou surda.

Os olhos de Rid se acenderam, e o espírito de Nox se afundou.

Imortalidade?

Ela pareceu fascinada.

Nox pegou a mão dela.

— Vamos, Rid. Você disse que poderíamos ir depois... você sabe, que acabasse.

Ridley deu um rápido beijo nele, uma víbora se envolvendo em seu pescoço.

— Já acabei por aqui.

— Como vamos passar pelos guardas de Silas? — perguntou Nox à velha Conjuradora.

— Não vamos. — A cozinheira seguiu pelo corredor, com Nox e Ridley atrás. — Vou levá-los pelo túnel que leva até a casa. Saia pelo mesmo caminho por onde entrou, e vai parar no Quilômetro.

— Obrigado — disse Nox.

— Devo a você. A você e a sua mãe.

— Tem um túnel que leva para a casa? — Rid perguntou. — Tem certeza?

— Claro que tenho certeza. Quem você acha que cozinha todas as refeições da equipe de pesquisa de Silas?

A Sra. Blackburn os levou até seu túnel secreto conforme prometera, e, quando chegaram à Porta Externa na casa de Silas, deu um rápido abraço em Nox.

— Sabe que é sua função consertar essa garota de novo, não sabe? — sussurrou.

Ele assentiu.

É só nisso que penso.

É a única coisa que importa.

Independentemente de isso significar ela ficar comigo ou não.

Ridley e Nox não pararam novamente até terem saído em segurança da casa de Silas e entrado nos Túneis. Foi a primeira vez que Nox sentiu que eles de fato tinham alguma chance.

Ele puxou Ridley para si.

— Então, para onde quer ir?

Ela inclinou a cabeça, como se estivesse pensando.

— Estou pensando em Los Angeles.

Nox sentiu como se alguém o tivesse socado no estômago.

Los Angeles.

O local onde Silas tem um laboratório maior, e onde ela pode receber uma dose maior.

— Você ouviu o que a Sra. Blackburn disse. Silas está indo para Los Angeles. Deveríamos ficar o mais longe possível.

Ridley revirou os olhos.

— Ah, por favor. É uma cidade *enorme*, com uma cena musical incrível. Você pode abrir outra boate, do tipo que não tem endereço, onde as pessoas precisam conhecer alguém para conseguir convite.

— Não quero ir para Los Angeles, Rid. Escolha qualquer outro lugar. — Ele precisava ser firme, mas já parecia que estava afundando em areia movediça.

Ridley se aproximou, os olhos cor de violeta investigando os dele.

— Quero ficar com você, Nox. Não entende isso? É nossa chance. — Sua expressão endureceu. — Mas *eu* vou para Los Angeles. Você vem comigo ou não?

Nox pensou na mãe — em como ela ficaria decepcionada se soubesse das más decisões que ele tomou — e em todas as coisas terríveis que fez.

Todas as coisas que acabarei fazendo se for para Los Angeles. Sem falar na possibilidade de mexer com Silas Ravenwood e a tia Cataclista psicopata de Ridley.

Ridley estava oferecendo amor, embrulhado em um vício que ele não conseguia nem começar a entender. Mas, pela primeira vez na vida, Nox tinha uma chance de recomeçar. Desaparecer e fazer as coisas certas — ser um homem melhor.

Um homem de quem posso me orgulhar.

Só havia um problema. Ridley não era a única com um vício. Nox não podia viver sem ela, como não podia viver sem oxigênio.

Então tomou uma decisão que mudaria tudo. Ele parou de se preocupar com ser um homem melhor e se concentrou em ser o homem que Ridley Duchannes amava — o que ela queria que fugisse para Los Angeles ao seu lado. O que atraiu uma Sirena e seu namorado para Nova York sem pestanejar. Culpa era para os fracos.

Quem se importa com nosso destino? Desde que eu a tenha.

Nox pegou a mão de Ridley, entrelaçando os dedos nos dela.

— Quando partimos?

Ela sorriu e ficou na ponta dos pés para beijá-lo.

Nox sentiu uma cobra envolvendo os pulsos deles.

Ligando-os um ao outro.

DEPOIS

Ridley

O negócio é o seguinte.

Existem momentos em que uma garota se odeia.

Você sabe disso.

Em que ela provoca um cara com quem não tem o menor interesse em ficar.

Quando finge ser mais burra do que é, ou mais inocente, ou o que quer que o menino que ela ama quer que ela seja.

Quando ela precisa contar ao namorado sobre todos os meninos que beijou ou amou antes dele.

Quando vê aquele olhar nos olhos dele — o olhar que diz que ele achava que era o único, que sempre tinha sido o único.

É um saco, mas é a vida.

Então eis o que quero que saiba:

Eu *não* sou essa garota.

Acho que fui perfeitamente clara em relação a isso.

Sempre vou decepcionar.

Você, e a todos.

Essa sou eu.

A pessoa sobre a qual os outros sussurram.

O escândalo.

O problema.

Não me importo com isso.

Mas saiba o seguinte (e eu não sei se está me ouvindo, e não sei se você se importa): uma vez houve um menino chamado Wesley Lincoln.

E eu o amei, com todo meu coração, e talvez até com parte da minha alma. Imaginei um futuro com casas e filhos, e todas as coisas que eu não tinha o menor direito de imaginar.

Ele me deu um anel, uma vez, e eu fingi que significava algo diferente do que significava.

Mas essa vida não é para mim.

Sei disso agora.

Não sou essa garota.

Eu não o merecia e nunca vou merecer.

Mereço muitas coisas: a destruição de homens e meninos, o cataclismo dos mundos, o fim da Nova Ordem, possivelmente. O coração de um certo Conjurador das Trevas.

Mas quero que saiba, só entre nós, que perdi uma coisa.

Tinha uma coisa que eu queria.

Mesmo que fosse algo que eu sabia que jamais poderia ter.

Tinha um menino, um menino comum, e ele era meu coração.

Agora não tenho coração.

Esta é minha história.

Espero que a sua tenha outro fim, mas duvido que tenha.

Agradecimentos

A equipe Dangerous Creatures é um grupo dedicado e talentoso que trabalhou incansavelmente para continuar com a história de Link e Ridley em *Incubus*. Este livro não estaria hoje em suas mãos sem eles.

Nossas agentes Jodi Reamer (e todos na Writers House, em nome de Kami), e Sarah Burnes (e todos na Gernett Company, em nome de Margie), nos apoiaram desde o instante em que sonhamos com os livros desta série.

Nossas editoras, Erin Stein (de Kami) e Kate Sullivan e Pam Gruber (de Margie), assim como nossa antiga editora, Julie Scheina, são criaturas brilhantes e perigosas também. Acreditamos que vocês quatro tem pode res Conjuradores.

As equipes de publicação, vendas, editorial, marketing, publicidade, serviços de escola e biblioteca, digital, arte e gerência editorial da Little, Brown Books for Young Readers trabalharam incansavelmente em nome dos Conjuradores de todas as partes. Ridley e Link agradecem.

SallyAnne McCartin e Jacqui Daniels, da assessoria McCartin-Daniels, trouxeram energia e criatividade ao mundo de Dangerous Creatures. Obrigada por se juntarem à festa.

Nossa equipe de bastidores e assistentes, Erin Gross, Chloe Palka, Nicole Robertson, Victoria Hill, Zelda Wengrod, Emma Peterson e Rachel Lindee fizeram tudo, desde digitação e pesquisa até nos manterem na linha (e off-line), além de torcerem por nós; e nossa tradutora de latim, May Peterson, se certifica de que os Feitiços de fato significam o que achamos que significam.

Nossos amigos leitores, escritores, professores, bibliotecários, vendedores de livros, jornalistas e amigos das redes sociais estiveram conosco, e ficaram conosco, desde o começo — e somos muito gratas.

Mas o amor e apoio de nossas famílias tornam tudo possível em nossas vidas. Nós os amamos mais do que jamais poderemos expressar.

Alex, Nick & Stella e Lewis, Emma, May & Kate: guardaremos todas as nossas melhores músicas para vocês.

Vocês realmente são Criaturas Lindas.

Beijos,
Kami & Margie

Este livro foi composto na tipologia Minion Pro,
em corpo 11,5/15,5, e impresso em papel off-white,
no Sistema Cameron da Divisão Gráfica
da Distribuidora Record.